奥威尔作品

# 在鲸腹中
## Inside the Whale

[英]乔治·奥威尔 著　董乐山 贾文浩 贾文渊 译

北京燕山出版社
BEIJING YANSHAN PRESS

乔治·奥威尔（1945）

回顾我的作品，我发现在我缺乏政治目的的时候我写的书毫无例外地总是没有生命力的，结果写出来的是华而不实的空洞文章，尽是没有意义的句子、辞藻的堆砌和通篇的假话。

——乔治·奥威尔

不满周岁的奥威尔和母亲在印度的莫蒂哈里

奥威尔十三岁时的全家福

奥威尔与养子理查德

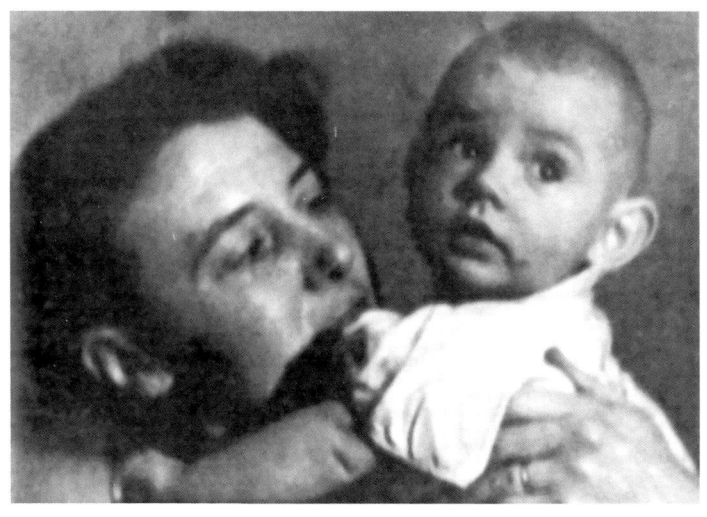

奥威尔的妻子艾琳与理查德

十五岁时的艾琳（左）　　　　　　三十四岁时的艾琳

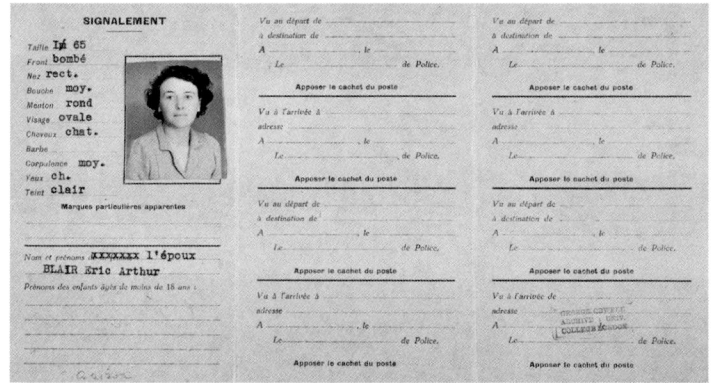

一九三八年艾琳的身份登记资料

奥威尔的第一任妻子艾琳·奥肖内西（1905—1945），做过教师、秘书，二战期间曾在政府部门工作，爱好写诗。一九三六年六月九日与奥威尔结婚，婚后不久二人先后奔赴西班牙战场。一九四五年三月二十九日，艾琳在做子宫肌瘤手术时死于手术并发症。艾琳对奥威尔的创作有较大影响，据说《一九八四》的书名就来自艾琳的一首诗。

索尼娅·布朗内尔(1949)

索尼娅·布朗内尔(1950)

奥威尔的第二任妻子索尼娅·布朗内尔(1918—1980),出生在加尔各答一个英国殖民官员家庭。她在担任《地平线》杂志编辑康纳利的助理时认识了奥威尔。一九四九年十月十三日与奥威尔结婚。奥威尔去世后担任奥威尔的文学执行人。一九六〇年,她在伦敦大学建立了乔治·奥威尔纪念馆;一九六八年,她与伊安·安格斯共同编辑出版了四卷本的奥威尔《随笔、新闻文章及书信集》。一九八〇年,索尼娅因脑瘤病逝于伦敦。

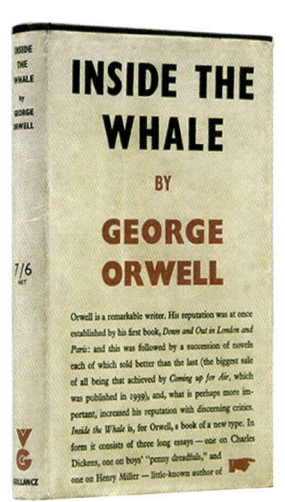

《在鲸腹中》初版(1940)

鲸的肚子就像个子宫,大得足能容下一个成人。那个黑暗柔软的空间正好适合一个人,那儿与现实世界隔着几英尺厚的脂肪层,不论外界发生任何变故,都可以保持一种彻底漠然的态度。能让全世界的战舰都沉没的暴风雨也几乎不会让里面的人听到一点儿声响。……除了死亡,这可是无法超越的终极免责状态。

——乔治·奥威尔

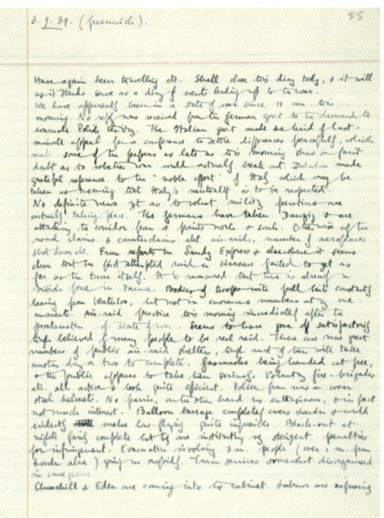

奥威尔家信手迹　　　　　奥威尔日记(1939)

# 目录
CONTENTS

代序　一个书评家的自白 / 001

《在巴黎和伦敦的穷困潦倒生活》法文版序 / 001
新闻自由 / 004
《动物农庄》乌克兰文版序 / 014
写作生涯的代价 / 020
手稿笔记摘录 / 024
评亨利·米勒的《北回归线》/ 028
查尔斯·狄更斯 / 031
在鲸腹中 / 092
查尔斯·里德 / 135
托尔斯泰和莎士比亚 / 140
鲁德亚德·吉卜林 / 145
马克·吐温——特许认可的弄臣 / 163
评纳拉亚纳·梅农《威廉·巴特勒·叶芝的发展》/ 169
为佩·格·沃德豪斯辩 / 177
评扎米亚金的《我们》/ 194
李尔王、托尔斯泰和弄臣 / 199
乔治·吉辛 / 219
评格雷厄姆·格林的《问题的核心》/ 228
甘地随想录 / 234
评丘吉尔的《他们最得意的时刻》/ 244

# 代序　一个书评家的自白

乔治·奥威尔

在一间寒冷而且憋气的坐卧两用的屋子里，到处都是烟头和喝了半空的茶杯，一个身穿满是蛀洞的睡袍的人坐在一张摇摇欲倒的桌子旁，想为他的打字机在乱纸堆中找个地方放下来。他不能把这些纸扔掉，因为废纸篓已丢满了废纸，而且，在那些没有回复的信件和没有付的账单中，很可能有一张面值相当于两块金币的支票，他几乎可以肯定忘记存入银行了。还有一些信件上面的寄信人地址应该记到通讯录上去。他的通讯录已经丢了，一想到要寻找，甚至是一想到要寻找不论什么东西，都会使他产生强烈的自杀冲动。

他年约三十五岁，但看上去已像五十岁的人了。他已经谢顶，青筋毕露，目戴眼镜，或者说，如果他仅有的那副眼镜不是总找不到的话，他就会戴着眼镜。如果情况正常，那么他就会患上营养不良；如果最近交了好运，那么他就会因为饮酒过度而头痛欲裂。现在是上午十一点半，按照他的作息习惯，他早在两个钟头以前就开始工作了；但是即使他做了什么认真的努力，也会因为电话铃的不断响起、孩子的哭闹、街上的电钻，还有他的债权人上下楼梯的脚步声而受到打扰。最近的一次打扰是第二班邮件的到达，为他送来了两个通知和用红字印刷的所得税催单。

不用说，这个人是个作家。他可能是个诗人、小说家、电影剧本作家，或者广播稿作家，因为所有文人都基本上是一样的，不过，我们姑且说他是个书评家。有一半淹没在乱纸堆里的是一只厚厚的邮包，里面有他的编辑给寄来的五本书，并附有一张字条说，这五本书"放在一起十分适宜"。这个邮包是四天前寄到的，但是这位书评家由于精神瘫痪，懒得打开它，搁置了四十八小时。昨天他下了决心解开包扎的绳子，发现这五本书是《处在十字路口的巴勒斯坦》、《科学养乳牛》、《欧洲民主简史》（这本书共六百八十页，重四磅）、《葡属东非部落风俗》和一部小说《躺下更舒服》，把它放在里面大概是弄错了。他的书评文章需长八百字，得在明天中午以前"交稿"。

这些书中有三部写的内容是他一无所知的，他至少要读它五十页才能避免出错，这不仅会在作者（他当然知道书评家的所有毛病）面前，而且会在一般读者面前出洋相。下午四点他就已经打开邮包取出书来，但是仍旧没有精神打开书。一想到不得不读这几本书，甚至一闻到纸张油墨的气味，他就觉得像吃那浇上蓖麻子油的冷冷的米粉布丁一样。但是奇怪的是，他的稿子会及时送到编辑部的。它总归是能及时送达那里的。到晚上九点，他的脑子比较清楚了一些，一直到下半夜，他就会坐在这间越来越冷而烟雾越来越浓的屋子里，一本接着一本熟练地翻阅，放下的时候叹一句："我的天，又是废话连篇！"到了早晨，他眼珠污浊，满面胡楂，一脸不快，在一张白纸前呆呆坐上一两个小时，一直到时针咄咄逼人地把他吓得行动起来。这时他突然来了劲。一切陈词滥调——"一本谁都不能错过的好书"，"每页都有令人难忘的东西"，"关于什么什么的章节特别有价值"等，都像铁屑给吸向磁石一般,纷纷各就各位。书评最后结束时,文章长度正好,还剩大约三分钟时间。与此同时,又有一包内容混杂、提不起胃口的书邮递到达。事情就是这样继续下去。而只在几年以前,这个精神委顿、神经衰弱的可怜虫在开始他的写书评生涯时,他是抱着何等高尚的希望啊。

我是不是有些夸大其词了?我请问哪位经常写稿的书评家,哪位一年评一百部书的人,能无愧于心地否认,他的习惯和性格不是像我所说的那样。反正,每位作家都是那样的人,但是长期从事不做选择的书评工作,是一件特别不讨好的、讨厌的、消耗精力的事。这不仅需要吹捧垃圾,而且要不断地捏造对那些书的反应,而实际上你对它们是一点也不会自动产生什么感情的。书评家尽管已经倒了胃口,但是从职业角度出发,照理对书是有兴趣的,在每年出版的几千本书里,大约有五十本或者一百本他是有兴趣写评论的。如果他是这一行业的头脑人物,他可能给分到这种书的十本或者二十本!更加可能的是他只分到两三本。他的其余工作,不论在赞扬或贬低时到了怎样正直的程度,也基本上是讲假话。他是在把他的不朽精神倾倒在阴沟里,一次半品脱。

大多数书评对于所评的书都是做了不充分的或者是错误的报道。战后出版商都不像以前那样能够左右文学编辑,为他们出版的每一本书唱赞歌了,但另一方面,由于缺少版面和其他不便,书评的水准降低了。看到这种情况,有时有人建议解决问题的办法在于把书评从职业书评家手中拿过来。专门性的书籍由专家来评,另一方面,很大数量的书评,特别是小说,可由业余作家来写。几乎每一本书都有可能在某些读者中引起反应的,哪怕这反应是极为反感,因此这些读者对该书的意见肯定比倦于此道的职业书评家有价值。但是,遗憾的是,每个编辑都知道,这样的工作很难组织。在实践中,编辑总是去找他的约稿对象——用他的话来说,他的"常规军"。

只要你认为每本书都值得一评，这种现象就没有办法改变。在成批地提到书的时候，几乎不可能不大肆赞扬其中的大部分。在你同书发生某种职业上的关系以前，你是不会发现大多数的书是多么蹩脚的。对十之八九，甚至更大比例的书，唯一客观的讲真话的批评是："此书毫无价值"，而关于书评家本人的真实情况则是"此书引不起我任何兴趣，除非付我报酬，否则我是不会写它的"。但是读者读那样的书是得不到报酬的。为什么要付他们报酬？他们希望对于要他们读的书有某种指导，他们希望有某种价值评估。但一提到价值，标准就崩溃了。因为如果有人说——而且几乎每一个书评家至少一星期要这么说一次——《李尔王》是个好剧本，《四义士》是部好的惊险小说，这话里的"好"字有什么意思？

我始终觉得，最好的做法是，干脆不去理会大多数的书，而对少数似乎有分量的书，则可以长篇评论——最低限度是一千字。对将要问世的书发一两行短讯是有用的，但是一般六百字左右中等长度的书评，即使写书评的真正愿意写，也是一定没有价值的。一般来说，他并不愿意写，因为一个星期一个星期地生产片言只语的文字，很快把他压垮了，成了我在本文开始时所描述的那样一个身穿睡袍的精神委顿的人。但是，这个世界上每个人总有个别人他可以瞧不起的，我必须说，根据我在两方面的行业经验，书评家的日子比影评家好过，影评家不能在家中工作，他需要参加上午十一点的内部放映，而且也许只有一两次例外，他往往要为一杯廉价的雪利酒而出卖他的荣誉。

一九四六年五月三日《论坛报》<br>
一九四六年八月五日《新共和》<br>
董乐山　译

# 《在巴黎和伦敦的穷困潦倒生活》法文版序[1]

我的好心的翻译者要我为这本书的法文版写一篇短序。我的法国读者大概有不少人在想,在书中所述事件发生的时候是什么机缘把我带到巴黎的,因此我认为最好向他们介绍一些自传性的细节作为开始。

我生于一九〇三年。一九二二年我去了缅甸,在那里参加了印度帝国警察部队。这是一个我完全不适合的工作。因此,在一九二八年年初,我在英国休假的时候,递出了辞呈,希望能够靠写作谋生。我在这方面得到的成就与大多数从事文学生涯的年轻人一样,那就是说,一点儿也没有。我在第一年的写作努力只给我挣了二十镑。

一九二八年春,我前去巴黎,以便在写两部长篇小说时——很遗憾地说,这两部小说从来没有出版过[2]——生活费用可以省一些,同时可以学一些法语。我的一位巴黎友人为我在一个工人聚集区的一家廉价旅馆找到

---

[1] 法文版《在巴黎和伦敦的穷困潦倒生活》于一九三五年五月八日在巴黎出版。奥威尔写了一篇序言,英文原稿已不存。本文是根据法文重译回的英文翻译的。

[2] 两部小说原稿都已不存。

了一间屋子,这个工人聚集区我在本书的第一章中做了简单的描述,任何一个目光敏锐的巴黎人无疑都可以看出来。在一九二九年夏天,我已写了两部小说,但出版商把它们退给了我,我发现自己几乎身无分文,亟须找个工作。在那个时候住在法国的外国人打工不是违法的,至少不是严重违法的,因此,在我看来留在巴黎似乎比回英国更加自然一些,在英国,那个时候大约有二百五十万人失业。因此我在巴黎留了下来,我在本书中所写的事情就是在一九二九年秋季快结束的时候发生的。

至于我的故事的真实性问题,我想我可以说,除了所有作家在选材上的夸张以外,我没有做任何夸张。我并不认为我必须按照事情发生的确切先后顺序来写它们,但是我写的一切都是在某个时候确实发生过的。同时,我尽可能对具体的人做个人的描绘。我在此书两部分中所写的人物都是作为他们所属的阶级的代表性的巴黎人或伦敦人,而不是他们个人。

我还应该补充一句,本书无意自称是对巴黎或伦敦生活的完整的画卷,而只是描绘了一个具体的方面。几乎毫无例外,我遇到的所有场面和事情都有令人憎厌的成分,因此我尽管无意这么做,我很可能给人以我认为巴黎和伦敦是令人不愉快的城市的印象。这从来不是我的用意,如果读者乍看之后有这印象,这只是因为我这本书的题材基本上是不吸引人的:我的主题是贫困。当你口袋里没有一文钱时,我不得不从最不利的角度去看任何一个城市或国家,而所有的人,或者几乎所有的人,在你看来似乎不是一起受苦的,就是与你为敌的。我要为我的法国读者特别强调这一点,因为如果他们认为我对一个我有着非常愉快的记忆的城市哪怕有一点点敌视,我是会不安的。

在这篇序言开始的时候,我答应要给读者一些自传性的细节。因此,为那些可能有兴趣的读者,我只补充一句,我在一九二九年年底离开巴黎后,主要靠教书谋生,在很少程度上是靠写作……

一九三四年十月十五日于伦敦

董乐山　译

# 新闻自由

本书中心概念于一九三七年成型,但直到一九四三年才诉诸文字。下笔之时已想见,出版此书难如登天(尽管目前图书供不应求,只要证明是书就能卖),其后果然连遭四位出版商的回绝。其中只有一人是基于意识形态的原因,另外两位多年来出版了不少反俄书籍,最后一位则无任何政治色彩。有位出版商一开始答应出书,初步准备工作完成后却决定请教情报通讯部(Ministry of Information),该部人员警告他,或者该说向他强烈建议,不要出版这本书。以下是他来信的部分内容:

说到情报通讯部要员对于《动物农庄》的反应,我得承认,对方的看法让我陷入深思,现在我知道,这本书很不适合在目前这个年代出版。如果只是个概括描述独裁者和专制统治的故事,那出版后不会有问题。但是,我现在认为,这个故事完全以苏联发展史及其两名独裁者为样本,根本就是在影射苏联,而非其他独裁政权。此外,如果故事里的统治者不是猪[①],情况可能会好一

---

[①] 我不清楚修改此部分的建议是该位先生的个人意见,还是情报通讯部所提,似乎有些官方色彩。——作者注

点。在我看来,设定猪为统治阶层无疑会冒犯许多人,特别是像俄罗斯这种敏感民族。

这不是好现象,政府部门显然不该有(除了大家都不会反对的战时安全检查)检阅官方未出资赞助的书籍的审查权。然而,思想及言论自由此时所面临的主要威胁并非情报通讯部或其他官方机构的直接干涉,出版商和编辑竭力阻止某些书籍付梓,并不是因为他们害怕遭到检举,而是对舆论有所顾虑。在这个国家,知识界懦弱是作家与新闻工作者所须面对的最大敌人。而对我来说,这种情形实在不该受重视。

心态公正的新闻从业人士都会同意,大战期间实行官方审查制度并不特别惹人厌恶,尽管高压"管理"是可预期的合理手段,但我们事实上未有如此遭遇。新闻界的确有些不平之鸣,但整体来说,政府的行为中规中矩,还对少数人的想法格外宽容。至于英国的文学作品审查制度,其悲惨之处在于大部分媒体自愿受审。

不受欢迎的意见找不到发声管道,令人困扰的事实遭到掩饰,这一切都不劳政府发布禁令。只要在其他国家住得久了就会知道,有一些耸动的新闻足以登上报纸头条,在英国报纸上却找不到相关报道,这不是因为政府干涉,而是因为大家有默契,知道报道那件事很"不妥"。拿现在的日报来看,便可一目了然。英国新闻界十分集权,大多由富翁掌控,他们很有理由对一些重要话题隐而不报。而这种垄断的审查制度也涉及书籍、期刊、戏剧、电影与电台节目,不管何时,社会上总有一套思想标准,所有"头脑正常"的人皆毫不置疑地接受。人们并非被禁止说这道那,只是谈及那些事情很"不妥",就好像维多利亚时代中期,在淑女面前提及裤子很"不妥"一样。欲挑战此标准者，其言论遭掩盖之快令人咋舌。不管在大众导向的新闻报纸上还是学术气息浓厚的期刊中，背离标准的见解几乎没有分说的余地。

目前最标准的态度就是毫不批判地景仰苏俄，人人对此心知肚明，而且几乎都会付诸实行。所有对苏维埃政权的严厉批判以及一切苏联政府倾向于隐瞒的事实，全都不可能印刷发行。可笑的是，全国上下一心谄媚盟国的这段时间，正是知识兼容并蓄的年代。虽然我们不能批评苏俄政府，但是可以自由指责自己的国家，抨击斯大林的文章几乎没有人会刊发，可非难丘吉尔倒是保险多了，出书或发表在期刊上都不成问题。此外，在这长达五年的战争里，我们花了两三年为国家存亡而奋斗，无数书籍、手册及杂志鼓吹妥协之下的和平，这些著作皆未受干涉顺利出版，出版后也未引起太大的反对声浪，只要不牵涉苏联的名声，言论自由这个原则大抵是存在的。另外，还有一些禁忌话题，我在此也会列举几项，但对苏联的态度过于一致是最严重的问题，此态度并非由外来压力所形塑，而是自发性行为。

英国大部分知识分子奴性十足，而且从一九四一年起便不断替俄国宣传。不过，他们过去曾多次这般作为，所以也不再那么让人讶异了。在一个又一个具有争议的话题上，大家未经检视便全盘接收苏俄观点，甚而昧于历史事实或知识合理性宣传这些观点。举个例子来说，BBC在红军二十五周年庆时，只字未提托洛茨基，这就好像在缅怀特拉法尔加海战① 时忘记提到纳尔逊一样，但那并未引来英国知识分子的抗议。在所有被占领地区的内部斗争中，英国新闻界几乎都站在苏俄这一边，并且出言诽谤

---

① 特拉法尔加海战，一八〇五年英国和法国之间的一次海战，英国以少胜多。此次战役英国的指挥者是海军司令纳尔逊，对方是拿破仑。

反对势力，为了达到目的，有时还会隐匿实证。最有名的例子就是二战期间南斯拉夫游击队领袖米哈伊洛维奇上校。苏俄在南斯拉夫的忠诚支持者是铁托，便指控米哈伊洛维奇与德国狼狈为奸，该指控旋即登上英国媒体；米哈伊洛维奇的支持者完全没有回应的机会，而且与新闻内容抵触的事实也完全未提及。到了一九四三年七月，德国悬赏十万马克捉拿铁托，抓得米哈伊洛维奇者，赏金也在十万马克左右。结果，英国媒体几乎只提到铁托的赏金，仅一家（以小版面）提到米哈伊洛维奇也在悬赏之列，最终大家依旧认为这名上校与德国同谋。西班牙内战时也发生过极为类似的事情，当时俄国人决意粉碎亲共和党势力，英国左派媒体因而不分青红皂白诽谤这些派系，还拒绝发表这些派系的自辩信。目前，严厉批评苏联即遭到指责，有时这些声音的确存在的事实还会被掩盖下来。例如，托洛茨基死前不久曾替斯大林写过传记，或许有人认为这传记不免有偏颇之处，但这本书明显卖得很不错，一位美国出版商准备出版，且已将之付印——我相信几本印好的很可能已经先送到书评家手上——苏联此时宣布参战，于是书立刻遭到回收。虽然这本书的确存在，但英国新闻界只字未提。如此查禁一本书，只换来新闻中寥寥几个段落。

将英国文学知识分子自发的审查行为与压力团体（Pressure Group）的检阅行为做区分是件重要的事情。其中最令人诟病的，就是有些话题因为影响到"既得利益者"，所以无法讨论，最有名的例子就是专利药品业。此外，天主教教会对新闻界具有极大影响力，而且能压低批评声浪。因而，如果一个天主教神父做了什么丑事，新闻大多不会报道。但若是丑闻与英国国教的牧师有关（如史提夫基教区牧师），那么立即登上头条。戏剧或者电影要表达反天主教思想难如登天，每个演员都会跟你说，抨击或者取笑天主教教会的戏剧或电影皆可能遭新闻界杯葛，导致票房惨淡。但这种事情无伤大雅，或说至少还能理解，任何大型组织总会尽其所能维护自身利益，有时还会自我宣传。没有人会期待《每日工人报》（*Daily Worker*）报道不利于苏联的消息，就好像《天主教先锋报》（*Catholic Herald*）不可能抨击教宗一般，每个有头脑的人都知道《每日工人报》和《天主教先锋报》本身的色彩。然而，真正让人不安的是，自由派作家及新闻工作者从不对苏联及其政策提出任何理性评论，很多时候连最单纯的诚实也做不到，而且他们如此扭曲自己的心思不是因为遭到施压。斯大林神圣不可侵犯，他的政策在某些层面上不该受到深度探讨，这个原则自一九四一年起成为众所周知的事实，但在这之前的十年间，此原则影响之广有时超出常人理解。在那段时间里，左派对于苏维埃政权的批评很难传到一般人耳里。此外，反俄文学不胜枚举，但所有作品几乎全以保守派观点为主，还明显有违事实、过气、动机不良。另一方面，亲俄文章数量之庞大、内容之虚假也不遑多论，甚且杯葛任何想要理性讨论重要话题的人。事实上，出版反俄书籍是可行的，只是会遭到几乎所有知识界、新闻媒体的忽视或曲解。不管在公开场合或者私人处所，皆有人告诫我们那样很"不妥"，我们说的或许没错，但现在"时机不对"，会让反动派占着便宜。人们通常以国际情势及英俄同盟关系来捍卫此一态度，但那很明显只是个借口。英国知识分子，或者该说大部分英国知识分子，把苏联当作自己国家一样效忠，他们认为对斯大林的智慧有所怀疑是种亵渎。他们以不同的标准品评俄国所发生的事情及其他地方所发生的事情，一九三六到一九三八年间的大清洗①

---

① 指二十世纪三十年代苏联爆发的一场政治镇压及迫害行动。

夺走无数人命，但终身反对死刑的人却拍手叫好。此外，报道印度饥荒是合理的，同样的事情发生在乌克兰却会被隐匿下来。如果这是战前的真实情况，那么知识界目前的风气也没好到哪去。

现在回到本书，大多数英国知识分子的反应很单纯，就是"这本书不应该出版"。娴熟诋毁艺术的评论家自然不会以政治观点来攻击这本书，而会从文学角度下手，他们会说这本书沉闷无趣，只是在浪费纸张。这或许是事实，但显然不会是整个故事的完整面貌，没有人会因为一本书差就说那本书"不应该出版"，毕竟我们每天印发成千上万的废文，也没有谁真的感到不快。英国知识分子，或说大部分英国知识分子，反对这本书的理由会是：它诽谤他们的领袖，（在他们看来）还破坏发展的动力。然而，如果书里写的是相反的情节，他们就不会有任何微词，即便是书里的文学性错误显而易见也是如此。举例来说，左翼图书俱乐部（Left Book Club）在四五年间一炮而红，只要他们对作品主题有兴趣，不管是否入流或者内容散乱，都一样包容。

这里牵涉的话题很简单，只有一个：不管某个意见多不受欢迎、多愚蠢，是否该有机会让大家听到呢？如果拿这个问题问英国知识分子，他们会回答"是"。但若是我们将问题更具体化一点，问："那么抨击斯大林的意见呢？是否也该让大家听到？"这个问题的答案通常是"否"。在这个例子里，当前的标准做法受到质疑，所谓言论自由的精神也产生偏差。现在，如果有人要求言论自由、新闻自由，他得到的并非绝对的自由，只要世界上有组织化的团体，那么，一定会有，或者说不管怎样都会有一些审查。但是，一如罗莎·卢森堡所说，自由乃"他人的自由"，伏尔泰的名言也有相同的精神："虽然我不同意你的话，但是我誓死捍卫你说话的权利。"有人说，知识自由无疑是西方文明最显著的特色之一，如果要解析这句话，我想那表示在不伤害到社会上其他人的前提下，每个人都有权利表达、出版他们认为是事实的思想。

资本主义民主制度与西方国家的社会主义一直到最近才开始重视此一精神。一如先前所提，我们的政府对此精神多少还存了点敬意，但对市井小民来说，或许是因为他们不热衷于排斥不同的声音，因此都不清不楚地以为"每个人皆有表达意见的权利"。而文学界及科学界的知识分子原本该是自由的捍卫者，却全部成了或者说大多成了此一精神的鄙视者——不管在学术理论上或在实际行为中都弃之如敝屣。

我们这个时代最特殊的现象之一就是变节的自由主义者，大家熟悉的马克思主义者所提倡的"中产阶级自由"其实是假象。除此之外，现在又兴起一股风潮，认为人只能通过极权主义来捍卫民主，此一论调主张：如果热爱民主，就该无所不用其极地粉碎敌人。那么，谁是敌人？所谓的敌人似乎不只是公开或者蓄意抨击民主的人，更包括那些散布错误信条、"在客观层面上"危害民主的人。易言之，捍卫民主意味着摧毁所有独立思考。举例来说，此论调被用来合理化苏联的大清洗，就连极端亲俄人士也不可能完全相信所有受害者皆因其行为有罪，但是这些人支持异端思想，所以"在客观层面上"伤害到了苏维埃政权，因此，将之屠杀、罗织罪名其实非常合理。左派新闻同行处理托洛茨基与西班牙内战中弱势的共和党势力时蓄意扯谎，也同样以此论调来合理化。此外，当莫斯利[①]于一九四三年获释时，这论调再度成了对抗人身保护令的理由。

---

① 莫斯利（Oswald Ernald Mosley，1896—1980），英国极右翼政治家，因组织创立英国法西斯联盟而出名。二〇〇六年被BBC评为"二十世纪最可恶的英国人"。

这些人并不了解，如果我们鼓励极权手段，这些手段最后终会施加在我们身上，如果不加审判便监禁法西斯主义者成了习惯，这样的做法或许就不只会用来对付法西斯主义者。《每日工人报》不再遭受打压后不久，我到伦敦南区的工人学院讲课，台下听众都是来自劳动阶层及中下阶层的知识分子，和左翼图书俱乐部各分会的参与者一样。那堂课谈到新闻自由，结果让我感到惊讶的是，许多发问者起身问我：您不认为解除《每日工人报》禁令是大错特错吗？我问他们为什么，他们表示那是一份忠诚度有问题的报纸，战争期间不用太包容。然而我选择替多次诽谤我的《每日工人报》讲话。不过，这些人是从哪儿学来这种本质上非常具有极权色彩的观念？他们当然是从共产主义者身上学来的！包容与合理性的概念在英格兰根深蒂固，但仍有遭到破坏的可能，且某种程度上还得特地费心去宣扬。鼓吹极权主义信条的结果就是减弱自由人民辨别危险与否的本能，莫斯利的例子足可为鉴。在一九四〇年时，不管莫斯利有没有犯下任何技术罪，软禁他可说是名正言顺。我们当时正为了自己的生命奋战，不能容许卖国嫌犯逍遥法外。但到了一九四三年，不经审判便将他囚禁成了不道德的行为，尽管某些人对于释放莫斯利表示愤慨，其实只是做做样子或者找借口表达对其他事情的不满，但是一般人没有想到这一点并不是件好事。目前风气向法西斯思维靠拢，有多少是受过去十年"反法西斯"风潮及其无所不用其极的手段所影响呢？

我们得了解一件重要的事情，当前的"苏联热"只是西方传统的自由风气低迷所致。如果情报通讯部当时真的介入、坚决反对出版此书，大多数英国知识分子也不会对其行径感到不满。现在的主流做法恰好就是对苏联持毫不批判的忠诚，只要和苏联有利害关系，任何事物皆可进行审查，甚至连蓄意捏造历史都没关系。举个例子来说，作家约翰·里德[①]曾写过《震撼世界的十天》(*Ten Days that Shook the World*)，提供俄国革命早期的第一手材料。他死时，此书版权转入英国共产党手中，他们尽其所能地将原始版本完全销毁，还出了个篡改版，拿掉与托洛茨基有关的部分，删除列宁所写的序。如果英国境内还有激进派知识分子，这种伪造行径早被揭露，并遭到国内各家报纸谴责。然而，目前的批评声浪小到近乎没有，看起来，多数英国知识分子都觉得这种事情很自然。而对明显的欺诈行为如此容忍已经不单单因现在流行崇拜苏联而已，这样的特别风潮很可能不会持续下去，因为我知道，此书出版之时，我对苏维埃政权的看法将会成为主流。但又有何用？主流观念从一个换到另一个不见得就是进步，因为我们真正的敌人是随波逐流、不管对当下思想认不认同都随之起舞的应声虫。

我很熟悉反对思想与言论自由的主张，那些论调声称此种自由不可能也不该存在，但我只想说，那毫无说服力，我们近四百年来的文明就是以思想与言论自由为基础的。大约从十年前起，我便认为苏维埃政权恶远大于善，尽管我们现在是同盟国，而且我很希望能打胜仗，但我还是想要有表达如此意见的权利。如果要我选句话来为自己辩白，我会挑弥尔顿的名言：

遵从古代自由之通则。

"古代"一词表明，知识自由为西方根深蒂固的传统，缺之，我们的

---

[①] 约翰·里德 (John Reed, 1887—1920)，美国左翼新闻记者，美国共产党创始人之一。

文化特色便可能不复存在。许多知识分子显然背离此传统，赞成政治权术凌驾书籍本身的特色、可决定其出版与否及毁誉优劣。对此不以为然的知识分子也单纯因为懦弱而附和，比如说，英国那些为数不少又常直言不讳的和平主义者便不曾大声抨击这种对俄国军国主义的普遍崇拜。在和平主义者的观念里，所有暴力都是丑恶的，不管战争发展到什么阶段，他们老是呼吁我们要让步，或者至少争取妥协之下的和平。可是，他们之中有多少人提过，由红军发动的战争也是丑恶的呢？显然，俄罗斯人有权自卫，而我们做一样的事情就像犯了该死的罪过。对于这种矛盾，只有一种解释，那就是：和平主义者过于懦弱，只想依附在为数众多的知识分子中，而这些人对英国的爱国情操早已转移到苏联身上。我知道英国知识分子之所以胆小、不诚实是有充分理由的，事实上，我对于他们的自我辩解也了然于心。不过，就让我们不要再无意义地为了捍卫自由而反对法西斯主义了吧。如果自由意味着什么，那就是向大众诉说他们不想听的话的权利。现在，一般人对此原则仍算信服，也多少会照着做。在我们国家——不同于其他国家，也不同于共和体制之下的法国以及今日的美国——害怕自由的是自由主义者，污损知识的是知识分子，我写这篇序的目的就是要让大家注意到这个事实。

一九四五年

陈枻樵　译

# 《动物农庄》乌克兰文版序[1]

我受嘱为《动物农庄》乌克兰文版写一篇序言。我很明白我是在为我根本不了解的读者写这篇序言,我也知道他们大概也从来没有丝毫机会了解我。

在这篇序言中,他们大概最希望我谈一谈《动物农庄》是怎么起意的,不过我首先要谈一谈我自己和我形成今天的政治态度的经历。

我于一九〇三年生于印度。我的父亲是那里的英国行政机构的一名官员。我的家庭是军人、教士、政府官员、教员、律师、医生等这种普通的中产阶级家庭。我是在伊顿受的教育,那是英国公学中最昂贵和最势利的。但是我只是靠奖学金才进去的,否则,我的父亲无力供我上这种类型的学校。

我离校以后不久(当时我还不满二十岁)就去了缅甸,参加印度帝国

---

[1] 一九四七年三月,奥威尔为乌克兰文版《动物农庄》专门写了一篇序,该版由慕尼黑乌克兰流落异国者组织于同年十一月发行。奥威尔原稿已不可觅,这里根据乌克兰文重译回的英文翻译的。

警察部队。这是一支武装的警察部队,一种宪兵一样的队伍,很像西班牙的国内警卫队或法国的别动队。我在那里服役五年。它不适合我的个性,使我痛恨帝国主义,虽然那时候缅甸的民族主义感情并不十分显著,英国人和缅甸人的关系并不特别坏。一九二七年我回英国休假时辞了职,决定当作家。开始时并没有特别成功。在一九二八年至一九二九年之间,我住在巴黎,写没有人会出版的短篇小说和长篇小说(后来我把它们都销毁了)。在以后几年,我的生活基本上是勉强糊口,过一天算一天,好几次还挨过饿。只是从一九三四年起,我才能够靠写作的收入生活。与此同时,我有时接连好几个月生活在穷人和半犯罪分子中间,他们住在穷人区的最破烂的地方,或者流浪在街上行乞和偷窃。那个时期我因为没有钱才同他们为伍,但到了后来,他们的生活方式本身引起了我极大的兴趣。我花了好几个月(这一次是十分有系统地)研究英国北方矿工的状况。到一九三〇年为止,就整体来说,我并不认为我是个社会主义者。事实上,我当时还没有明确的政治观点。我之所以成为拥护社会主义者主要是出于对产业工人中比较穷困的一部分受到压迫和忽视的情况感到厌恶,而不是出于对计划社会有什么理论上的想望。

我在一九三六年结婚。几乎就在那同一星期,西班牙爆发了内战。我的妻子和我都想到西班牙去为西班牙政府作战。我们一等到我手头在写的书写完,六个月内就做好了准备。我在西班牙的阿拉贡前线待了几乎六个月,一直到在韦斯卡被一个法西斯狙击手打穿了喉咙。

在战争初期,外国人总的来说是不了解各个拥护政府的党派之间的内部斗争的。由于一系列的偶然事件,我没有像大多数外国人那样参加国际纵队，而是参加了P.O.U.M.①的民兵。

因此在一九三七年，共产党得到了对西班牙政府的控制权（或者说部分控制权）并且开始迫害"托派"以后，我们夫妇俩发现自己已属受迫害之列。我们很幸运活着逃出了西班牙，连一次也没有被捕过。我们的许多朋友被枪决，其他的在狱中关了很久，或者干脆失踪了。

西班牙的这些大搜捕是与苏联国内的大清洗同时发生的，可以说是对大清洗的补充。在西班牙和在苏联都是一样，攻击的罪名（即与法西斯分子共谋）是同样的，但就西班牙而论，我有一切理由相信，这些攻击都是莫须有的。这一切经验是一个宝贵的客观教训：它告诉我极权主义的宣传能够多么轻易地控制民主国家开明人民的舆论。

我的妻子和我都看到无辜的人被投入监狱，仅仅因为他们被怀疑有不正统思想。但是，在我们回英国以后，我们发现许多思想开通和消息灵通的观察家们居然相信报界发自莫斯科审判现场的关于阴谋、叛国和破坏的荒乎其唐的报道。

因此我也比以前更加清楚地了解了苏联神话对西方社会主义运动的消极影响。

这里，我必须停下来谈一谈我对苏维埃政权的态度。

我从来没有去过俄罗斯，我对它的了解只是通过读书看报得到的。即使我有这力量，也不想干涉苏联内部事务：我不会仅仅因为斯大林和他的同事的野蛮和不民主的手段而谴责他们，很有可能，即使有最好的用心，在当时当地的情况下，他们恐怕也只能如此行事。

---

① P.O.U.M.，西班牙一小党"马克思主义统一工人党"的缩写。

但是在另一方面，对我来说，极其重要的是，西欧的人们应该看清楚苏维埃政权的真正面目。自从一九三〇年以后我很少看到有什么证据能够证明苏联是在向我们可以真的称为社会主义的方向前进。相反，我对它转变成为一个等级森严的社会的明显迹象感到吃惊。在这样一个社会里，统治者像其他任何统治阶级一样都不愿意放弃权力。此外，在英国这样一个国家里的工人阶级和知识分子都无法理解今天的苏联已完全不同于一九一七年的它了。这一部分是因为他们不愿意理解（即他们希望相信在什么地方的确有一个真正的社会主义国家存在），一部分是因为他们习惯于公共生活中的比较自由和节制的环境，极权主义是他们完全不能了解的。

但是你必须记住，英国并不是完全民主的。它也是一个资本主义国家，存在着极大的阶级特权和（即使在现在，在一场可能使人人平等的战争之后）极大的贫富悬殊。但是尽管如此，它还是一个人民生活了好几百年而没有发生内战的国家，法律相对来说是公正的，官方的新闻和统计数字几乎可以一概信任，最后，但同样重要的是，持有和发表少数派意见并不会带来生命的危险。在这样的气氛中，像集中营、大规模强制迁移、未经审判就逮捕、新闻检查等事情，普通人是没有真正了解的。他所读到的关于苏联这种国家的报道都自动地化为英国概念了，他很天真地接受了极权主义宣传的谎言。到一九三九年为止，甚至在此以后，大多数英国人不能认识德国纳粹政权的真正性质，而现在，对苏维埃政权，他们在很大程度上仍处在同样一种幻觉的下面。

这对英国的社会主义运动造成很大的危害，对英国的外交政策产生了严重的后果。的确，在我看来，没有任何东西像认为俄罗斯是一个社会主义国家、认为它的统治者的每一行动即使不加模仿也必须予以辩解的这种信念那样，对社会主义的原来思想造成更大的腐蚀。

因此在过去的十年中，我一直坚信，如果我们要振兴社会主义运动，打破苏联神话是必要的。

我从西班牙回来后，就想用一个故事来揭露苏联神话，它要能够为几乎每个人所容易了解而又可以容易地译成其他语言。但是这个故事的实际细节在相当时期内一直没有在我的脑海中形成，后来终于有一天（我当时住在乡间一个小村庄里）我看到一个小男孩，大概十岁，赶着一匹拉车的大马在一条狭窄的小道上走，那匹马一想转弯，那男孩就用鞭子抽它。这使我想起，如果这些牲口知道它们自己的力量，我们就无法控制它们，人类剥削牲口就像富人剥削无产阶级一样。

于是我着手从动物的观点来分析。对于它们来说，显然人类之间阶级斗争的概念纯粹是错觉，因为一等到有必要剥削牲口时，所有的人都联合起来对付它们：真正的斗争是在牲口和人之间。从这一点出发，就不难构思故事了。但我一直没有动手，到了一九四三年才写，因为我一直在做其他工作，没有余暇。最后，我把有些大事，如德黑兰会议，包括了进去，我在写作时，会议正在开。这样，这个故事的主要轮廓在我脑中存在了六年之久我才实际开始写作。

我不想对这部作品发表意见，如果它不能自己说明问题，那它就是失败之作。但是我想强调两点：第一，虽然有些情节取自俄国革命的真实历史，但它们是做了约缩处理的，它们的年代次序做了颠倒，这是故事的完整化所必需的。第二点是大多数批评家所忽视的，可能是因为我没有予以足够强调。许多读者在读完本书之后可能有这样的印象：它以猪和人的完全修好收场。这不是我的原意,相反,我原来是要在一种很不和谐的高音符上结束,因为我是在德黑兰会议以后马上写的,大家当时都认为该会议为苏联和西方建立了可能范围内最好的关系。我个人并不认为这种良好关系会维持很久,而事实证明,我没有错到哪里去……

一九四七年

董乐山　译

# 写作生涯的代价①

一、按照目前货币的购买力，我认为在付了所得税后一星期十镑是已婚者的最低限度收入，未婚的人也许一星期六镑。我认为，作家的最佳收入——仍以目前购买力为准——是大约一年一千镑。有这笔收入，他可以生活得相当舒服，不必借债，也不必做受人雇佣的写作，而又没有自己已肯定升入特权阶级的感觉。我认为你不能要求作家能靠工人阶级的收入做好自己的工作，这样要求是不公正的。他的第一需要，就像工具对于木匠一样，对他不可缺少的是一间舒服暖和的屋子，他可以放心工作，不会给

---

① 这是乔治·奥威尔对《地平线》杂志一九四六年九月刊出的《写作生涯的代价》所提问题的答复，除他以外还有好几位作家收到了下列的问题：

一、你认为作家需要多少钱才能维持生活？

二、你认为严肃作家能靠写作挣到这个数目吗？如果能够，怎么挣？

三、如果不能，你认为他的最合宜的第二职业是什么？

四、你认为作家精力用在其他职业上，文学是否因此蒙受损失，还是因此得到滋养？

五、你认为国家或者任何其他机构是否应该为作家多做些什么？

六、你是否满意你自己解决这一问题的办法，你对希望以写作谋生的年轻人有什么具体的劝告吗？

打断。虽然这听起来并不是很高的要求,如果你按照家庭安排来考虑所需费用的话,这意味着需要相当高的收入。作家的工作是在家里完成的,如果由它去的话,他几乎会不断被打断。要不被打断总是费钱的,不论是直接的还是间接的。其次,作家需要大量的图书和期刊,他们需要存储文件的地方和家具,他们花在通讯上的钱也不少,他们需要秘书协助工作,即使是非全职的,而且大多数作家大概都需要旅行,需要生活在他们认为合宜的环境中,需要吃喝他们最喜欢吃喝的东西,需要有能力请朋友在外面吃饭或留宿家中。这一切都费钱。理想的情况是,我希望看到每个人都有同样的收入,只要这收入相当高;但是只要存在差别,我想作家的地位应该是在中档,即按照目前的标准,大约一年一千镑。

二、不。有人告诉我,至多英国只有少数几百个人能完全靠写书谋生,他们大多数人大概都是侦探小说之类的作家。在某种意义上,像伊瑟尔·M.台尔那样的人比一个严肃作家都更容易避免卖淫。

三、如果能够安排得好,不致占用作家的全部时间,那么我认为作家的第二职业应该是非文学的。同时我认为,如果这职业是比较互为调剂的职业也许好一些。我可以想象,举例来说,银行职员或者保险代理人回家以后在晚上做些严肃的工作;但是如果你在像教书、广播或者为英国文化协会那样的机构写宣传品这种半创造性工作上已经浪费了精力,再做严肃的工作就要花太多的力气了。

四、只要你的时间和精力没有全部用掉,我认为有好处。毕竟,你必须同普通世界进行某种接触。否则你写什么?

五、国家唯一能有益地做的事是拨更多的公款为公共图书馆购置书籍。

如果我们要实现充分的社会主义，那么显然，作家必须由国家供养，应该居于较高收入一类。但是只要我们的经济制度仍是目前这样的经济制度，即其中有很多成分的国有企业，但也有很大范围的私营资本主义，那么作家同国家交往或者同任何其他有组织的机构交往越少，对他和他的工作就越好。任何一种有组织的赞助关系都必然有附带条件。在另外一方面，老式的那种私人赞助使作家实际上成了某个有钱人的依附者，显然是不宜的。最好而且要求最少的赞助人是广大公众。不幸的是，英国公众目前不愿把钱花在买书上，虽然他们读的书越来越多，而且在过去二十年里平均读书趣味应该说是提高了很多。我相信，在目前，英国公民平均每人大约一年花一镑钱购书，而在烟酒上花的大概达二十五镑。通过收费标准和税率，可以很容易地使他多花一些钱而不觉得——例如，在战争年代，他在无线电上比平常多花了钱，那是由于财政部对英国广播公司的资助。如果能劝说政府简单地多拨些款项购书，而在这个过程中没有把整个出版业接管过来变成宣传机器，那么我想作家的地位就会轻松而文学可能也因此受益。

六、个人来说，在经济方面，我是满足的，因为我很幸运，反正在过去几年里是这样。我在开始的时候得拼命挣扎，而且如果我当初听从了别人对我的劝告，我就决不会成为作家。甚至在最近，我写了什么认真写的东西的时候，总有人竭力——有时是相当有影响的人——要使得它不能够出版。对于一个意识到自己有一些抱负的年轻作家，我能给的唯一劝告是不要听别人劝告。当然，在经济上，我有一些经验之谈可以提供，但是，除非你有某种才华，否则这些经验也是没有什么用处的。如果你只是想把文字写在纸上而靠此谋生,那么英国广播公司、电影公司等机构是相当有帮助的。但是如果你主要是想做一个作家,那么,在我们的社会里,你是一个受到容忍,但不受到鼓励的动物,很像一只家燕——你如果从一开始就知道自己的地位的话你就会顺利一些。

一九四六年九月号《地平线》
又见一九四七年第一期《英国当前思想》

董乐山 译

# 手稿笔记摘录①

　　自我的第一本书出版以来,至今(一九四九年)已有十六年了,自从我开始在杂志上发表文章以来,已有大约二十一年了。在这个时期里,我几乎没有一天不感到我是在无所事事地虚度光阴。我落在当前工作的后面,我的总产量小得可怜。甚至在我一天工作十小时写一部书时,或者一星期生产四五篇文章时,我也从来没有办法摆脱这种病态的感觉:我是在虚度光阴。我在实际进行的工作中从来没有得到过什么成就感,因为它总是进行得比我原来打算的要慢,而且,无论怎么样,我觉得一本书甚至一篇文章没有写完就并不存在。但是一等到这本书写完,我又开始——实际上是紧接着的第二天——担心了,因为下一本还没有开始,而且总是担心不会有下一本了——我的写作冲动已经永远耗竭了。如果我回顾计算一下我写的实际数量,可以看到,我的产量是相当可观的,

---

　　① 奥威尔在他生命的最后一年中保存着一本手稿笔记,记下一些东西为一篇较长的短篇小说《吸烟室的故事》作准备,并且也为写作论约瑟夫·康拉德和伊夫林·沃的文章作准备。他也用它来做一些偶然想到的笔记,下面的一些片断就是从中选出的。在一九四九年三月二十一日之前,这些笔记都没有日期。

但这并不能使我感到宽心,因为这只给我这样的感觉:我曾经有过勤奋和多产,如今却失去了。

## 用第一人称写小说的利弊

实际上,用第一人称写小说就像给你自己服一种刺激的但是非常有害和会成瘾的药。这么做的诱惑力很大,但在这么做的每一阶段你都清楚地知道你是在做一件错误而愚蠢的事。但是,有两个很大的好处:

一、用第一人称,你总可以把书当真地写起来,而且相当地快,因为用"我"似乎可以摆脱羞怯和无能的感觉,而这感觉常常使你不能很好地开始。用第一人称,你总以为达到距离你开始的想法比较近的地方了。

二、用第一人称,什么东西都能弄得听起来可信。这首先是因为作者不论写什么都对他显得可信,因为你可以像做白日梦一样设想你自己在做任何事情,而第三人称的冒险故事就不大容易让人相信。读者发现用第一人称讲的故事可信,因为他不是与故事中的"我"认同,就是因为"我"在对他说话而接受他是个真正的人。

不利之处:

一、叙述者总是不能真正同作者分开。有时不可能避免把你自己的思想加在他头上,而且,由于即使在一部小说中作者偶尔也必须发表意见,你自己的意见不可避免成了叙述者的意见(在用第三人称写的小说里就不会)。至少,叙述者必定会有作者的散文风格(例子是《远大前程》,否则它就不是一部非常有自传性的小说了)。

二、如果严格遵守原来安排,故事中的事件就只是通过一个人的意识了解到的。仅仅为了要发现发生了什么事情,这就需要叙述者进行偷听和业余侦探工作,或者使书中人物在做实际生活中单独做的事时总要有人在场。如果要显示别的人物的思想,就必须使他们比实际生活中的人更加没有拘束地说话,否则叙述者必须说一些等于是这样的话:"我可以看到他在想些什么,那就是……"等等(试比较伊夫林·沃在《旧地重游》中的那个可怕场面)。但是总的来说,一部"我"小说简单地就是一个人的故事——是漫画人物中的一个三维人物——因此不可能是一部真正的小说。

三、感情的范围大大缩小,因为你可以代表别人做出许多诉求,但却不能为你自己。

## 致罗伯特·吉劳的信

亲爱的吉劳先生:

多谢你十一日的信。我自然很高兴每月读书俱乐部选了《一九八四》。在出版日期之前我要请你协助寄赠书给美国的十几个人。我会通过列奥纳德·莫尔把名单寄给你。事实上,我想其中有些人已列在你们的赠书名单上了。

你询问的关于《李尔王》的文章(实际上是关于托尔斯泰论莎士比亚的文章)发表在两年前一份存在不久的叫《论战》的杂志上。遗憾的是,我自己也没有,一直想弄一份,因为我将来可能会把它重印出来。我很有兴趣想知道燕卜荪[①]的文章发表在哪里,因为我想知道他对《李尔王》的

---

[①] 燕卜荪(William Empson, 1906—1984),英国诗人和批评家,曾在昆明西南联大教书。

看法。他像人们常常做的那样消失在中国了，我甚至不知道他目前在不在写东西。

我在过去几个星期里病得很厉害，不过现在好一些了。我相信自己已在康复过程中，在夏季过去以前当可离开这里，但是可以肯定，从好里说，这也是很缓慢的过程。我已把下一部小说计划好了，但在没有感到身体好一些以前不会碰它。这不仅是因为工作容易疲劳，而且因为我怕开始不顺利而受到挫折。

乔治·奥威尔谨启

一九四九年
董乐山　译

# 评亨利·米勒的《北回归线》

现代人就像一只黄蜂,在被肢解了以后仍旧继续吮吸果酱,好像失去腹部并不紧要。就是对这种事实的一些感悟,使得像《北回归线》那样的书(因为随着时间的推移大概还有更多这样的书出现)产生了出来。

《北回归线》是一部小说,或者不如说是一部自传,写的是住在巴黎的美国人——不是囊中有钱、附庸风雅的那一类,而是穷困潦倒、不务正业的那一类。这本书里有许多地方都写得很出色,但是它立刻引起注意的,也许是其最基本的特色,是它对风流邂逅的偶然事件的描写。这些描写都很令人感兴趣,不是因为任何色情方面的吸引力(恰巧相反),而是因为这些描写做了一定的尝试,要触及真正的事实。它们从普通人的观点来描写性生活,但是,必须承认,这普通人是一种下等的普通人。这本书里几乎所有的人物都是妓院常客。他们的行为和他们讲述自己的行为的话都是粗俗不堪的,这在小说写作中是绝无仅有的,但在实际生活中却屡见不鲜。总的来说,此书甚至可以称为对人性的丑化。由于人们有正当的理由可以问,丑化人性有什么好处?因此我必须阐释一下我上面所说的话。

宗教信仰的崩溃造成的一个结果是生活的肉体方面的庸俗理想化。在某种意义上来说,这是很自然的。因为,如果说在坟墓另一边没有生命的话,那么,生育、交配等在一定方面是令人恶心的这个事实,显然是更难面对了。当然,在基督教的几个世纪里,对生命的悲观看法被视为或多或少是理所当然的事。祈祷书里用一种说明不言自明的事情的口气说:"人由女子所生,只有很短的时间好活,生命中充满苦难。"但当你相信坟墓真的把你结束的时候,承认生命充满苦难就是另外一回事了。用某种乐观的谎话来安慰你自己要比较容易。因此便有《笨拙》杂志的令你窃窃发笑的轻松,因此又有巴里和他的风铃草,因此又有赫伯特·乔治·威尔斯和他的裸体女教师充斥的乌托邦。尤其是因此有过去百年中大多数小说里的性主题的泛滥充斥。《北回归线》是一部毫不留情地坚持事实地处理性生活的书,这样的书无疑把大钟摆摆得太远了,但是它摆的方向却是正确的。人不是"耶胡"①,但他却像耶胡,而且需要人家不时提醒他这一点。对于这么一本书,你要求的只是它能够胜任地完成任务,而不是虚情假意,拖泥带水,我认为在这本书里是满足了这个条件的。

米勒先生虽然选择写丑恶事物,但是他大概不愿接受悲观主义者的名称。他对生活的进程甚至有一些相当惠特曼式的热情。他说的似乎是,如果你因为对丑恶有思想准备而强加给了自己,你最后就会发现,生命并非毫无价值,而是颇值得一活的。从文学的观点来看,他的书是合格的,尽管不是特别杰出。它的结构严谨,只有极少数几处陷于现代作品中的典型的松散。如果它能引起批评界的注意,它无疑会与《尤利西斯》并列,不过这样并列是相当错误的。《尤利西斯》不仅是一本好得多的书,而且用

---

① 耶胡,Yahoo 的音译,斯威夫特《格列佛游记》中的人形兽。

意也完全不同。乔伊斯基本上是一个艺术家，米勒则是一个观察细腻但是感情麻木的人在把他对人生的看法说出来而已。我发现他的文章很难引用，因为到处都有不能印出来的话，不过这里倒有一个例子可以引用：

落潮的时候，只有少数患梅毒的美人鱼搁浅在淤泥中，圆顶大厅看起来像一所被旋风袭击过的射击厅。一切都慢慢地一点一滴地流回阴沟。有一小时左右之久，有死一样的平静，呕吐的脏物给打扫干净了。突然树木开始发出刺耳的声音。从林荫道一端到另一端，一阵狂叫似的歌声响了起来。这是一个信号，宣布交易所关门。剩下的希望都给收拾掉了。把最后一泡尿撒空的时间到了。白天像麻风病人一样溜了进来……

这一段文章节奏很好，美语的伸缩性和细腻性不如英语，但也许它有更多的生气。我并不认为我在《北回归线》上发现了二十世纪的伟大小说，但是我的确认为它是一本出色的书。对任何一个能够弄到这本书的人（当时此书在英、美都仍遭禁），我竭力劝他一读。

一九三五年十一月十四日《新英语周刊》<br>董乐山　译

# 查尔斯·狄更斯

## 一

狄更斯是那些很值得偷窃的作家之一。你只要想一想,就是把他埋葬在威斯敏斯特教堂也属一种偷窃。

当切斯特顿①为人人丛书版狄更斯作品集写序言时,他似乎十分自然地把他的那种极具个人特色的中世纪主义加在狄更斯身上,最近一位马克思主义作家 T.A. 杰克森先生竭力要把狄更斯说成是个嗜血的革命家。马克思主义者说他"几乎"是个马克思主义者,天主教徒说他"几乎"是个天主教徒,而他们又都说他是个无产阶级(或者像切斯特顿会说的那样,"穷人")的卫士。在另一方面,娜捷施达·克鲁普斯卡娅在她写的一本关于列宁的小书中说到,列宁在生命快结束的时候去看了《圣诞颂歌》改编的剧本演出,他发现狄更斯的"中产阶级温情"是那么难以忍受,一场戏演出到一半他就中途退场了。

---

① 切斯特顿(Gilbert Keith Chesterton,1874—1936),英国作家、文学评论家。

把"中产阶级"理解为克鲁普斯卡娅可能要表示的意思,这可能比切斯特顿和杰克森的评断更为正确。但是值得指出的是,这句话中包含的对狄更斯的厌恶是有些不寻常的。有不少人觉得他是不堪卒读的,但是似乎很少人对他的作品的总的精神感到有什么敌意。几年以前,贝契霍弗·罗伯茨以小说的形式出版了一本对狄更斯进行长篇累牍的攻击的书(《盲目崇拜的这一面》),不过这只是人身攻击,大部分是关于狄更斯如何对待他妻子的。它写的一些事情,狄更斯的读者一千个中也不会有一个听到过的,这些事情也不能否定他的作品的价值。那本书所表明的实际上是,一个作家的文学上的个性同他的个人性格没有什么关系。很可能,狄更斯在私人生活中的确是罗伯茨把他说成的那样一个麻木不仁的以自我为中心者。但是在他已出版的作品中,却隐含着一种与这完全不同的个性,这一个性为他赢到的朋友远比他的敌人要多。情况也很可能不是这样的,因为即使狄更斯是个布尔乔亚,他肯定也是个颠覆性作家,一个激进派,你甚至可以确实地说是个叛逆。凡是广泛读过他的作品的人都感到了这一点。例如吉辛[①],他是评论狄更斯的作家中最优秀的一个,本人也是激进派,但是他不赞同狄更斯的这一气质,希望它不存在。然而他从来没有想否认这一气质。在《雾都孤儿》《艰难时世》《荒凉山庄》《小杜丽》中,狄更斯攻击了英国的制度,其激烈程度是后人从未达到过的。但是他做到了在攻击的时候没有引起别人对他的憎恨,而且更有甚者,受到他攻击的人把他照单全收,使他自己成了一个民族象征。英国公众对狄更斯的态度总是有点像一头挨了一棍的象,反而把这当作愉快的搔痒。我在十岁以前被教师

---

① 吉辛(George Gissing,1857—1903),英国小说家,作品多反映穷苦文人生活。

把狄更斯硬灌进我喉咙,甚至在那年纪我就可以察觉到那些教师极像克里克尔先生。你不用人告诉就清楚,律师们欣赏法庭庭吏布兹夫兹,《小杜丽》是内政部里受欢迎的一本书。狄更斯似乎做到了对谁都攻击而又不得罪谁。自然,这使你怀疑,他对社会的抨击是不是有些不真实。在社会上、道德上、政治上,他究竟站在哪里?像往常一样,如果你从判定他不是哪一类人着手,就更加容易弄清楚他的立场。

首先,他不是切斯特顿和杰克森先生所说的一个无产阶级作家。一是,因为他并不写无产阶级,在这方面,他只是像过去和现在的压倒多数的小说家。如果你在小说中,特别是在英国小说中寻找无产阶级,你找到的将只是一个洞。也许这话需要加以限定一下。根据很容易明白的理由,农业劳工(在英国,是无产阶级)在小说中得到了相当不错的反映,关于罪犯、流浪汉已经写了很多,而且最近对工人阶级知识分子也写了很多。但是普通的城市无产阶级,那些推动轮子转动的人,却总是被小说家忽略过去了。他们有机会进入一本书的封面和封底之间,几乎总是作为怜悯的对象,或者滑稽的消遣。狄更斯小说中的中心情节几乎毫无例外的是在中产阶级环境中发生的。如果你详细考察一下他的小说,你就会发现,他的真正题材是伦敦商业资产阶级和他们的附庸——律师、文官、买卖人、酒店主、小手艺匠和佣仆。他没有描绘过一个农业工人,只有一次描绘过一个产业工人(《艰难时世》中的斯蒂芬·布莱克普尔)。《小杜丽》中普洛尼希一家也许是他对一个工人阶级家庭最好的描绘——例如,辟果提一家很难算是工人阶级的——但是总的来说,他对这种类型的人物的处理不是成功的。如果你随便问一个一般读者,他能记得狄更斯笔下的哪个无产阶级人物,他几乎肯定能记得的三个人物是比尔·赛克斯、山姆·韦勒和盖普太太。

一个溜门撬锁的窃贼,一个男仆,一个酗酒的产婆——很难算是英国工人阶级各阶层的代表。

其次,按照一般接受的"革命的"这一词的含义,狄更斯不是一个"革命的"作家。但是他在这里的地位需要做一些说明。

无论狄更斯可能是哪一类人,他肯定不是一个偷偷活动的灵魂拯救者,以为如果你能修改一些法规细则和废除一些反常现象,世界就会完美无缺的那种好心的白痴。值得把他同——比如——查尔斯·里德①做一比较。里德比狄更斯要见多识广得多,而且在某些方面更有公益精神。他真正痛恨那些他能理解的弊端,他在一系列的小说中揭露了这些弊端,这些小说尽管荒谬可笑,但极有可读性,而且他也许的确起了作用,改变了舆论对一些虽然小但是重要的问题的看法。但是要他理解在现有社会的形式下有些弊端是不可能改正的,就超过他的智力了。抓住这个或那个小弊端,揭露在光天化日之下,把它送到英国的一个陪审团之前,一切就万事大吉了——这就是他的观点。狄更斯至少从来没有想过,要医治小脓包,你可以把小脓包割去。在他的书中,你可以在每一页上都看到,他意识到这个社会从根本上来说是有毛病的。只有当你问"哪一条根"时,你才开始理解他的地位。

事实是,狄更斯对社会的批评几乎完全是限于道德上的。因此在他的作品里任何地方都完全没有什么建设性的建议。他攻击法律,攻击议会制政府,攻击教育制度等,但从来没有明确表示他要用什么来代替。当然,提出建设性建议不一定是小说家的事,或者是讽刺家的事,但问题是,狄

---

① 查尔斯·里德(Charles Reade, 1814—1884),英国小说家、戏剧家。

更斯的态度从根本上来说甚至不是破坏性的。没有清楚的迹象表明，他希望现有秩序被推翻，或者他相信如果被推翻的话就会有很大的不同。因为在实际上，他的目标不是社会而是"人性"。很难在他书中找出哪一段是表明经济制度作为一种制度是错误的。例如，他从来没有对私人企业或私人财产做过什么攻击。甚至在像《我们的共同朋友》这样的一本用白痴般的意志把个体的力量发动起来扰乱活人的书中，他也没有想到要表示个人不应该握有这种不负责任的力量。当然，你可以为自己得出这个结论，你也可以从《艰难时世》末尾关于旁德贝的遗嘱的话中再得出这个结论，而且，的确，你可以从狄更斯的全部作品中得出自由放任资本主义的邪恶的结论；但是狄更斯自己并没有做此结论。有人说，麦考莱[①]拒绝评论《艰难时世》，因为他不赞成它的"愤懑的社会主义"。显然，麦考莱这里使用"社会主义"一词的意思就像二十年前把一餐素食或者立体主义绘画称为"布尔什维主义"一样。该书中没有一行文字是可以恰当地称为社会主义的；的确，如果说它有倾向的话，这倾向则是拥护资本主义的，因为它的整个教诲是，资本家应该是仁慈的，而不是说工人应该是反叛的。旁德贝是个恃强欺弱的说大话的人，而格雷格仑德则在道德上是盲目的，但是如果他们两个都是好一些的人，制度就可以运行良好，从头到尾，这就是隐含的意思。就社会批评而言，你能从狄更斯那里找到的，就不超出这一点了，除非你有意把自己的意思加在他的作品里。他的全部"信息"初看之下完全像是陈词滥调：只要大家行为规矩正派，这世道就会公平合理了。

　　自然，这就需要少数处于权威地位的人物的确是行为讲规矩的。因此

---

[①] 托马斯·麦考莱(Thomas Babington Macaulay, 1800—1859)，英历史学家、散文家，著有《英国史》。

就不断出现"有钱的好人"这样狄更斯式的人物。这种人物特别属于狄更斯的早期乐观主义阶段。他往往是个"巨商"（我们不一定知道他做的是什么商品买卖），他总是个超人式的心肠仁慈的老先生，他来去匆匆，提高职员薪水，拍拍孩子脑袋，把欠债的保出监狱，总而言之，像个童话里的教母。当然，他纯粹是个梦中人物，比斯奎尔斯和密考伯更远离现实。甚至狄更斯有时也一定想到过，任何哪个那么心急地要把钱送掉的人，首先是决不可能得到钱的。例如，匹克威克先生"曾在金融界"工作，但是很难想象他能在那里发财。尽管如此，这样的人物像一根连接的线一样在他大多数的作品里贯穿始终。匹克威克、契里布尔斯一家、老朱兹尔威特、斯克鲁奇——一个又一个都是这样的人物，有钱的好人，把金币施舍给别人。但是狄更斯在这里的确显出了有所发展的迹象。在他中期的作品中，有钱的好人在某种程度上淡出了。在《双城记》或《远大前程》中，没有人再扮演这一角色了，《远大前程》事实上肯定是对"乐善好施"的一种攻击，在《艰难时世》中，只是由改过后的格雷格仑德来扮演，而效果则十分可疑。这个角色在《小杜丽》中和《荒凉山庄》中分别由米格尔斯和约翰·加达斯以一种相当不同的方式重新出现，你也许还可以加上《大卫·科波菲尔》中的贝茜·特罗特伍德。但是在这些作品中，有钱的好人已从一个"巨商"缩为一个靠利息收入的人。这是意味深长的。靠利息收入为生的是有产阶级一分子，虽说自己几乎都不知道他能够，而且的确是使别人为他工作的，但他很少有直接权力。不像斯克鲁奇或者契里布尔斯一家，他不能用提高大家工资来纠正不公正现象。狄更斯在五十年代写的那些相当消沉的书中似乎可以引出的结论是，这时候他已了解到用心良好的个人在一个腐化的社会里是束手无策的。尽管如此，在最后一部写完的小说《我们的共同朋友》

(一八六四年至一八六五年出版)中,有钱的好人在波芬的身上又极为光彩地回来了。波芬是无产阶级出身,只是靠遗赠才致富的,但是他成了照例的救星,到处撒钱解决大家的问题。他甚至像契里布尔斯那样到处奔走。在好几个方面,《我们的共同朋友》回到了原先的方式,而且不是不成功的。狄更斯的思想似乎足足地绕了一个圈子。再一次,个人的好心成了万能的药方。

狄更斯对他那时代的一个突出的弊端说得很少,那就是童工。他的作品中有不少儿童受苦的描述,但一般他们都是在学校里而不是在工厂里受苦。他所做的唯一关于童工的详细记述是在《大卫·科波菲尔》中关于小大卫在摩德斯通和格林贝公司仓库里洗涮酒瓶的描写。这当然是自传性的。狄更斯本人在十岁的时候曾在河滨道的瓦伦里鞋油厂做过工,情况同这里所讲的很相像。对他来说,这是一段非常痛苦的记忆,一半是因为他觉得这件事丢他父母的脸,甚至他连妻子也不告诉,一直到婚后很久。他在《大卫·科波菲尔》中回顾这一时期时说:

> 甚至到现在,我还觉得有些奇怪,我居然会在这样的年纪被这么轻易地抛弃掉。一个能力出众并且有敏锐观察力的孩子,聪明,热心,纤弱,很快就受到了身心的伤害。我觉得十分奇怪,怎能够没有人对我做什么表示。但是没有什么表示;因此,我在十岁就成了一个小童工,在摩德斯通和格林贝工厂做工。

在描述了和他一起做工的那些粗野孩子以后,他又说:

> 我落到同这些人为伍心里暗暗感到的痛苦是任何言语都不能表达的……我感到我的想长大后成为一个有学问的杰出的人的希望在我心中给压得粉碎了。

显然，这不是大卫·科波菲尔在说话，这是狄更斯自己。他在几个月以前开始写，后来又放下不写的自传中几乎用了同样的话。当然，狄更斯这么说是对的：一个有天赋的孩子不应该一天工作十小时贴瓶子标签，但是他没有说任何孩子都不应该遭到这样的命运，并且没有理由可以推定他会这么想。大卫从仓库里脱身出来，可是米克·瓦克和米莱·波推托斯等孩子还在那里，没有迹象表明狄更斯对此是感到怎么不安的。像平常一样，他没有表示这样的意识：社会的结构是可以改变的。他瞧不起政治，并不相信议会会做什么好事——他曾经在议会当过速记员，没有疑问，这是一次令人幻想破灭的经历——而且他对他那时候人们最寄希望的工会运动是抱有一点敌意的态度的。在《艰难时世》中，工会运动是作为比骗局好不了多少的事情来写的，它之所以发生是因为雇主不够有家长的气度。斯蒂芬·布莱克普尔拒绝参加工会在狄更斯眼中倒是一种优点。而且，如杰克林先生所指出的，《巴纳比·鲁奇》中，徒工联合会大概是对狄更斯自己时代的非法的或刚够合法的工会的攻击，这些工会有他们自己的秘密集会、暗号，等等。显然，他希望工人能得到合理的对待，但是没有迹象表明他希望他们把自己的命运掌握在自己的手中，更不用说采取公开的暴力行动了。

实际上，狄更斯在两部小说《巴纳比·鲁奇》和《双城记》中描写了狭义的革命。在《巴纳比·鲁奇》中，这实际上是一场暴乱，不是革命。

一七八〇年戈登暴乱①虽然有宗教偏见作为借口,却似乎不过是爆发一场没有意义的杀人放火抢劫的暴乱。狄更斯对这种事情的态度充分地表现在这一点上:他的第一个念头是把暴乱的领袖写成从疯人院逃出来的三个疯子。他后来没有这样做,但是书中的主要人物确实是一个农村白痴。在描写暴乱的几章中,狄更斯对乱民暴力表现了极为深刻的恐惧。他津津有味地描写社会的"渣滓"怎么样兽心勃发肆意作恶的场面。这些章节有极大的心理学上的价值,因为它们表明他在这个问题上担忧之深。他所描写的事情只可能出诸他的想象,因为在他一生之中没有发生过这样规模的暴乱。例如,下面是他的一段描写:

> 要是把疯人院的大门统统打开,也不会涌出那天晚上那么疯狂的疯子。有人在花圃上跳啊踩啊,好像是践踏敌人似的,而且还随意攀摘,像野人拧脖子。还有人把点燃的火炬掷向空中,结果落在他们自己的脑袋上和脸上,烧伤了皮肤,留下不忍卒睹的伤口。也有人奔向火焰,双手划着,好像是在水上划船;另外有人只是由于别人阻拦才没有投身进去满足自己的渴望。有一个喝醉酒的青年,看上去还不满二十岁,躺在地上,嘴边还衔着酒瓶,屋顶上的铅皮给烧成火红一片,阵雨似的倾注下来,像白热的蜡一般融在他的头上……但是在这一群吵吵嚷嚷的乱民之中,没有一个人从这种景象中看到有什么可怜的地方,或者感到看不下去;也没有人对这种暴烈的、愚蠢的、没有理智的发泄感到作呕。

---

① 戈登暴乱,一七八〇年新教徒在乔治·戈登煽动下反对一七七八年通过的罗马天主教放宽法(即放宽对天主教的限制)的暴乱。

你几乎会以为你是在读佛朗哥将军①的一个拥护者对"赤化"的西班牙的描述。当然，你必须记住，狄更斯写这一段文字时，伦敦的"暴民"仍然存在(如今已没有暴民，只有少数乌合之众)。低工资和人口的增长与流动带来了一支庞大的、危险的贫民窟无产者，而在十九世纪中期之初，还没有像警察那样的组织。在碎砖开始飞扔的时候，你除了关上窗户或者请军队前来开火以外，没有别的办法。在《双城记》中，狄更斯写的是一场真的关系重大的革命，他的态度就不同了，不过也不是完全不同。事实上，《双城记》是一部很容易留下一个错误印象的书，特别是经过了一段时间以后。

读过《双城记》的人无不记得的一件事就是"恐怖统治"。全部书是由断头台——送车辚辚而过，血淋淋的铡刀，掉在篮子里的脑袋，一边看着杀人一边编织毛衣的满脸阴险的老太婆——所笼罩着的。实际上，这些场面只占几章篇幅，但是写得十分紧张，而全书的其余部分发展甚慢。不过《双城记》并不是《紫蘩蔞》②的配套作品。狄更斯看得很清楚，法国革命一定会发生，被处决的人中有许多是罪该一死的。他说，如果你的行为像法国贵族那样，必然会有报应。他一次又一次地这么重复说。我们一再被提醒，当"老爷"躺在床上，有四名身穿号衣的男仆侍候他喝巧克力，而农民却在外面挨饿，这时候，森林里就有一棵树在成长，到时候就会锯成木板，供搭断头台之用，等等。他用最清晰的语言说明，有了这样的原因，恐怖统治是必然的：

---

① 佛朗哥（Francisco Franco，1892—1975），西班牙独裁者，一九三六年在德意的法西斯支持下率兵叛乱，与共和国政府军进行内战，获胜后执政近四十年。

② 《紫蘩蔞》，一九○五年在伦敦上演的一部戏剧，剧中神出鬼没、行动诡秘的主人公用此花名作为化名。

这样谈论这场可怕的革命是太过分了……好像它是天底下唯一的一场没有经过播种的收获——好像从来没有做过造成它的原因的事——好像看到法国千百万可怜的民众受苦受难,看到应该用来造福于他们的资源被滥用浪费的这些观察家,竟然在多年之前没有预见到它必然会来临,没有用明白的话把他们所看到的记录下来。

他又说:

凡是想象力可以把自己的想象记录下来以来所能想象到的这一切贪得无厌的恶魔,都在一次想象力的实现中即断头台上融化了。法国有种类多样的土壤和气候,但是在法国,却没有一根草、一片叶、一条根、一根枝、一粒胡椒,会在产生这场恐怖的条件更加有把握的条件下生长成熟。用同样的锤子再一次打烂人性,人性仍会以同样扭曲的形态出现。

换句话说,法国的贵族早已自掘坟墓。但是,在这里,并没有现在称为历史必然性的认识。狄更斯看到,有着那样的原因,结果是不可避免的,但是他认为,原因却可能避免。革命是因为几百年的压迫使得法国农民过着人不像人的生活才发生的事情。如果邪恶的贵族能够像斯克鲁奇那样弃邪归正,就不会有革命,不会有农民起义,不会有断头台——那一切就好多了。这是与"革命的"态度正好相反的态度。从"革命的"观点来看,阶级斗争是进步的主要动力，因此，剥夺农民和驱使他们走上反叛道路的贵族扮演了必要的角色，正如把贵族送上断头台的雅各宾党人一样。狄更斯在任何地方都没有写过可以做此解释的一句半行的话。在他看来，革命只不过是由暴政所生产的一个恶魔，最后以吞噬它自己的生产者收场。在悉尼·卡尔顿在断头台脚下看到的未来景象中，他预见到了德法奇和恐怖统治的其他领导人都丧身在同一铡刀之下——事实上，这大致就是后来发生的情况。

而且狄更斯十分确信革命是个恶魔。正因为如此，人人都记得《双城记》中的革命场面；这些场面有噩梦的性质，而这是狄更斯自己的噩梦。他一再坚持认为革命的恐怖行为是没有意义的——大批屠杀，无法无天，到处是令人提心吊胆的间谍密探，暴民的嗜血成性。关于巴黎暴民的描写超过了《巴纳比·鲁奇》中的任何描写，例如，成群的杀人犯在九月大屠杀中屠杀监狱犯人之前争着挤在磨刀石前要磨刀的描写。在他看来，革命家不过是丧失人性的野人，事实上，不过是疯子而已。他对他们的狂热是用一种出奇的高度想象来描写的。例如，他写他们跳"卡马涅拉舞"①：

> 人数当不少于五百，但他们跳得像是五千个恶魔……他们跟着这支流行的革命歌曲跳舞，速度很快，好像大家一致在咬牙齿……他们前进，后退，互相拍手，互相抓头，单独旋转，抓住对方，再成对旋转，一直到有不少人累得倒在地上……突然，他们又停止了，休息了一下，又重新打拍子开始，排列成行，占

---

① 卡马涅拉舞，法国大革命时一支流行的同名歌曲伴奏下的街头舞蹈。

了整个街道的宽度,低着头,举着手,大声尖叫,猛扑过去。没有别的殴斗有这种舞蹈一半可怕的。这完全是一种堕落的运动——一种曾经是纯洁无邪而如今已完全受魔法控制的东西了。

他甚至说这些坏蛋之中的一些人还有把儿童送上断头台的嗜好。应该读一读我在上面节引的段落的全文。这一段和其他类似段落都表明狄更斯对革命的歇斯底里所感到的恐惧有多深。例如,请看他写的"低着头,举着手"等的笔法,以及这笔法所传达的凶险景象。德法奇夫人的确是个可怕人物,她肯定是狄更斯写坏人的最成功之作。德法奇等人不过是"在旧秩序的废墟上兴起的新压迫者",革命法庭是由"最下层,最残忍,最糟糕的人"主持的,如此等等。狄更斯从头到尾都不放过一个革命时期的噩梦般的不安全感,在这点上,他表现了很大程度的预见。"有罪推定的法律剥夺了自由和生命的一切保障,把无辜的好人交给有罪的坏人;监狱里尽是没有犯过任何罪的人,他们的申诉没人理睬"——这在今天可以相当准确地用在好些国家身上。

任何革命的辩护人一般总企图尽量轻描淡写革命的恐怖;狄更斯却想夸大这些恐怖——从一种历史的观点来看,他确实夸大了。甚至法国革命时期的"恐怖统治"也远远不如他所描写的那么严重。尽管他没有举出数字,他给人的印象是,一场疯狂的屠杀持续了好几年,而在实际上,就死亡人数而论,与拿破仑各场战役中任何一场相比,恐怖统治整个事件不过是场儿戏而已。但是血淋淋的铡刀和辚辚来去的运车在他的心中造成了一种特别的、阴森森的景象,他把它传给了一代又一代的读者。由于狄更斯,"运车"一词有了一种使人不寒而栗的声音;使你忘记了一辆运车只是一种农村的大车而已。直到今天，在一般的英国人看来，法国革命就只是意味着斩下的首级堆积如山。奇怪的是，狄更斯比他的时代的大多数英国人更加同情革命的思想，却在造成这种印象方面起了这么大的作用。

如果你痛恨暴力而又不相信政治，剩下的唯一办法是教育。也许社会已病入膏肓，无可救药，但是对个别人总是有希望的，如果你能在他还年轻的时候抓住他的话。这个信念是狄更斯关心儿童的部分原因。

没有别的人，至少没有别的英国作家，在写儿童时期时比狄更斯写得更好。尽管自那以后我们已积累了许多知识，尽管现在儿童已受到比较合理的对待，但是，没有别的小说家表现出与狄更斯同样的深入了解儿童的观点的能力。我第一次读到《大卫·科波菲尔》时大约只有九岁。开头几章的心理气氛对我是那样的亲切易解，我模糊地想这大概是一个孩子写的。但是，当你成年之后重读这本书时，看到——举例来说——摩德斯通夫妇从高大吓人的恶魔形象缩小成有些滑稽的坏蛋时，这些章节的魅力仍然不减。狄更斯能够同时站在儿童心理的内外，做到同一场面既滑稽可笑又真实可怕，完全看你在读此书时的年龄而定。例如，大卫被诬偷吃羊肉排那一场面，或者《远大前程》中匹普从哈维夏小姐家中回来，发现自己完全没有能力描述他所看到的事件，就说了一套荒诞的谎话——这些谎话当然被信以为真——来规避。儿童时期的所有孤独感都跃然纸上。而且狄更斯极其精确地记录了儿童头脑的运作，它的视觉化的倾向，它对某些印象的敏感程度。匹普说到他童年时代对死去父母的了解是从他们的墓碑上得来的：

> 我父亲墓碑上的字体形状，使我有一种奇怪的想法，认为他

是一个方方正正、结结实实的肤色很深的人,一头黑色鬈发。从"其妻乔治安娜合葬于此"的铭刻的字体和笔锋,我得出一个孩子气的结论,我母亲是面有雀斑,身体多病的。在他们的墓边整齐地排列着五块小小的菱形石块,每块约有一尺半长,这是对我的五个小兄弟的纪念……我由此坚定地相信,他们是躺着生下来的,双手插在裤兜里,在这样的生存状态下从来没有伸出来过。

《大卫·科波菲尔》中也有一段类似的段落。大卫咬了摩德斯通的手以后,给送到一所学校里去,背上被迫挂着一块牌子:"留意此人。他要咬人。"他看着操场大门上孩子们刻的自己的名字,从每个名字的样子看来,他似乎知道这个孩子会用什么口气读出他背上牌子上的话:

> 有个叫斯铁福思的孩子刻的名字非常深,非常多,我想他一定会大声朗读出来,读完扯我的头发。另一个孩子叫托美·屈拉得尔斯的,我担心他会借此戏弄,假装很怕我。第三个叫乔治·邓波儿,我想他会唱着读。

我小时读到这一段时,似乎觉得这正是这些名字会引起的景象。原因当然是这些名字读音的联想。但是在狄更斯之前,有多少人注意到这种事情呢?在狄更斯时代,对孩子采取比较同情的态度,比现在要罕见得多。十九世纪初期可是儿童生不逢时的时代。在狄更斯年轻的时候,儿童仍旧"在刑事法庭受到严厉的审判,他们被高高举起让大家都看到",十三岁的孩子因为小偷小摸而被处绞刑还是前不久的事。"要把孩子收拾得服服帖帖"的主张十分流行。一直到十九世纪很晚的时候,《费尔却尔德一家》①都是给儿童读的标准读物。这本可恶的书如今是在大量删节后继续问世的,但是原版很值得一读。这使你对儿童受到的管教有时达到什么程度有个大致的概念。例如,费尔却尔德先生遇到孩子吵架,先抓来揍一顿,每打一杖,口中就朗声背一句瓦茨博士的话"这些癞皮狗,看你们还叫不叫,咬不咬",然后把他们带到吊着凶犯的散发着臭腐味的绞刑架下面,整整待一个下午。在这个世纪初期,成千上万的儿童,有的年纪很小,只有六岁,就在煤矿里和纺纱厂里,累死累活地做苦工,真的是到累死为止,甚至在时髦的公学里,孩子们因为背错了一句拉丁诗而要给鞭得血痕累累。有一件事,狄更斯似乎是认识到的,而他的同时代的人大多数却没有认识到,那就是鞭打的性虐待成分。我想这可以从《大卫·科波菲尔》和《尼古拉斯·尼克尔贝》中得出这个结论。但是对孩子的心理残忍同肉体残忍一样引起他的愤慨,虽然有相当数目的例外,他笔下的学校教师一般都是恶棍坏蛋。

当时英国所存在的每一种教育,除了大学和几所有名公学以外,都在狄更斯的笔下遭到了抨击。其中有布林伯博士的学院,那里的孩子都被希腊文灌输得快要胀破肚皮了,还有该时期的令人厌恶的慈善学校,培养了像诺亚·克莱波尔和尤利亚·希普那样的标本,还有萨勒姆学校和多思博爱学校,以及伍普斯尔先生的姨婆办的那所实在丢人的女子学校。狄更斯说的情况,有一些今天仍旧是真实的。萨勒姆学校是现代"预备学校"的老祖宗,情况仍十分相像;至于伍普斯尔先生的姨婆,目前在英国几乎所有的小镇上仍有同一痕迹的骗局存在。但是,像往常一样,狄更斯的批评

---

① 《费尔却尔德一家》,一八一八年至一八四七年间出版的一部儿童读物,共三卷。

既不是建设性的，也不是破坏性的。他看到了以希腊词汇和鞭杖为基础的教育制度的荒唐，但在另一方面，他对五十年代和六十年代出现的新型学校又不赞成。这种"现代化"学校坚持讲究"事实"。那么他又要什么呢？像往常一样，他要的似乎是一种现有东西的道德化——老式的学校，但没有鞭打，没有恫吓，没有饿肚子，没有那么多的希腊文课程。大卫·科波菲尔从摩德斯通和格林贝工厂脱身出来以后去的那所斯特朗博士的学校就是没有那些缺点的萨勒姆学校，不过添进了不少"灰色旧石块墙头"的气氛：

> 斯特朗博士的学校是一所很好的学校，它与克里克尔先生的学校的不同，就像善与恶的不同一样。它的气氛肃穆庄重，凡事井井有条，制度健全，一切都能唤起孩子们的自尊和诚实的天性……产生奇迹般的效果。我们都觉得我们在学校的管理方面，在维持它的校风和尊严方面，也起了一定的作用。因此，我们很快地对它产生了热烈的感情——我知道至少自己是一个，而且，我在那里的时候，从来不知道有任何孩子不是那样的——而且用心学习，希望不要辜负它的名声。我们在课余玩高尚的游戏，而且享有充分的自由；但是我记得即使在那时候，我们在镇上也得到了好评，从来没有由于我们的仪表或作风而玷污斯特朗博士和斯特朗博士的学生的名声。

在这一段笼统含糊的话中，你可以看到狄更斯是完全缺乏任何教育理论的。他可以想象一所好学校的道德气氛，但是到此为止，不能再进一步。孩子们"用心学习"，但是他们学的是什么？没有疑问，这是布林伯博士的课程，只是冲淡一些而已。考虑到狄更斯小说中到处表现出来的他对社会的态度，你若知道他把他的大儿子送到伊顿公学去，把他的所有孩子都送去受通常教育的训练，你是会感到震惊的。吉辛似乎认为，他这么做可能是因为他很痛苦地意识到自己受的教育不够。这里，吉辛也许受到自己对古典学识的爱好的影响。狄更斯很少，或者说没有，受过正式教育，但他并没有因此而缺什么，而且总的来说，他似乎是意识到这一点的。如果说他不能够设想一个比斯特朗博士的学校更好的学校，或者，比实际生活中的伊顿公学更好的学校，那大概是由于思想上的欠缺，而不是吉辛所说的那个原因。

看来好像是，狄更斯在对社会的每一次攻击中锋芒所向总是精神的改变而不是结构的改变。要想断定他主张什么明确的解救办法，更不用说信奉什么政治学说，是没有希望的。他的方针总是在道德层面上，他的态度可以用他说到斯特朗博士的学校与克里克尔先生的学校的不同"就像善与恶的不同一样"那句话来充分概括。两件事情可以既是十分相像，又有天壤之别。天堂和地狱都在同一地方。不"改变心"而改变制度是没有用的——这基本上是他一直在说的话。

如果情况就是这样，那么他可能不过是个粉饰太平的作家，一个反动的说假话的人。"改变心"事实上是那些不愿意危及现状的人的口实。但是狄更斯不是个说假话的人，除了在一些小事情上，而且你读了他的书得出的最强烈的一个印象是他对暴虐统治的痛恨。我在前文说过，狄更斯不是公认意义上的革命作家。但是一点也不能肯定的是，对社会仅仅做道德上的批评就一定不如目前流行的政治经济上的批评那样革命，而且，话得说回来，革命毕竟意味着要把一切都翻一个个儿。布莱克不是政治家，但是，在像"我漫步走过每一条特许的街道"那样的诗中，对资本主义社会的性质的了解比四分之三的社会主义书报还多。实际情况是，进步不是幻想，但它很缓慢，总是令人失望。总是有个新暴君在等着从老暴君那里接过手来——一般不是这么坏，但仍是个暴君。因此，有两个论点总是站得住脚的。一个是，你在没有改变制度之前怎么改善人性？另一个是，你在没有改善人性之前改变制度有什么用呢？它们对不同的人各有吸引力，而且大概还在一定的时候互换的倾向。道德家和革命家总是不断地互相拆台。马克思在道德家的脚下引爆了一百吨的炸药，我们如今仍生活在那爆炸的震天回响中。但是，在什么地方，已有地雷兵在工作，在埋设新的炸药，要在月球上炸掉马克思。然后，马克思，或者像他那样的什么人会带着更多的炸药回来，这样的情况就反复继续下去，一直到我们无法预见的最后结束。主要问题——如何防止权力被滥用的问题——仍未解决。狄更斯没有那样的眼光，能看到私有财产是讨厌的障碍，但是却能看到这一点。"只要大家行为规矩正派，这世道就会公平合理了"并不是听起来的那种陈词滥调。

## 二

也许，狄更斯比大多数作家都可以更加充分地用他的社会出身来解释，尽管他的家庭历史并不完全像你从他的小说中所推想的那样。他的父亲是政府机构的文官，通过他的母亲的家庭，他同陆军和海军中人都有关系。但是从九岁起，他就在伦敦的商业环境中生活，而且一般来说，是在一种在贫穷中挣扎的氛围中长大的。思想上他属于城市小布尔乔亚，而且他恰好是这一阶级的特别好的标本,可以说是所有"特点"都得到了高度的发展。这是他为什么这么令人感兴趣的部分原因。如果我们要举一个现代的相应人物,最接近的就是赫·乔·威尔斯,也有同样的历史背景,而且作为小说家,显然在某些方面有些师承狄更斯。阿诺德·本涅特[①]基本上是同一类型,但与其他两人不同,他是英格兰中部人,有工业的和不信奉国教的背景,不是商业的和国教派的背景。

城市小资产阶级分子的最大缺点,也是优点,是他的有局限性的世界观。他把世界看成是一个中产阶级的世界,一切在这个世界范围之外的东西,不是可笑的便是有点邪恶的。一方面,他与工业或土壤没有接触;另一方面,他与统治阶级也没有接触。凡是仔细研究过威尔斯的小说的人,都会注意到,虽然他对贵族恨之入骨,视同毒药,但是他对富人并不特别反感,对无产者并无热情。他最痛恨的人,他认为造成人类一切弊端的人,是国王、地主、教士、民族主义者、军人、学者和农民。这张单子以国王开始,以农民收尾,初看之下,似乎有点像大杂烩,但在实际上,这些人有一个共同点,他们都是老派的人,受传统支配,目光放在过去,因此与新兴资产者截然相反,后者把钱押在将来,而把过去看成不过是不散的阴魂。

实际上,狄更斯虽然生活在资产阶级确实是个新兴阶级的时期,但是他表现出来的这个特点不如威尔斯鲜明。他对于将来几乎是没有意识的,对于古旧的景色("古色古香的教堂"等)却几乎有一种酸不溜丢的眷恋。尽管如此,他最痛恨的几类人的单子与威尔斯的单子之十分相同,令人触

---

① 阿诺德·本涅特(Arnold Bennett,1867—1931),英国作家,著有《老妇人的故事》。

目。笼统地说,他是站在工人阶级的一边,由于他们受压迫,对他们有一种一般化的同情,但是他在实际上对他们并没有太多的了解;他们在他的小说中主要是当作佣仆出现的,而且是滑稽的佣仆。在天平的另一头,他痛恨贵族,而且也痛恨大资产阶级,在这一点上比威尔斯略胜一筹。他的真正的同情寄托在上面是匹克威克先生,下面是巴基斯先生。但是就狄更斯所痛恨的那一类型来说,"贵族"这一词是含糊不清的,需要明确化。

实际上,狄更斯的对象不完全是大贵族,他们很少出现在他的小说中,而是他们的小旁系,在伦敦五月市①寓所靠接济为生的老太太,还有官吏和职业军人。在他的所有作品中都有对这些人的无数怀有敌意的描写,几乎没有心怀善意的。例如,对于地主阶级,几乎没有善意的描写。莱斯特·德洛克爵士可能是个例外,但仍难以确定;除此之外只有瓦德尔先生(他是个老一套的人物,所谓"心地善良的老乡绅")和《巴纳比·鲁奇》里的哈雷代尔,他之所以获得狄更斯的好感是因为他是个受迫害的天主教徒。对于军人(军官)没有善意的描写,海军军人则根本没有。至于他笔下的官吏、法官和推事,其中大多数人要是放到"废话处"②去倒会感到自在些。狄更斯唯一善意对待的官方人物是警察,这是意味深长的。

狄更斯的态度对一个英国人来说是很容易理解的,因为这是英国清教徒传统的一部分,甚至到今天都还没有灭绝。狄更斯所属的阶级,至少是他所选择的阶级,在经过了一两百年的埋没之后突然富有起来。这个阶级主要是在大城市中成长起来的,同农业没有接触,在政治上是软弱无力的。在这个阶级的经验中,政府不是干预他们就是迫害他们。因此,这是一个

---

① 五月市,伦敦一高级住宅区。

② 废话处,狄更斯作品中的一个官僚机构。

没有担任公共职务的传统的阶级，没有做太多有用贡献的传统。如今十九世纪这个新的有钱阶级使我们感到特别的是，它的完全不负责任的态度；它从个人成功的角度来看待一切事物，几乎没有任何群体存在的意识。在另一方面，一个泰特·巴纳克尔即使荒怠职守，也会有个模糊的概念，知道自己所荒怠的职责是什么。狄更斯的态度决不是不负责任的，更不用说效法一心捞钱的斯迈尔斯了。但在他的思想深处，常常有些半信半疑地认为，整个政府机构是没有必要的。议会无非就是库得尔勋爵和托马斯·杜得尔爵士，帝国无非就是巴格斯托克少校和他的印度仆人，军队就是乔塞上校和斯拉默医生，公务员系统就是本布尔和"废话处"——如此等等。他没有看到的，或者只断断续续地看到的是，库得尔和杜得尔以及其他从十八世纪留下来的个体在履行的职能是匹克威克或者波劳所根本不会放在心上的。

　　当然，这种视野的狭窄在某种程度上对他极为有利，因为漫画家看到太多是个致命伤。从狄更斯的观点来看，"上等"社会简直是一批乡村白痴。这是什么样的人物！这些人几乎是疯癫病人的病历档案。但是同时，他与地主军人官吏阶级的疏离使他没有能力做全面的讽刺。对于这个阶级，他只是在把他们当作精神有缺陷的人来描写的时候才成功。有人在狄更斯生前攻击他"不能描绘一个绅士"固然荒谬可笑，但是在这个意义上却是对的：他说的不利于"绅士"阶级的话很少是非常致命的。比如，墨尔伯里·霍克爵士只是要想刻画坏心眼准男爵那一类型所做的一种可怜的尝试。《艰难时世》中的哈特豪斯好一些，但在特罗洛普或萨克雷那里只能算是一般的成就而已。特罗洛普的思想很少越出"绅士阶级"的圈子，但是萨克雷的有利条件是他脚踩两个精神阵营。在某些方面，他的世界观同狄更斯的很类似。像狄更斯一样，他认同清教徒派有钱阶级，而不是玩牌欠债的贵族阶级。在他看来，十八世纪以坏心眼的斯特恩勋爵为代表进入十九世纪。狄更斯在《小杜丽》中只写了少数几章，《名利场》则是这几章的增补。从出身和教养来说，萨克雷正好比较接近于他所讽刺的那个阶级。因此，他能够写出像班德尼斯少校和劳敦·克劳莱那样比较微妙的类型。班德尼斯少校是一个浅薄的势利老头子，而劳敦·克劳莱则是一个没有头脑的无赖，他多年来靠欺诈生意人生活，而不觉得有什么不对；但是萨克雷明白，根据他们的歪理，他们都不是坏人。例如，班德尼斯少校从来不签空头支票。劳敦当然会，不过在另一方面，他不会在朋友危难时弃之不顾。这两个人在战场上都会有很好的表现——而这一点却不会使狄更斯特别动心。结果是，到了最后，你对班德尼斯感到好玩，因而宽容，而对劳敦则接近于尊敬。然而你仍旧能够看到这种在上层社会的边缘上寄生拍马生活的决然的腐朽性，这比任何长篇抨击更加奏效。狄更斯是完全做不到这一点的。在他的手中，劳敦和少校都会缩为传统的漫画人物。而且，总的来说，他对"上等"社会的攻击是有些虚构故事，马马虎虎的。在他的作品中，贵族阶级和大资产者主要是作为一种"远处的闹声"存在的，在舞台边上的一种哈哈笑声。当他描绘出一张真正细致的和致命的肖像时，如约翰·杜丽或哈罗德·斯金波尔，这一般是一个比较中间的、不重要的人物。

狄更斯有一点非常突出，特别是考虑到他所处的时代，那就是他没有庸俗的民族主义。所有达到民族国家阶段的人民都有瞧不起外国人的倾向，而且没有太多疑问，英语民族是其中最甚者。你可以从他们一旦对某个外国人种有了充分意识，就给他们起个侮辱性的外号这一点看出。Wop, Dago, Froggy, Squarehead, Kike, Sheeny, Nigger, Wog, Chink,

Greaser, Yellowbelly①——这不过是一部分例子。在一八七〇年之前,这一名单短一些,因为当时世界地图与现在不同,只有三四个外国人种充分进入英国人的意识。但对这些外国人种,特别是对最接近而又最痛恨的国家法国,英国人的自大态度极其令人不能容忍,英国人的"自大"和"排外"的名声至今仍流传着。当然,即使在现在,这也不是完全没有根据的。直到最近,英国儿童还都受到瞧不起南欧人种的教育,在学校教的历史主要是英国打赢的战役的清单。但是你得读一读三十年代的《季度评论》才能体会到什么叫作吹牛。在那个时候英国人把他们自己鼓吹为"坚定的岛民","坚如橡木",而且把一个英国人抵得上三个外国人当作有科学根据的事实。在十九世纪的小说和连环画报刊上都有传统的"Froggy"(法国佬)这个人物——一个矮小可笑的人,留一撮小胡须,戴高礼帽,总是在指手画脚,好做手势,虚荣轻浮,喜欢吹嘘自己的军功,但是一旦真正危险出现就溜之大吉。而其对立面则是约翰牛,"坚定的英国自耕农",或者在公学中比较流行的版本,像查尔斯·金斯莱、托姆·休斯等人那样的"坚强沉默的英国人"。

例如,萨克雷的这种观点就十分强烈,虽然他有时也看透了这一点,并且加以嘲笑。在他的心中,有一个历史事实牢牢地植了根,那就是英国人打赢了滑铁卢战役。你读他的书,翻开不久就会遇到提到这件事的话。在他的心目中,英国人是不可战胜的,因为他们有强健的体格,而这主要是他们吃牛肉所致。像他的时代的大多数英国人那样,他有一种奇怪的错觉,以为英国人比别的人高大(萨克雷正巧比大多数人都高大),因此,

---

① 分别为"意大利佬""西班牙佬""法国佬""德国佬(荷兰佬)""犹太佬""犹太鬼""黑鬼""阿拉伯佬""中国佬""拉美佬""胆小鬼"。

他会写出这样的一段话：

> 我对你说，你比法国人强。我甚至敢用钱打赌。凡是读此文的人，身高都在五英尺七英寸以上，体重十一石[①]；而法国人身高只有五英尺四英寸，体重不超过九石。法国人喝完汤后吃的是一盘蔬菜，而你是一盘肉。你是一种不同的优秀的动物——打败法国人的动物（几百年的历史证明你是这样），如此等等。

萨克雷的作品中到处都散见类似的段落。狄更斯决不会犯这种同样的错误。说他从来不取笑外国人不免过甚其词，当然他几乎如所有十九世纪的英国人一样，没有受到欧洲文化的影响。但是他在任何地方都没有做这种典型的英国式吹嘘，做这种自称"岛国人种""纯种斗牛狗""地小志大的小岛"这样的谈话。在《双城记》的全书中，你找不出一行文字可以说有这样的意思。"瞧，这些坏心眼的法国人怎么这样行为！"他似乎表现了一种对外国人的正常憎恶的唯一地方是在《马丁·朱兹尔维特》的有关美国的章节中。但是，这完全是对唱老调做出的宽容的反应而已。如果狄更斯活到现在，他会到苏俄一游，回来写一本像纪德的《苏联归来》一样的书。但是他没有把民族看成是个人的那种愚蠢之见。他甚至很少在国籍上开玩笑。他并没有利用滑稽的爱尔兰人形象或威尔士人形象，这不是因为他反对公式化的人物和现成的笑话，显然他并不反对。也许更有意思的是，他对犹太人没有表现出有什么偏见。不错，他理所当然地（在《雾都

---

[①] 石，英制，每石等于十四磅。

孤儿》和《远大前程》中）把收赃的写成是个犹太人，这在当时可能是有根据的。但是直到希特勒崛起以前英国文学中泛滥成灾的"犹太笑话"并没有在他的作品中出现，而且在《我们的共同朋友》中，他做了虔诚的但是并不十分令人信服的努力，为犹太人辩护。

　　狄更斯没有庸俗的民族主义情绪，一部分是他的思想真正宽容的标志，一部分也是由于他的否定的、可以说是不问政治的态度所致。他是个地地道道的英国人，但他自己并没有觉察到这一点，可以肯定地说，身为英国人的念头并不令他兴奋。他没有帝国主义者的情绪，对于对外政治并没有明确的看法，并且不受军事传统的感染。从气质上说，他非常接近非国教派的小生意人，他们瞧不起穿红呢军服的人，并且认为战争是坏事——这是一种用一只眼睛看事物的观点，但是，毕竟战争的确是坏事。值得注意的是，狄更斯很少写到战争，甚至连谴责都没有。他尽管有着杰出的描写能力，描写他从来没有看到过的东西的能力，但是他从来没有描写过一场战役，除非你把《双城记》中攻打巴士底监狱也算在内。大概这个题材使他不感兴趣，反正，他不会把战场看作一个可以解决任何值得解决的问题的地方。这比下层中产阶级的清教徒心理状态就略胜了一筹。

## 三

　　狄更斯生长于与贫困相当接近的环境，足以使他对贫困产生恐惧，尽管他思想宽容大度，但仍不免有破落户才有的特殊偏见。一般都称他是个"受人欢迎"的作家，"被压迫大众的卫士"。确实如此，只要他认为他们是受压迫的；但是，有两件事决定了他的态度。首先是，他是英格兰南部的人,而且还是伦敦佬,因此同大多数真正受压迫的大众工农业劳工没有接触。有趣的是,另一个伦敦佬切斯特顿总把狄更斯说成是"穷人"的代言人,却没有表示出他自己对谁是"穷人"有什么认识。在切斯特顿看来,"穷人"是指小店主和佣仆。他说,山姆·韦勒"是英国文学中关于英国特有的那种人民的伟大象征";而山姆·韦勒是一个贴身男仆!另外一件事是,狄更斯的早年经历使他对无产阶级的粗野心怀恐惧。凡是他写到穷人中的最穷的人即贫民窟里的住户时,都毫无疑问地表现出这种恐惧来。他关于伦敦贫民窟的描写总是充满了这种毫不掩饰的憎恶:

> 道路狭隘肮脏;店铺住屋败破;人们面貌丑陋,衣不蔽体,潦倒邋遢,酒气熏天。穷街陋巷像许多臭水潭一样发出恶臭,排出垃圾和生命;整个地方都是犯罪、污物、苦难充斥……

在狄更斯的作品中类似的段落不少。从这些段落中,你得到的印象是,整个下层人民他都认为是处于社会之外的。现代教条派社会主义者可以说以同样方式,一笔勾销了一大批人口,把他们轻蔑地称为"流氓无产阶级"。对于罪犯,狄更斯所表现出来的了解也不像你所期望的那样。他虽然很清楚犯罪的社会和经济原因,但他似乎常常觉得一个人一旦犯了法就把自己置于人类社会之外。在《大卫·科波菲尔》末尾有一章,大卫到利蒂默和希普服刑的监牢中去探视。狄更斯似乎确实认为"模范"监狱太讲人道了,而查尔斯·里德在《悔改不迟》中却对此做了令人难忘的攻击。狄更斯抱怨犯人吃得太好了!他一接触到犯罪或者贫穷的最最底层的时候,他就表现出了"我总是保持体面身份"的思想心态。在《远大前程》中匹普对马格维治的态度(显然也是狄更斯本人的态度)是令人极感兴趣的。匹普一直意识到自己对乔伊忘恩负义,但是对马格维治这种意识则要轻得多了。当他发现多年来对他恩惠有加的人事实上是一个放逐的罪犯,他大为失望,十分厌恶。"我对这个人的憎恶,我对他的恐惧,我对他的反感,哪怕如果他是一头可怕的野兽,也不会超过",如此等等。我们从文中可以发现,这不是因为匹普在教堂墓地看到马格维治而受到惊吓时还是一个孩子,而是因为马格维治是个罪犯,是个囚徒。匹普觉得他理所当然不能接受马格维治的钱,在这一点上,更有"自己保持体面身份"的味道。这钱并不是犯罪所得,这钱是正当赚来的,但这是一个前囚徒的钱,因此是"受污"的。这一点在心理学的角度来看也并无虚假不实之处。从心理学的角度来说,《远大前程》后半部是狄更斯写得最好的部分,你读这后半部时始终觉得"是啊,这正是匹普会做的事"。但问题是,在马格维治这件事上,狄更斯认同匹普,他的态度从根本上来说是势利的。结果是,马格维治属于像福斯塔夫①那一类怪诞的人物,而且,也许像堂吉诃德那一类人物——这种人物比作者原来打算的还要差劲。

如果是并未作奸犯科的穷人,普通的、规矩的、劳动的穷人,狄更斯的态度里当然没有蔑视的成分。他对匹果提和普洛尼希那样的人物怀着最真诚的钦佩。但他是否真正把他们看成是与他平等的,则颇可怀疑。把《大卫·科波菲尔》第十一章读一读,而且把它同狄更斯自传的片段(一部分刊在福斯特的《传记》中)放在一起读,是极有意思的,在这自传的片段中,狄更斯对黑鞋油厂的感觉表现得比小说中强烈得多。经过了二十多年,

---

① 福斯塔夫,莎士比亚笔下的喜剧人物,见《亨利四世》和《温莎的风流娘儿们》等剧。

这个记忆仍使他感到痛苦不堪,他在经过河滨时特地绕过这地方。他说:"经过那地方,甚至在我最大的孩子会说话以后我还会哭出来。"这段文字很清楚地表明,不论是在当时,或者后来在回顾时,最伤害他的是被迫与"下层"同事为伍:

> 没有言辞能够表达我在沉沦到与这种人为伍时内心中感到的秘密痛苦;把这些每日来往的人同我快活童年来往的人相比……但是我在黑鞋油厂也有一定的地位……我的双手很快变得至少同其他孩子一样灵巧和熟练。虽然我同他们很熟,但是我的行为和举止同他们有足够的区别使我们之间有一定距离。他们,还有成年的人,说起我时总是说"那个年轻的先生"。有一个人……有时同我说话时常常叫我"查尔斯";但是我认为这主要是因为我们非常接近……保尔·格林有一次起来反对"那个年轻的先生"的称呼,但是鲍伯·法勤很快就收拾了他。

你看,最好还是"在我们之间有一定距离"。不论狄更斯对工人阶级是多么钦佩,他并不希望自己像他们那样。由于他的出身,以及他所生活的时代,不可能是其他的情况。在十九世纪初期,阶级敌对可能不如今天尖锐,但是阶级与阶级之间的表面差异却要大得多。"先生"和"普通人"看来一定像不同种类的动物那样不同。狄更斯是相当真心实意地站在穷人一边反对富人的,但是要他不把工人阶级分子的外表看成一种耻辱的污点,那简直不可能。在托尔斯泰的一则寓言里,某个乡村的农民从每一个外来的陌生人的手来判断他是何等样的人。如果他的手掌长满老茧,他们就让他进村,如果手掌柔软,则请他出去。这对狄更斯来说是很难理解的:他的所有主人公的手掌都是柔软的。他的年轻主人公——尼古拉斯·尼克尔贝、马丁·朱兹尔维特、爱德华·却斯特、大卫·科波菲尔、约翰·哈蒙——都是属于一般称为"活绅士"的类型。他喜欢资产阶级的外表和资产阶级(不是贵族阶级)的口音。这一方面的一个奇怪症状是,他决不会让一个扮演英雄角色的人物说起话来像个工人。像山姆·韦勒那样的一个滑稽英雄,或者像斯蒂芬·布莱克普尔那样的可怜兮兮的人物,可以说话侉声侉气,但是年轻的主人公却总是用当时相当于现在的英国广播公司的口音说话,甚至在会造成荒谬可笑的效果的场合中也是如此。例如,小匹普是由说埃塞克斯土腔的人抚养大的,可是他从小就说一口上层阶级的英语。实际上,他应该说乔伊或者至少加吉莱太太说的那样方言。比第·沃普斯尔、莉兹·希塞姆、西西·裘佩、雾都孤儿也是如此——你也许还得加上小杜丽,甚至《艰难时世》中的拉琪尔也几乎一点没有兰开夏口音,这在她身上几乎是不可能的。

要了解一个小说家在阶级问题上的真正感情,有一件事情常常可以作为线索,那就是他在阶级与性发生撞击时所采取的态度。这是一件要说假话就太痛苦的事情,因此,这是"我不是个势利鬼"的姿态往往要守不住的几个要害点之一。

你可以看到,阶级区分在最明显的时候也是肤色区分。在纯白人的社会里,某种像殖民者态度("土著"女人是准许捕猎的,而白人妇女却是不容狎昵的)的东西以一种隐含的方式存在着,使双方都不满。这个问题出现时,小说家常常又回复到他们在别的时候可能会否认的简单的阶级感情。这种"阶级意识"的反应有一个很好的例子是一部已被遗忘的小说安德鲁·巴顿①著的《克洛帕顿人》。作者的道德规范相当明显地同阶级仇恨混杂在一起。他觉得一个有钱人奸污一个穷姑娘是一件近乎暴行的事,一种污辱,与她被一个同一阶级的男人奸污完全不同。特罗洛普两次处理了这个主题(《三个文官》和《阿林顿小屋》),而且,你可以想象得到,完全是从上层阶级的角度。照他看来,同一个吧女或者房东太太的女儿发生关系都是要避免的"纠葛"。特罗洛普的道德标准是严格的,他不允许这种奸污事件发生,但隐含的意思总是,工人阶级姑娘的感情并不十分重要。在《三个文官》中,他甚至说那姑娘"有味儿",这是一种典型的阶级反应。梅瑞狄斯②(《罗达·弗莱明》)采取了更多的"阶级意识"观点。萨克雷则似乎常常有些犹豫。在《潘登尼斯》(范尼·波尔顿)中,他的态度基本上与特罗洛普一样;在《一个破落穷酸故事》中,他的态度比较接近于梅瑞狄斯。

你可以仅仅从特罗洛普、梅瑞狄斯和巴顿的处理阶级与性的关系的主题的态度上,看到不少关于他们的出身背景。在狄更斯身上,你也可以如此,但是,像经常见到的一样,你看到的是他更倾向于认同中产阶级而不是无产阶级。有一件事似乎反驳了这一点,那就是《双城记》中马奈特医生手稿中那个农村姑娘的故事。但是,这仅仅是一出古装戏,插进来说明德法奇夫人的不可调和的仇恨的,而狄更斯自己并不表明他是赞成的。在《大卫·科波菲尔》中,他处理的是一桩典型的十九世纪奸污事件,阶级问题并没有使他认为是至关重要的。维多利亚女王时代的小说的法则是,性行为失检决不能不受惩罚,因此,斯蒂尔沃思在耶默思的沙滩淹死,但不论

---

① 生卒年月不详。
② 梅瑞狄斯(George Meredith, 1828—1909),英国作家,著有《利己主义者》等。

狄更斯还是匹果提，甚至哈姆，都似乎没有感到斯蒂尔沃思由于是富家子弟而罪加一等。斯蒂尔沃思一家人是由阶级动机的推动而行事的，但匹果提一家则不是——甚至在斯蒂尔沃思太太和老匹果提之间发生争吵时也如此。当然，如果他们是的话，他们大概会像反对斯蒂尔沃思那样反对大卫的。

在《我们的共同朋友》中，狄更斯处理友金·雷伯恩和莉兹·希塞姆的那段故事是十分写实主义的，没有阶级偏见的表露。根据"放开我，你这恶魔"的传统，莉兹应该或者"拒绝"友金，或者被他所毁，投身到滑铁卢桥下；友金应该或者是个没心肠的负心汉，或者是个决心反抗社会成见的英雄。但是他们两个都一点也没有这样做。莉兹被友金的求爱吓怕了，真的赶紧跑掉躲开，但是却一点也不装作不喜欢这种求爱。友金受她吸引，但太讲究道德，而没有想诱奸她，而且因为自己的家庭之故而不敢娶她。最后，他们结婚了，并没有人因此而吃亏，也许除了特姆罗先生以外，他要损失几次晚餐约会。这很像实际生活中会发生的情况。但是如果是一个有"阶级意识"的小说家，他会把她给布拉德莱·黑德斯通。

但是如果情况倒过来，一个穷人想得到社会地位在他之上的女人，狄更斯就会马上退缩到中产阶级的态度中去。他是很喜欢维多利亚女王时代的妇女社会地位在男子之上的观念的。匹普觉得伊斯蒂拉社会地位在他之上，伊斯特·赛默森在古比之上，小杜丽在约翰·契佛莱之上，露西·马奈特在悉尼·卡尔顿之上。在以上的例子中，有几个只是道德方面的优越，有些则是社会地位的优越。当大卫·科波菲尔发现尤利亚·希普打算娶艾格尼斯·威克菲尔时，毫无疑问他的反应是阶级反应。那个令人厌恶的尤利亚突然宣布他爱上了她：

"唉,科波菲尔少爷,我是多么纯情地爱着艾格尼斯走过的土地。"

我想我真的想从火炉里抓起烧得火红的炉条,刺透他的胸口。这真使我大吃一惊,就像枪膛里射出的一颗子弹一样。但是艾格尼斯的形象,受到这个红发牲口的这样想法的侮辱,仍留在我的脑海里(我看到他斜坐在那里,好像他的卑鄙的灵魂紧紧控制住了他的身子),使我感到头晕……"我认为艾格尼斯·威克菲尔(大卫后来说)就像那月亮一样,是你远远高攀不上的,是你休想挨近一点的。"

考虑到全书深深地打下了希普出身低微——他的低声下气的态度,说话不发 H 音,如此等等——的印象,因此对于狄更斯的感情是什么性质,没有太多的疑问。当然,希普在演坏蛋的角色,但即使是坏蛋也有性生活;真正使得狄更斯感到恶心的,是想到"纯洁"的艾格尼斯与一个说话不发 H 音的人同床共枕。但是他往常的态度是倾向于把一个男人爱上了身份在自己之上的女人当作笑话来看待。这是从马尔伏里奥①以来的英国文学的陈套笑话。《荒凉山庄》中的古比是个例子,契佛莱又是一个,而且在《匹克威克》中处理这一主题的方式还有些缺少善意。在这里,狄更斯把巴斯温泉的男仆的生活写成是一种幻想式生活,模仿他们的"主人"举行晚宴,自欺欺人地以为他们的年轻女主人爱上了他们。这显然使他觉得十分可笑。在一定意义上,这的确是这样,但是你可能会问,一个男仆有这种梦呓式

---

① 出处不明。

的幻想是不是比干脆按陈规精神接受本分地位好一些。

在对佣仆的态度上，狄更斯并没有走在他的时代的前面。在十九世纪，反对家庭雇用佣仆的运动刚刚开始，使得一年收入五百镑以上的人都很恼火。十九世纪滑稽画报中有许多笑话都是有关佣仆的翘尾巴的。《笨拙》杂志多年来一直连载叫作"女佣趣拾"的笑话，都以当时大家感到惊异的事实即用人也是人为讽刺对象。狄更斯自己有时也有这个毛病。他的书里尽是普通的滑稽可笑的佣仆：他们不老实（《远大前程》），不能干（《大卫·科波菲尔》），给他好吃的还不放在眼里（《匹克威克外传》）等——完全是按照郊区主妇对待地位低下的家仆兼厨子的态度来写的。但是作为一个十九世纪的激进派，令人奇怪的是，他要为仆人绘一张同情的肖像时，他所创造的一望而知是个封建类型。山姆·韦勒、马克·泰普莱、克拉克·匹果提都是封建人物。他们属于"老家人"一类；他们认同主子家族，既忠心耿耿，又完全亲如一家。没有疑问，马克·泰普莱和山姆·韦勒在某种程度上是取法斯摩莱特[①]，因此是取法塞万提斯[②]的。但令人感兴趣的是，狄更斯竟然受到这一种类型的吸引。山姆·韦勒的态度肯定是中世纪的。他有意被捕是为了跟随匹克威克先生到弗里特监狱[③]去，后来又拒绝结婚是因为他感到匹克威克先生仍需要他的伺候。他们之间有一个典型的场面：

"管工资不管工资，管饭不管饭，管住不管住，山姆·韦勒

---

① 斯摩莱特(Tobias Smollett, 1721—1771)，英国讽刺小说家。

② 塞万提斯(Miguel de Cervantes Saavedra, 1547—1616)，西班牙小说家，著有《堂吉诃德》。

③ 弗里特监狱，伦敦关押欠债人的监狱。

都像您当初在布罗的旅馆里雇用时那样,不管发生什么,都跟着您……"

"我的好伙计,"山姆·韦勒有些为自己的热情表示感到不好意思而坐下来时,匹克威克先生说,"你一定要把那位年轻女子也考虑在内。"

"我是考虑了那位年轻女子,先生,"山姆说,"我告诉了她我的情况;她愿意等我到条件准备好的时候,我相信她会等的。要是她不等,她就不是我了解的那个女人了,我会毫不犹豫地放弃她。"

很容易想象,在实际生活中,这个年轻女人对此会怎么说。但请注意封建的气氛。山姆·韦勒认为准备为他的主人牺牲几年的生活是理所当然的事,而且,他也可以在主人面前坐下来。一个现代的男仆是决不会想到能做这两件事的。狄更斯对佣仆问题的观点除了希望主仆互相关怀以外,并没有超越很多。在《我们的共同朋友》中,斯洛贝作为一个人物尽管是个可怜的失败,但是代表着像山姆·韦勒那样的忠诚。当然,这种忠诚是自然的、合乎人情的、令人喜悦的;不过封建主义也是这样。

看来狄更斯在做的,像往常一样,似乎是在寻求为现存事物找个理想化的表现。他写作的年代是把家庭雇用佣仆看成是一种完全不可避免的弊端的时代。当时没有节约劳动的设备,而贫富又特别悬殊。那个时代又是家庭人口众多,讲究吃喝摆阔,而房屋用具设备十分不便的时代,在地下室厨房里一天辛勤劳作十四小时是十分正常的事,很少有人会觉得特别。而且既然要有佣仆,封建关系是唯一可以容忍的关系。山姆·韦勒和马克·泰普莱是理想化的人物，不亚于契里布尔斯一家。如果一定要有主仆的话，主人是匹克威克先生，仆人是山姆·韦勒，当然是最好不过的了。当然，如果根本没有仆人，那就更好——但是这一层，狄更斯大概是无法想象的。没有机械方面的高度发展，人的平等几乎不可能；狄更斯则表明这也是不可想象的。

## 四

狄更斯从来不写农业，却没完没了地写吃的食物，这不仅仅是巧合。他是个伦敦佬，而伦敦是地球的中心，就像肚皮是人体的中心一样。这是座消费者的城市，是极其文明但不怎么有用的一种人的城市。你在审视狄更斯作品的表层以下的情况的时候，有一件事情会使你特别注意，那就是，作为十九世纪小说家，他是相当无知的。他很少了解事情的实际情况。乍看之下，这样说似乎纯属胡说八道。但是，这话需要一些解释。

狄更斯对"下层生活"有极其生动的几笔描绘，例如，欠债人监狱里的生活，而且他也是个流行小说家，能够写普通人。但十九世纪的代表性英国小说家都是这样。他们在自己生活的世界中十分从容自如，而如今的作家却十分与世隔绝，典型的现代小说都是写小说家自己的小说。例如，甚至乔伊斯做了十来年的耐心努力要接触"普通人"，结果他的"普通人"最后却是个犹太人，而且是文化修养比较高的。狄更斯至少没有这种问题。他在介绍普通的动机即爱情、野心、贪婪、报复等时毫无困难。不过，令人注意的是，他没有写到的却是"工作"。

在狄更斯的小说里，任何带有工作性质的事情都是在台后发生的。他的主人公中唯一有个说得过去的职业的是大卫·科波菲尔,他先是个速记员,后来是个小说家,像狄更斯自己那样。至于其他大多数主人公,他们如何挣钱养活自己大部分是隐在幕后。例如,匹普到埃及"去做生意",但是他没有告诉我们做的是什么生意,而且,匹普的工作生活只占了书中半页的篇幅。克莱纳姆在中国做没有具体说明的生意,后来又同道伊斯一起做另一桩没有具体说明的生意。马丁·朱兹尔维特是个建筑师,但是似乎没有很多时间从事业务。他们的曲折遭遇无一是与他们的工作直接有关的。在这里,狄更斯与——比如——特罗洛普的对比是十分惊人的。其中一个原因,毫无疑问,是狄更斯对他的人物所从事的职业所知甚少。在梅拉德格林德的工厂里究竟是怎么工作的?波德斯纳帕是怎么赚钱的?梅德尔是怎么行骗的?要知道狄更斯绝对不可能像特罗洛普那样了解议会选举和股票交易所骗局的细节。他一碰到交易、金融、工业或者政治时,他就躲到含糊其词的背后去,或者讽刺讥嘲的背后去。甚至在法律程序上也是这样,而在这一方面,实际上他一定了解很多。例如,不妨把狄更斯作品中的打官司同《奥莱农庄》中的打官司做一比较。

这一部分也说明了狄更斯的小说中有许多没有必要的旁枝末节的描写,即那种糟糕透顶的维多利亚式的"情节"。不错,并不是他的所有小说都是这样的。《双城记》是个十分好并且相当简单的故事,《艰难时世》也是这样,只是方式不同而已;但正是这两部作品总是被指称"不像狄更斯"——附带地说,它们不是在月刊中刊出的。[①] 两部第一人称的小说也是

---

[①] 《艰难时世》在《家庭的话》连载,《远大前程》和《双城记》在《一年到头》连载。福斯特说,周刊连载篇幅有限,"更难引起读者对每次连载的足够兴趣。"狄更斯本人抱怨没有"活动余地"。换句话说,他不得不比较紧贴故事。——原注

好故事,除了它们的旁枝情节以外。但是典型的狄更斯小说《尼古拉斯·尼克尔贝》《雾都孤儿》《马丁·朱兹尔维特》和《我们的共同朋友》总是围绕着情节剧的框架存在的。凡是读过这些小说的人最后恐怕都记不得它们说的中心故事是什么了。另一方面,我想没有人在读过了以后会忘记其中的个别段落,直到死的一天为止他都会牢记不忘。狄更斯是用极其生动的眼光来看人的,但总是在私生活中看他们,作为"人物",而不是作为社会功能成员;这就是说,他是静止地来看他们的。因此,他最大的成功是《匹克威克外传》,这谈不上是个故事,仅仅是一系列速写。他很少想做什么发展,人物仅仅是像白痴一样在永无休止地继续活动下去。他一开始想把他的人物带进情节之中,戏就开始了。他不能使情节围绕着人物的平常职业转,因此就有了巧合、诡计、谋杀、伪装、埋藏的遗嘱、失踪已久的兄弟等谜团。最后,甚至像斯奎尔斯和密考伯那样的人也被吸到这种机关中去了。

当然,如果由此说狄更斯是个含糊不清的或者不过是以情节取胜的作家,那是荒谬的。他写的许多东西都是极其讲究事实的,而且在造成视觉形象的能力方面,也许是从来没有人可以与他媲美的。狄更斯曾经描写过的东西,你是一辈子也不会忘的,总是看到它。但是,在某种意义上,他的视觉描述的具体也说明了他所欠缺的是什么。因为,那毕竟是不经心的旁观者总看到的东西——外表现象、非功能性现象,事物的表面。真正牵涉到风景中的人是不会看到风景的。尽管狄更斯能够出色地描写外表,但他并不常常描写过程。他成功地留在你的记忆中的生动画面几乎总是在闲暇的时刻看到的东西的画面,在乡下旅馆的咖啡室里,或者透过马车的车窗;他所注意到的那种东西是旅馆招牌、铜门环、漆水壶、店铺和私人住宅的内部装饰、衣服、脸庞，尤其是食物。一切东西是从消费者的角度去看的。他写到科克镇时，他能够只用几段文字营造出兰开夏一个小镇的气氛，正如一个稍为厌倦的南方来客所看到的那种气氛。"它有一条黑色的水沟贯穿其中，还有一条被气味不好闻的颜料染成紫色的河，大批大批的建筑物，窗户成天响着震颤着，蒸汽机的活塞单调地一上一下工作着，像一头处在悲哀的疯癫状态中的大象的头部一样。"狄更斯对纺织厂的机械运作的了解就到此为止。换了一个工程师，或者棉花中间商，就会有不同的看法；但是，话得说回来，他们无论是谁都不会有那种什么大象头部的印象主义笔法了。

在另外一种完全不同的意义上说，他对生活的态度是极其非物质的。他是一个通过他的眼睛和耳朵来生活的人，而不是通过他的双手和肌肉。实际上他的习惯并不如这种说法所暗示的那样定型。尽管他体质不好，健康欠佳，但是他仍很活跃，到了忙碌不停的地步；他一生都是健步如飞的，而且他的木工活不错，可以做舞台布景。但是他不是需要用自己双手的那种人。比如说，很难想象他挖菜田水沟的样子。没有任何迹象显出他对农业有什么知识，而且显然对任何游戏或运动都一无所知。比如，他对拳击毫无兴趣。考虑到他写作时的时代，你会感到奇怪，狄更斯小说中很少肉体上的残暴描写。例如，马丁·朱兹尔维特和马克·泰普莱对不断用手枪和匕首威胁他们的美国人，态度极其温和。换了一般的英国或美国小说家就会让他们对准下巴颏狠狠出拳或者互相拔枪，子弹横飞了。狄更斯太规矩了，不会那样做；他认为暴力行为愚蠢不堪，而且他也属于小心谨慎的城市阶级，不会用拳头来解决问题，哪怕是在理论上。而且这种对运动的态度是掺杂着社会感情的。在英国，主要是因为地理上的原因，运动，特别是野外运动,和讲究地位的势利观念不可分解地掺杂在一起。当你告诉英国的社会主义者说,列宁也热衷于狩猎的时候,他们常常是完全不能相信的。在他们的眼中,狩猎等完全是地主乡绅的势利习俗;他们忘记了这些事情在像俄国那样大的一片处女地里可能是全然不同的。从狄更斯的观点来看,几乎每一种运动充其量只是讽刺的材料。因此,十九世纪生活的另一方面——拳击、赛马、斗鸡、耍獾、偷钓、打鼠这一方面的生活,在利奇①为瑟蒂斯②小说所画插图中如此精彩地记录下来的这一方面的生活——是不在他的范围以内的。

  在一个看来是"进步的"激进派身上,更加令人奇怪的是,他没有机械头脑。他对机械的细节或者机器能做的事情都不表兴趣。正如吉辛所说,狄更斯在任何地方都没有以他在描写坐驿车旅行时所表现的那种热情来描写坐火车旅行。几乎在他所有的作品中,你都有一种奇怪的感觉,你是生活在十九世纪的前四分之一年代里的,而且事实上,他的确想回到那个时期。在五十年代中期写的《小杜丽》讲的是二十年代后期;《远大前程》(一八六一)没有说明年代,但显然讲的是二十年代和三十年代。造就了现代世界的好几种发明和发现(电报、后膛装弹的枪、橡胶、煤气、木浆造纸)都是在狄更斯生前问世的,但是他在书中很少提到它们。没有比他在《小杜丽》中说到道伊斯的"发明"时含糊其词更奇怪的事了。这发明是作为极其机巧和创新的东西来提到的,"对他的国家和同胞极其重要",

---

  ①  利奇(John Leech,1817—1864),英国插图画家、漫画家,曾为《笨拙》杂志画漫画,并为狄更斯的《圣诞颂歌》和瑟蒂斯狩猎小说画插图。

  ②  瑟蒂斯(Robert Smith Surtees,1803—1864),英国小说家,著有狩猎和乡村生活小说多部。

而且它也是书中一个重要的小环节,然而他却从来没有告诉我们这"发明"是什么!在另一方面,道伊斯的身体外表却是用典型的狄更斯笔法惟妙惟肖地勾画出来的;他的大拇指动起来很怪,这是工程师的特点。在这以后,道伊斯就深深地植根于你的记忆中了;但是像往常一样,狄更斯是靠外部的东西来做到这一点的。

有人(丁尼生①是一个例子)没有机械才能但能看到机械的社会潜力。狄更斯没有具备这种头脑的印记。他对未来表现出很少的意识。当他谈到人类进步时,常常是说道德的进步——人能变得好一些;他大概决不会承认,人只是在技术发展让他们变得好一些才会好一些。在这一点上,狄更斯和他的现代对等作家 H.G. 威尔斯之间的差距是最大的。威尔斯把未来像磨盘一样挂在脖子上,但狄更斯的不科学头脑也同样的有害无益,只是方面不同而已。这种不科学头脑使得他更加难以采取任何积极的态度。他对封建的、农业的过去是敌视的,但对工业化的现在又没有真正的接触。于是,留下来的就只有未来了(意味着科学、"进步"等),而这又很少进入他的思想。因此,他在攻击他所能看到的一切时,却没有明确的比较标准。我在上文中已经指出,他攻击当时的教育制度,是完全有理由的,但是,毕竟他没有什么补救方法可以提出来,除了要校长们心肠和善一些。他为什么不指出学校应该是什么样子的呢?为什么他不让自己的儿子受到按照他自己的某种设计所构想的教育呢,却相反把他们送到公学去填希腊文?因为他缺乏那种想象力。他有无懈可击的道德意识,但是很少智力上的好奇心。这里你就遇到了狄更斯身上真正巨大的缺陷,那种使十九世纪似乎

---

① 丁尼生(Alfred Tennyson, 1809—1892),英国诗人,一八五〇年获"桂冠诗人"荣誉称号。

距离我们很遥远的东西——那就是他没有工作的理想。

除了大卫·科波菲尔（不过是狄更斯本人）勉强可算例外以外，在他的中心人物中你找不出一个人物对自己的工作真的有兴趣。他的主人公干活是为了自己的生计和娶女主人公，不是因为他们对某一具体事情特有兴趣。例如，马丁·朱兹尔维特并无做建筑师的热情，他很可能当个医生或者律师也不错。无论如何，在典型的狄更斯小说中，总有解围之人在最后一章带着一袋黄金出现，主人公免除了继续挣扎之苦。"这就是我到这世界上来要做的事。其他一切事情都没有意思。我愿意做这件事情，即使它意味着要挨饿。"这种感觉把不同气质的人铸造成科学家、发明家、艺术家、牧师、探险家、革命家，但是这个动力在狄更斯的小说中几乎完全不存在。大家都知道，他本人工作起来十分卖力，而且相信自己的工作，很少有那样的小说家。但是，除了写小说以外（也许还有演戏），似乎没有别的他可以想象的职业值得这样专注执着地去对待。而且，毕竟，考虑到他对社会的否定的态度，这是很自然的。作为最后一策，除了一般的道德，他没有什么可以企慕的了。科学没有兴趣，机械丑恶而且残酷（大象的头部）。商业只是像邦德贝这样的恶棍做的事。至于政治——留给蒂特·巴纳克尔斯去从事吧。的确，除了娶女主人公，安定下来，懒懒散散地生活，与人和善相待，就没有别的目标了。在私人生活中，你可以更好地做到这些。

也许，你可以在这里瞥见狄更斯秘密的想象的背景。他认为最好的生活方式是什么？当马丁·朱兹尔维特和他的叔叔和好，当尼古拉斯·尼克尔贝娶了金钱，当约翰·哈蒙由于波劳而致富了，以后，他们干什么？

回答显然是，他们什么也不干。尼克拉斯·尼克尔贝把他妻子的钱投资在契里布尔斯家，"成了一个有钱的发达的商人"，但是，由于他马上退休到德文郡去，我们可以假定他并没有做什么花力气的工作。斯诺德格拉斯先生和太太"买了一块田耕种，主要是为了有事情做而不是为了利润"。这就是狄更斯大部分作品在结尾时的精神———一种乐在其中的无所事事、游手好闲的生活。他有时表现出并不赞成年轻人游手好闲（哈特豪斯、哈里·戈万、理查德·卡尔斯通、改过自新前的雷朋），那是因为他们玩世不恭和不讲道德，或者因为他们成了别人的负担；如果你是"好人"，而且不愁衣食，就没有理由使你不应当单纯靠收利息度过五十年光阴。光有家庭生活就足够了。而且，毕竟，这是他的时代的普遍看法。"小康生活""足够温饱""不愁衣食"（或者"生活优裕"）——这些常见的话足以告诉你十八世纪和十九世纪中等资产阶级怀的是什么样的奇怪和空虚的梦想。这是一个完全游手好闲的梦想。查尔斯·里德在《现款》结尾中充分表达了这种精神。《现款》的主人公阿尔弗雷德·哈代是十九世纪小说中的典型主人公（公学子弟），他的才能里德说成是几近"天才"。他是伊顿公学毕业生，牛津大学学生，能背诵大多数希腊和拉丁经典著作，同拳击手比赛，曾在亨莱赢得奖杯。他有过想象不到的冒险经历，在这些冒险中，他的英勇表现无懈可击，然后在二十五岁继承了一笔财产，娶了他心爱的朱丽亚－杜德，在利物浦郊外安顿下来，住在他的岳父母住的房子里：

全靠阿尔弗雷德，他们都一起住在阿尔比昂别墅里……啊你这所快活的小别墅！你是人世的天堂。但是，有一天，你的四道墙无法再全部容纳快活地住在里面的人了，因为朱丽亚为阿尔弗雷德生了一个可爱的男孩；请来了两个保姆，别墅显得要胀破了。两个月以后，阿尔弗雷德和他的妻子搬到隔邻一所别墅去住了。

两所别墅相距不过二十码。还有一个原因要迁居。像往常久别重逢会发生的那样,上天赐给了杜德上尉和太太又一个婴孩承欢膝下……

这是维多利亚女王时代式的大团圆结局———一个三代或四代同堂的幸福大家庭都挤在一所房子里,不断繁殖,就像一池牡蛎一样。它的特点是它所隐含的完全舒服的、隐蔽的、不花劳力的生活。这甚至不是威斯顿乡绅那样的有暴力的游手好闲。这就是狄更斯的城市背景和他对有流氓气的运动和军事方面的生活不感兴趣的意义。他的主人公们一旦有了钱,"安顿下来",不仅不做事,而且甚至不骑马,不打猎,不射击,不决斗,不与女演员私奔,不在赛马场输钱。他们就只是在家里待着,过着舒适的体面生活,最好是与一个过着同样生活的血缘亲属隔邻而居:

尼古拉斯成了一个有钱的事业兴旺发达的商人以后,他的第一件事就是买回他父亲的老房子。随着时光的飞逝,他的身边逐渐有了一群可爱的孩子,因此房子就改装扩大;但老屋子一间也没有拆掉,老树一株也没有刨掉,凡是与过去有关的东西一样也没有搬掉或者改掉。

一箭之遥是另一个充满了孩子的悦耳欢笑声的去处;这里住的是凯特——同一个真诚温柔的人儿,同一个可爱的妹妹,周围是同样的热爱她的人,就像在她做姑娘的时候那样。

这和里德作品中所引的段落有着同样的近亲血缘的气氛。显然,这是狄更斯的理想故事结局。这在《尼古拉斯·尼克尔贝》《马丁·朱兹尔维特》和《匹克威克外传》中完全做到了，在几乎所有其他小说里也接近于做到了，只是程度不同而已。例外的是《艰难时世》和《远大前程》，后者的确有个快活的"大团圆"，但与整部小说的总的趋势相矛盾，这是根据布尔维·莱顿的要求添进去的。

因此，所追求的理想似乎是这个模样的东西：十万英镑、一幢爬满常青藤的老房子、一个温柔体贴的妻子、一窝小孩子，而不需要工作。一切都是安全、舒服、太平的，尤其是温馨的。在路的那头长满青苔的教堂墓地里，有在大团圆结局发生之前亡故的亲人的墓。仆人们都是滑稽可笑和封建奴性的，孩子们在你膝下咿咿呀呀，聒噪个没完，老朋友坐在你的火炉边说着过去的旧事，丰盛的餐宴没完没了地一个接着一个，喝着冰镇的潘趣酒或者暖暖的雪利酒，鸭绒软床的被窝里放着汤婆子，圣诞节晚会上玩字谜和捉迷藏游戏；但是除了母亲产子以外，一切照旧，没有什么事情发生。奇怪的事情是，这是一幅真正十分幸福的图画，或者说，至少狄更斯能够做到使它显得十分幸福。一想到这样的生活，他就心满意足。仅仅这一点，就足以使你明白，自从狄更斯的第一部作品问世以来，已过去一百多年了。现代是没有人能够把这种漫无目的的生活写得如此生气盎然的。

## 五

到此为止，凡是狄更斯的爱好者，读到这里，大概会生我的气的。

我一直只是从狄更斯的"寓意"的角度讨论他，几乎忽略了他的文学品质。但是，每一个作家，特别是每一个小说家，都有一个"寓意"，不管他承认不承认，而且他的作品中的最细微的细节都受到这个"寓意"的影响。所有艺术都是宣传。不论是狄更斯还是维多利亚女王时代的大多数小说家都不会想到要否认这一点。在另一方面，不是所有宣传都是艺术。我在上面已经说过，狄更斯被认为是一个值得偷窃的作家。他被马克思主义者、被天主教徒、尤其是被保守党人偷窃过。问题是，有什么东西值得偷窃？为什么有人会看重狄更斯？而我自己又为什么看重狄更斯？

这种问题总是不易回答的。审美偏好照例都是很难说清楚的，或者，它受到非审美的动机的腐蚀，以致使你觉得，整个文学批评是不是一个庞大的谎言网。在狄更斯身上，还有一个使问题复杂化的因素是他的家喻户晓。他恰是每个人从幼时起就灌下喉咙的那些"伟大作家"之一。在当时，这种灌输引起了抗拒和反感，但在后来的生活中可能发挥了不同的效果。例如，几乎每个人都对自己幼时背熟的爱国诗歌有一种心底里的怀念，例如，《英格兰的水手》《轻骑兵的冲锋》，等等。你所欣赏的不完全是诗歌本身，而更多的是这些诗歌在你心中引起的记忆。在狄更斯身上，起作用的也是这同样的联想力量。也许，在大多数英国家庭里，的确有他的一两本书放在那里。许多儿童甚至在识字之前就一望而知他笔下的人物，因为总的来说，狄更斯有那么好的插图画家真是幸运。在那么早的时候吸收的东西不会受到任何挑剔性的评判的影响。而且一想到这一点，你就会想起狄更斯作品中一切不好和可笑的东西——一成不变的"情节"，没有写活的人物，冗长的章节，无韵诗的片段，不忍卒读的"伤感"章节，等等。那么，这个想法就来了，我说我喜欢狄更斯，我是不是就是说，我喜欢留恋我的童年？狄更斯是不是仅是一种习俗而已？

如果是的话，他是一种你没有办法摆脱的习俗。你究竟在多大程度上常常想起一个作家，甚至一个你喜欢的作家，是很难断定的事。但是我怀疑，真正读过狄更斯作品的人是否做得到有一个星期之久没有在某个场合记起狄更斯。不管你是不是赞成他，他总是在那里，就像纳尔逊纪念柱[①]。说不定在什么时候，某一个场面或者某一个人物，甚至可能是你记不起书名的书中的某一个场面或某一个人物会在你的心头冒出来。密考伯的信！证人席上的温克尔！盖普太太！维蒂特莱太太和顿姆莱·斯纳芬爵士！托吉尔酒店！（乔治·吉辛说，他走过纪念碑时，他想到的从来不是伦敦大火，而总是托吉尔酒店。）里奥·亨特太太！斯奎尔斯！西拉斯·韦格和俄罗斯帝国的衰亡！米尔斯小姐和撒哈拉沙漠！伍普斯尔演哈姆雷特！杰莱贝太太！曼泰里尼！杰里·克伦契尔！巴基斯！本布尔朱克！特拉西·杜普曼！斯金波尔！乔伊·加吉里！匹克斯尼夫！——等等，等等，没有一个完。这倒不是一系列的小说，而是更像一个世界。而且也不是一个纯粹喜剧化的世界，因为你在狄更斯作品中记得的一部分东西是他的维多利亚女王时代的病态、恋狂、流血和打雷的场面——赛克斯之死，克鲁克的自动燃烧，法勤打入死牢，女人围在断头台旁织毛衣。这一切甚至令人惊异地印在并不爱读狄更斯的人们的脑海里。歌舞厅里的滑稽演员能够相当有把握地（至少直到最近不久）到台上去模仿密考伯或盖普太太并让观众知道他扮演的是谁，尽管二十个观众之中从头至尾读过狄更斯的一本书的恐怕还没有一个，甚至那些自称瞧不起他的人也会不自觉地引用他。

狄更斯是一位在一定程度上可以模仿的作家。在真正地道的通俗文学

---

[①] 纳尔逊纪念柱，纪念一八〇五年在特拉法尔加角海战中大败法西联合舰队的纳尔逊海军统帅的圆柱形纪念碑，在伦敦特拉法尔加广场中央。

中,他遭到了相当无耻的剽窃。但是,所模仿的不过是狄更斯本人从以前的小说家那里学来的和发展的一种传统:"性格",即怪癖的崇拜。无法模仿的东西是他的创造力的丰富,这不完全是创造人物,更不是创造"情景",而是创造词语的变化和具体的细节。狄更斯写作的突出的、没有疑问的标志就是不必要的详尽。这里有一个例子,可以说明我的意思。下面的故事并不特别可笑,但是其中有一句话,充满了个性,就像指纹一样。杰克·霍普金斯先生在鲍伯·莎耶的宴会上说那个孩子吞下了姐姐的项链的故事:

第二天,那孩子吞下了两颗珠子;在这以后,他又吞下了三颗,这样继续下去,一直到一星期之内,他吞完了整串项链,一共二十五颗珠子。做姐姐的是一个刻苦勤俭的姑娘,很少舍得购置什么首饰,如今丢了项链,哭得死去活来。她爬高翻低,到处寻找,不用说,怎么也没有找到。几天以后,一家人坐在一起吃晚饭时——吃的是烤羊腿和土豆——那个孩子不怎么饿,就在屋子里玩。这时突然听到了一阵噪声,就像一阵小冰雹似的。"别闹,孩子。"做父亲的说。"我没闹。"孩子回答。"那么就别再闹了。"父亲说。接下来是短暂的沉默。但是噪声又开始了,比刚才更厉害。"要是你不听话,"父亲说,"我马上把你送上床去。"他摇了孩子一下,要他听话,这时响起了大家都没有听到过的噼啪声。"哦,我的天,那是从孩子肚子里发出来的,他的哮喘病发得不是地方!""不,我没有,父亲,"孩子开始哭起来,"那是项链,我把它吞了,父亲。"做父亲的一把抱起孩子,奔向医院。一路颠簸,珠子在孩子的肚子里噼啪发响,行人都抬头四望,又低头看地,要想知道这不平常的声音来自何方。"他如今已在医院里了,"杰克·霍普金斯说,"他走动时就会发出难听的声音,他们不得不把他用值夜的大衣包裹起来,以免吵醒病人。"

总的来说,这个故事仿佛出自十九世纪任何一家笑话杂志。但是,无可置疑的狄更斯笔法,没有别人会想到的事情,是烤羊腿和下面垫衬的土豆。这对这个故事有什么帮助?回答是没有帮助。这是完全没有必要的东西,是书页边上的小花边。不过,正是这种小花边创造出了狄更斯的特殊气氛。另一件你在这里会注意到的事是,狄更斯讲故事的方式是要耗很长时间的。这方面的一个很有趣的例子是《匹克威克外传》第四十四章中山姆·韦勒讲的固执病人的故事。只是太长了,这里无法引用。碰巧,我们这里有一个比较的标准,因为狄更斯是在自觉或不自觉地进行剽窃。这个故事已由一位古希腊作家讲过了。我现在找不到那个段落,不过我多年以前在学校当学生时读过,内容大致如下:

有一个色雷斯人以固执著称,他的医生警告他,不能再喝酒了,否则一壶就可以送命。那个色雷斯人听了就喝了一壶,立刻从屋顶上跳下去摔死。"因为,"他说,"这样我可以证明不是酒让我送命的。"

当初希腊人说这个故事时,全部故事就在这里——大约六行。而山姆·韦勒说这个故事时,用了大约一千个字。在归入正题之前,他讲了那个病人的衣着、餐饮、举止,甚至他读的报纸,还有医生的马车的特殊构造，使得车夫的裤子与他的号衣不相配这一点给掩遮起来。接着是医生和病人的对话。"吃烤面饼是健康有益的，先生。"病人说。"烤面饼不是健康有益的。"医生说，火气太大，等等。最后，原来的故事已被埋在细枝末节下了。狄更斯所有的最典型的段落都是这样。他的想象力压倒了一切，就像一种莠草一样。斯奎尔斯刚站起来要对他的学生们训话，我们就马上听到了关于波尔德的父亲还差两镑十先令，莫勃的继母听说莫勃不吃肥肉气得病了要卧床，希望斯奎尔斯先生狠狠揍他一顿，让他脑子清醒一些。里奥·亨特太太写了一首诗《奄奄一息的青蛙》；书中引了足足两节。波芬喜欢假装是个吝啬鬼，我们就马上读到了十八世纪一些吝啬鬼的丑事连篇的传记。甚至并没有实际存在的哈里斯太太，对她的细枝末节的描写也超过了一部普通小说中三个人物的总和。比如，有一个句子我们只读到了一半就获悉有人看到她的还在襁褓中的侄子被放在格林尼治赛会的一只瓶子里，在一起的还有一个粉红色眼睛的女人，普鲁士侏儒和活的骨骼。乔伊·加吉里描述了强盗怎么闯进做玉米和种子生意的商人本布尔朱克的家——"他们抢走了他的银箱、现款，喝了他的酒，吃了他的食品，他们还打他耳光，揪他的鼻子，把他绑在床柱上，他们狠狠地揍了他一顿，把开花的一年生植物塞在他嘴里不让他叫出声来"。所谓开花的一年生植物，毫无疑问又是狄更斯的笔法。任何别的小说家大概只会提到上述暴行的一半。什么都堆积起来，细节加上细节，绣花加上绣花。你要是反对说这种作风是洛可可式的，这样反对是徒劳的，你还不如去用同样的理由反对结婚蛋糕。要么你喜欢，要么你不喜欢。其他十九世纪作家也有一些狄更斯的这种长篇累牍、滔滔不绝的作风，但是他们之中没有一个人在任何事情上达到像狄更斯那种烦琐程度的。所有这些作家的魅力如今一部分依靠他们的时代风味,而且,虽然马里亚特①仍旧还算是一个正式的"少年读物"作家,而瑟蒂斯在狩猎者中间享有盛名,但很可能他们的读者如今大多数都是一些书呆子了。

有意思的是,狄更斯最成功的作品(不是他的最优秀的作品)是《匹克威克外传》,这并不是一部小说;还有《艰难时世》和《双城记》,这两部并不好笑。作为一个作家,他天生的丰富想象力却大大地妨碍了他,因为他从来无法抗拒的谐谑天性经常闯进原本是严肃的场景。《远大前程》开头第一章就有一个很好的例子。逃犯马格维治刚刚在教堂墓地里抓住六岁的匹普。从匹普的观点来看,这个场面一开始就够吓人的。那个逃犯满身泥污,腿上还拖着脚镣的铁链,突然从坟墓间跳出来,抓住那孩子,把他倒提起来,搜索了他的口袋。然后他吓唬他,要他去弄吃的来,还要一把钢锉:

> 他抓住我的胳膊,把我按在一块石头上直立着,然后说了这些吓人的话:
>
> "明天一早,你把钢锉和吃的给我送来。你把这些东西带到那边老炮台来见我。你要乖乖地这么做,不许说一句话,也不许向人表示,你曾经看到过像我这样的一个人,或者看到过什么人,我就饶你一命。要是你不这样做,或者对我的话有一丝一毫的违背,不论多么细微,你的心、肝就要给掏出来,烤着吃掉。现在,我并不是单身一个人,你很可能以为我是单身一个人。还有个小

---

① 马里亚特(Frederick Marryat, 1792—1848),英国皇家海军上校,小说家,以本人在海军经历为根据著有多部航海小说。

伙子跟我藏在一起,同那小伙子比起来,我算得上是个天使。那个小伙子听见我说的话。那个小伙子有他自己的办法,喜欢抓个小孩子,吃他的心、肝。小孩子要想从那小伙子手中溜走是办不到的。小孩子以为可以把门锁上,钻到被窝里,缩起身子,用衣服蒙上头,自己就可以太平无事了,但是那个小伙子会偷偷地进来,把他撕开。现在我暂时不让那小伙子伤害你,但很困难。我很难不让那小伙子近你的身。现在,你说怎么样?"

狄更斯在这里就是经不起诱惑。首先,没有一个被人追捕的又饥又渴的逃犯会这么说话。何况,虽然这番话表明了对一个孩子心理活动很了解,但是这实际的用词与后来发生的事是很不协调的。这把马格维治变成了一种童话剧里的坏叔叔,或者,如果你从孩子的眼光来看,成了一个可怕的恶魔。后来他在书中所表现的不是那两种人。而且,后来他那过分感激的态度是情节所系的关键,仅仅因为这番话,就成为不可信的了。像平常一样,狄更斯的想象力压倒了他。这些惟妙惟肖的细节略去不用是太可惜了。甚至在那些与马格维治相比更一致的人物身上,他也很容易禁不住诱惑而犯了这种错误。例如,摩得斯通先生每天早上总有用令人讨厌的算数难题结束大卫·科波菲尔的功课的习惯。这总是这样开始:"如果我到乳酪铺里去,买五千块双份格罗斯特乳酪,每块四便士半,一共要付多少钱?"这里又有一个典型的狄更斯式细节:双份格罗斯特乳酪。但对摩得斯通来说,这一点过于有人情味了;他应说是买五千只钱盒。每次弹了这个调子,小说的统一性就受损。这并不非常重要,因为狄更斯显然是个局部大于整体的作家。他尽是零碎细节——腐朽的建筑,但是滴水嘴却十分精彩——而且当他刻画某个人物而这个人物后来会被迫做出与性格不一致的行为来时，他总是最拿手的。

当然，批评狄更斯让他的人物行为不合性格，并不是常见的。一般来说，批评他的是他做的正好相反。他的人物都成了"类型化"了，每个人物都简单地代表一个单一的特点，配有某种标签，使你可以一望而知。狄更斯"只是一个漫画家而已"——这是经常听到的批评，这对他多少有些不公。首先，他并没有把自己看成是一个漫画家，而且经常让原本是纯粹静态的人物活动起来。斯奎尔斯、密考伯、莫契尔小姐①、韦格、斯金波尔、匹克斯尼夫等许多人最后都卷入与他们性格格格不入，以致他们的行为令人不可信的"情节"之中。他们以幻灯片开始，最后成了一部三流电影。有时你可以随便指出一句话来就可证明原来的幻觉已遭到破坏。《大卫·科波菲尔》中就有这么一句话。在那有名的晚宴(也就是羊腿没有烧熟的那一顿)以后，大卫陪客人出去。他在扶梯顶上止住了特拉德尔斯：

"特拉德尔斯，"我说，"密考伯先生并没有恶意，不过，如果我是你，我不会借任何东西给他的。"

"亲爱的科波菲尔，"特拉德尔斯微笑地回答，"我没有什么东西可以出借。"

"你有你的名声，你知道。"我说。

---

① 狄更斯把莫契尔小姐改写成一种女主人公式的人物，因为他加以丑化的那个真人读到了前几章后，深感刺痛。他原来要让她演个坏蛋角色。但是这样一个人物所采取的任何行动都会是不合性格的。——原注

你在这个地方读到这句话,它有点不协调,尽管类似这种事情迟早会不可避免地发生。这个故事是一个相当写实的故事,而且大卫正在长大成人;最后他一定会看出密考伯先生的真面目:一个吃蹭饭的骗子。后来,当然,狄更斯的温情占了上风,他让密考伯改过自新。但是从这以后开始,尽管狄更斯拼命做了努力,原来的密考伯就不再跃然纸上了。总的来说,把狄更斯的人物卷进去的"情节"并不是特别可信的,但是至少这种情节是做出要显得接近现实的样子的,而这些人物所属的世界却是个虚无缥缈之乡,一种永恒的状态。但是就在这里,你看到了"只是一个漫画家而已"并不完全是贬义词。狄更斯尽管不断努力不想做漫画家而大家总是把他当作漫画家,这个事实也许是他的天才的最肯定标志。他所创造的丑陋形象仍被当作丑陋形象而留在人们的记忆之中,尽管这种丑陋形象与可能发生的戏剧性故事混杂在一起了。它们造成的初步印象极其栩栩如生,任何后来发生的事都无法把它们磨灭掉。就像你幼时认识的人一样,你似乎总是记得他们的某一个具体的态度,做的一件具体的事。斯奎尔斯太太总是在舀糖饴,根密治太太总是在哭,加吉里太太总是在按她丈夫的头撞墙,杰莱贝太太总是在写小册子——她们全都在那里,就像鼻烟壶盖上画的晶晶发亮的小画像一样,永远固定在那里,完全想入非非,令人难以置信,然而却又比严肃作家的努力更加实在一些,更加难忘得多。即使以他那时代的标准来衡量,狄更斯也是一个特别矫揉造作的作家。正如罗斯金[①]所说,他"选择在一圈舞台灯光中工作"。他的人物甚至比斯莫莱特的人物更加扭曲,更加简单化。但是小说写作是没有规则的,对任何艺术作品来说,

---

① 罗斯金(John Ruskin, 1819—1900),英国作家、批评家、社会活动家。

只有一个考验值得操心——流传后世。以此为考验,狄更斯的人物是成功的,即使记得这些人物的人很少把他们看作是人。他们是怪物,不过无论如何,他们是存在的。

尽管这样,写怪物还是有个不利的方面。那就是,狄更斯只有某几种情绪能够触及。人的心里有很大的范围他从来不碰。他的作品中没有任何地方有诗意的感情,没有真正的悲剧,甚至性爱也几乎是在他的范围之外的。实际上,他的作品并不是好像有时有人说的那样没有性,考虑到他写作的时代,他是相当坦率露骨的。但是他身上丝毫没有你在《曼侬·莱斯戈》《萨朗波》《卡门》《呼啸山庄》①里找到的那种感情。据阿道司·赫胥黎②说,D.H.劳伦斯有一次曾说,巴尔扎克是个"巨人般的侏儒",在一定意义上,狄更斯也可以说是这样。有很多整个整个的天地,他不是一无所知,就是不想一提。除非是相当拐弯抹角地,你从狄更斯那里了解不到什么。这么说,使你马上想起十九世纪伟大的俄国小说家。为什么托尔斯泰的掌握似乎比狄更斯大得多呢——为什么他似乎能够告诉你多得多的关于你自己的事情?这不是因为他更有天分,或者甚至,归根结底来说,更加聪慧。这是因为他是在写发展成长中的人。他的人物都是在努力完善他们的灵魂,而狄更斯的人物都是已经完结了的,完美的。在我自己看来,狄更斯的人物比托尔斯泰的人物出现得更频繁更生动,但是总是一个不变的单一姿态,就像一幅画或一件家具。你无法同狄更斯的人物进行想象的

---

① 《曼侬·莱斯戈》,法国作家普雷沃神父(1697—1763)写的爱情故事,后被普西尼编成歌剧;《萨朗波》,法国作家福楼拜(1821—1880)的历史小说;《卡门》,法国作家梅里美(1803—1870)的小说,后被比才编成歌剧;《呼啸山庄》,英国作家艾米莉·勃朗特(1818—1848)的小说。

② 阿道司·赫胥黎(Aldous Huxley,1894—1963),英国作家,著有《美丽新世界》。

对话,像你可以同——比如——皮埃尔·别祖霍夫①进行想象中的对话那样。这不仅是因为托尔斯泰更加严肃,因为也有一些滑稽的人物你可以想象同他们对话的,比如布卢姆②,或者甚至威尔斯的波莱先生。这是因为狄更斯的人物没有内心生活。他们恰当地说了他们该说的话,但是无法想象他们说任何别的事情。他们从来不学,从来不想。也许他的人物中想得最多的是保尔·董贝,而他的思想是一锅粥。这是不是说托尔斯泰的小说比狄更斯的"更好"呢?事实是,用"更好"或"更糟"来做这样的比较是荒谬的。如果一定要我比较托尔斯泰和狄更斯,我要说,托尔斯泰的吸引力从长远来说大概会更广泛一些,因为狄更斯在英语文化以外是很少能懂的;而另一方面,狄更斯能够描绘简单的人,而托尔斯泰则不能。托尔斯泰的人物能够跨越边界,狄更斯的人物可以画在香烟画片上③,但是你不必在他们两人中间做一选择,正如你不必在香肠和玫瑰之间做一选择一样。他们的宗旨并不交错。

## 六

如果说狄更斯只是个滑稽作家,很可能现在就不会有人记得他的名字了。或者他的作品至多只有少数几部会流传下来,作为一种对维多利亚女王时代气氛的残余依恋。谁没有偶尔感到"可惜",狄更斯竟然为了像《小

---

① 皮埃尔·别祖霍夫,托尔斯泰名著《战争与和平》中的人物。
② 布卢姆,乔伊斯《尤利西斯》中的主人公。
③ 约翰·普莱耶父子公司一九一三年发行了两套香烟画片,名叫"狄更斯小说人物";一九二三年又合并作一套再次发行。——原注

杜丽》和《艰难时世》那样的东西而抛弃了《匹克威克外传》的风格。大家总是要求流行作家一而再再而三地写同样的作品,却忘记了,会把一本书写两遍的人,连一遍也写不出。任何作家凡是不完全没有生气的,都是按一种抛物线行动的,上升的曲线已经预示了下降的曲线。乔伊斯以《都柏林人》的不错表现开始,以《芬尼根守灵夜》的梦幻语言结束,但《尤利西斯》和《青年艺术家的画像》是这抛物线的一部分。那驱使狄更斯形成他并不真正适合,同时又使我们记得他的艺术形式的力量,只不过是这个事实:他是个道学家,也就是"有话要说"的意识。他总是在讲道,而这就是他的创造力量的最终秘密。因为你只有有所关心,你才能创作。像斯奎尔斯和密考伯那样的人物类型是不可能由一个只是为了寻找什么可乐的东西才写作的雇用文人创造出来的。值得一笑的笑话总是有个想法在背后,往往是一种离经叛道的想法。狄更斯能够连续逗人一笑是因为他抗拒权威,而权威总是在那里让人取笑的。总归有什么地方能给滑稽演员再扔上一块奶油蛋糕而引人发笑。

他的激进思想是最模糊的一种,但是你总知道它存在在那里。这就是道学家和政治家的不同之处。他没有建设性的建议,甚至对他所攻击的社会的性质也没有清楚的理解,他只是有一种感情上的知觉,感到有什么事情不对头。他最后能够说的只是:"行为要放规矩些。"我在上面已经说过,这不一定像听起来那么肤浅。大多数革命家都是潜在的保守派,因为他们想象,只要改变社会形状,一切都会走上正轨;一旦实行了这种改变——有时就如此——他们就认为没有必要进行任何其他改变了。狄更斯没有这种粗枝大叶的心态。他的不满的含糊性是它的永久性的标志。他所反对的,不是这种或那种制度,而是像切斯特顿所说,"人类脸上的一个表情"。大致可以说,他的道德观是基督教的道德观,但是,尽管他受英国国教的教养长大,但是他基本上是个圣经基督教徒,他写遗嘱时有意表明了这一点。无论如何,不能完全把他说成是个虔诚的人。没有疑问,他"信教",但是虔诚意义上的宗教似乎并没有怎么进入他的思想中去。① 他表现出是个基督教徒的地方是他近乎本能地同被压迫者站在一起反对压迫者的时候。在任何地方他总是站在受压的人的一边,这是天经地义的事。如果把这推演到合乎逻辑的结果,一旦受压者成了压人者时,你就得改变立场了。事实上,狄更斯往往是这样做的。例如,他厌憎天主教会,但是一旦天主教徒受到迫害(《巴纳比·鲁奇》),他就在他们一边。甚至他更加憎厌的贵族阶级,一旦真的被推翻(《双城记》中关于革命的几章),他的同情就倒转了过来。凡是他偏离这个感情态度的时候,他就迷失了方向。一个大家都知道的例子是《大卫·科波菲尔》的结束,凡是读到这里的人都感到有些不对头。不对头的是,结束的几章隐约而又明显地弥漫着对成功的崇拜。这是斯迈尔斯心目中的福音,不是狄更斯心目中的福音。原来的动人亲切的人物不见了,密考伯发了财,希普进了牢,这两件事情都显然是不可能的,甚至为了让位于艾格尼斯,而让朵拉死去。你如果愿意,完全可以把朵拉理解为狄更斯的妻子,而艾格尼斯是他的妻妹,但基本事实是,狄更斯"变得体面起来",不惜伤害自己的本性。也许这是为什么艾格尼斯是

---

① 他在给他的幼子的信(1868)中说:"你当记得,你在家中时从来没有在宗教规矩上或者仅仅仪式上的事来烦你。我总是有意不以这种事情来要求我的孩子,他们长大以后自己会形成尊重这些规矩的看法。因此你当更好地了解,我如今极其严肃地告诉你来自基督本人的基督教的真和美,以及你如果谦恭地然而衷心地尊重它,你就不可能错到哪里去……千万不要放弃自己在早晚独自祷告的健康有益习惯。我自己从来没有放弃过,我对这样做带来的快慰深有体会。"——原注

他最不讨人喜欢的一个女主人公,维多利亚女王时代罗曼司中的真正无腿天使,几乎像萨克雷笔下的劳拉一样糟糕。

凡是长大了的人,读狄更斯时无法不感到他的局限性,但是他的本性的心胸宽广、大度仍不容抹杀,这起了一种船锚的作用,几乎总是把他牢牢地固定在他应有的去处。这大概是他受人欢迎的中心秘密。一种多少有些狄更斯那种类型的好脾气的反摩西律法主义[①],是西方通俗文化的标志之一。你可以在民间故事和滑稽歌曲中看到,可以在像米老鼠和大力水手(两者都是大杀手杰克的翻版)那样的梦幻人物中看到,可以在工人阶级社会主义史中看到,可以在反对帝国主义的群众性抗议(总是没有什么效果但并不总是骗局)中看到,可以从要是一个有钱人的汽车轧死了一个穷人,陪审团总是判处过高赔偿的冲动中看到。这是一种你总是站在受压的人一边,站在弱者反抗强者一边的感情。从某种意义上来说,这是一种已经过时了五十年的感情。普通人仍生活在狄更斯的心理世界里,但是几乎每一个现代知识分子都已经投到这种或那种形式的极权主义中去了。从马克思主义或法西斯主义观点来看,狄更斯所代表的东西几乎全是可以当作"资产阶级道德观"而加以一笔勾销的。但是在道德观方面,没有人比英国工人阶级更加"资产阶级化"了。西方国家的普通人在心理上从来没有进入过"现实主义"和权力政治的世界。他们可能不久就会进入,在这种情况下,狄更斯就会像拉马车的马一样过时。但是在他自己的时代和我们的时代里,他之所以流行主要是因为他能够用一种滑稽的、简单化的因此是令人难忘的方式表达普通人的天性的规矩。重要的是,从这个观点出发,十

---

① 反摩西律法主义,基督教认为既然蒙主恩而得拯救就无须遵守摩西律法的主张。

分不同类型的人都可以说是"普通的"。在一个像英国那样的国家里，尽管有它的阶级结构，的确存在着一种文化上的一致。在基督教的年代里，特别是自从法国革命以后，西方世界始终被自由和平等理念所萦绕；这只是一种理念，但是它渗透到社会的各个阶层之中。到处存在着最令人发指的不公、残暴、谎言、势利和虚荣，但是很少人能够以——比如说——罗马奴隶主的无动于衷的冷漠态度来看待这些事情，甚至百万富翁也会有一种隐约的内疚感，就像一只狗在吃一块偷来的羊腿一样。几乎所有人，不论他们的实际行为怎么样，在感情上都是响应四海之内皆兄弟的理念的。狄更斯表达了一种过去是而且总的来说现在仍然是甚至那些违反的人也相信的准则。除此之外，很难解释为什么他既可以被劳动人民所阅读（这样的事从来没有发生在其他像他那样身价的小说家身上），又可以安葬在威斯敏斯特教堂。

当你读到任何一篇有强烈个性的文章时，你有这样的印象，你仿佛从这书页的背后看到了一张脸。这不一定是作家本人的脸。我在读斯威夫特①、笛福②、菲尔丁③、司汤达、萨克雷、福楼拜时都强烈地感到这一点，虽然在好几个人身上，我并不知道这些人实际长得怎样，而且也不想知道。你看到的是那个作家应该有的那张脸。但是，我在狄更斯的作品里看到的脸不完全是狄更斯的相片中的那张脸，尽管很像。这是一个大约四十岁的人的脸，有一撮小胡须，脸色红润。他正在笑，笑声中有一丝怒意，但是

---

① 斯威夫特（Jonathan Swift, 1667—1745），英国作家，讽刺文学大师，代表作是《格列佛游记》。
② 笛福（Daniel Defoe, 1660—1731），英国小说家，代表作是《鲁滨孙漂流记》。
③ 菲尔丁（Henry Fielding, 1707—1754），英国小说家，作品有《汤姆·琼斯》等。

没有得意，没有恶意。这是一个总是在对什么东西进行斗争的人的脸，但他是在公开斗争的，而且并无惧意，这是一个虽有怒意但生性宽容的人的脸——也就是说，一个十九世纪自由派，一个有自由思想的人，一种被所有如今正在争夺我们灵魂的发出臭味的小气的正统思想以同样的憎恨所憎恨的类型的脸。

一九三九年三月十一日

董乐山　译

# 在鲸腹中

## 一

亨利·米勒的小说《北回归线》一九三五年面世后，受到出语谨慎的称赞，有些赞扬者似乎唯恐让人以为是欣赏书中的色情描写。称赞者中有T.S.艾略特、赫伯特·里德、阿道司·赫胥黎、约翰·多斯·帕索斯、埃兹拉·庞德等，总的来看，称赞者中没有当年风靡一时的作家。在某种程度上，这本书的主题属于二十世纪二十年代，而不是三十年代。

《北回归线》这部小说是用第一人称讲述的，不论从哪个角度看，都像一本自传体小说。米勒本人一口咬定，这本书纯粹是部自传，只不过用了讲述故事的节奏和方法。书中讲述了美国人在巴黎的故事，不过并不是小说中惯有的情节，因为故事中的美国人全都囊中空空。在繁荣年代，美元坚挺，法郎疲软，形形色色的艺术家、作家、学生、艺术爱好者、观光客、纵欲者甚至世界上难得一见的流浪汉蜂拥而至，充斥在巴黎街头。在这座城市的有些城区，所谓的艺术家人数一准超过了就业人口，据估计，在二十世纪二十年代末期，巴黎的画家人数多达三万人之众，然而大多数名不副实。巴黎市民渐渐对艺术家麻木不仁，哪怕是身穿条绒裤声音粗哑的女同性恋者，或者是身穿古希腊或中世纪装束的年轻人招摇过市，也丝毫吸引不了人们的目光。在巴黎圣母院附近的塞纳河两岸，到处摆放着写生画凳，路人几乎无法插足。这是个充满冷门黑马和失意天才的时代，人人嘴边都挂着这句话："天生我材必有用。"结果，谁也没能"有用"，衰退的潮流像又一个冰河纪般降临了，这座大都市中的艺术家浪潮消退殆尽。仅仅十年前，蒙巴纳斯区的咖啡店直到深夜都人满为患，装腔作势的顾客人声鼎沸，如今却变得像黑魆魆的墓穴，连个鬼影子都见不着。米勒描写的正是这么一个世界，温德汉姆·刘易斯的《塔尔》等小说也描述了这个世界，但米勒描述的只是这个世界的底层，是在衰退潮流后赖着没走的流浪无产者，这群人既是货真价实的艺术家，也是不折不扣的恶棍。故事中有偏执狂，这种人都"想要"以亲身经历写本小说，让普鲁斯特① 无地自容。故事中有失意的天才，但只有到了用不着为下一顿饭担忧的罕有时刻，天才才会真正崭露头角。但故事中描述的大部分情景是臭虫肆虐的工人客栈、打斗场面、酗酒狂欢、廉价妓院、俄国难民、乞讨、诈骗以及打零工的苦力。在一个外国人的眼中，巴黎穷人区到处是铺了卵石的窄巷，处处散发着垃圾的酸臭味，小酒馆里是油腻的吧台和凹凸不平的砖地，外面是塞纳河污秽的绿水，身穿蓝色斗篷的共和国卫队在街道上巡逻，陋巷里到处散放着破旧的铁皮尿壶，地铁站散发出奇怪的甜腻腻气息，路面上丢满了香烟头，头顶上飞过卢森堡花园的鸽群。这一切构成了这里的整体气氛，至少这种

---

① 普鲁斯特（Marcel Proust，1871—1922），法国伟大作家，写过多卷本的《追忆逝水年华》。

感觉挥之不去。

　　从表面上看，要用这样一批素材写书，这本书成功的希望也太渺茫了。《北回归线》出版时，意大利人正向埃塞俄比亚进军，希特勒在增建其规模日益庞大的集中营。那时的世界知识中心是罗马、莫斯科和柏林。此时出版一部描写美国流浪汉在巴黎拉丁区混饭吃的小说，似乎难以获得出色的文学价值。诚然，小说家无须正面书写当代史，但是，小说家若全然漠视当时的主要公共事件，恐怕不是个傻瓜就是个彻头彻尾的白痴。如果粗粗浏览一下《北回归线》的故事主题，大多数人也许会觉得，这不过是二十世纪二十年代残存的恶作剧情节。其实，凡是读过此书的人马上就看得出，满不是这么回事，这是一部非凡卓越的作品。为什么说它卓越？它究竟怎样卓越？要回答这些问题绝对不简单。最好从《北回归线》在我脑海中留下的印象谈起。

　　我一翻开《北回归线》，见里面满是猥亵字眼，我的直觉反应是不让它闯进我的记忆。我相信，大多数读者都会有同样的反应。然而，过了一段时间，撇开种种细节不谈，书中描写的气氛似乎以一种奇怪的方式盘桓在我记忆中。一年后，米勒的第二部小说《黑色的春天》出版了。到这时，《北回归线》在我脑海中的印象生动多了，远远超过首次阅读时的印象。《黑色的春天》给我的第一印象是水准下降，和谐性、整体性不及前一部书。可是，又过了一年，《黑色的春天》的许多章节也在我脑海中深深扎下了根。显然，这两本书属于让人回味绵长的那类作品，就像书评常说的那样，那类书"营造了一个自己的世界"。能产生这种效果的书并不一定是好书，譬如《中彩奖品》或者《夏洛克·福尔摩斯探案集》之类，就是些毁誉参半的书，而《呼啸山庄》或《带绿色百叶窗的房子》要么违反常情，要么感觉病态。但不时会有一本开创新天地的小说面世，书中不是展示奇异的景象，而是揭示人们熟悉的情景。就拿《尤利西斯》来说吧，真正非凡的特点是其选材为读者司空见惯。当然，《尤利西斯》的特点远不止此，因为乔伊斯不仅是位诗人，还是位大学者，但他真正的成就是将人人熟悉的事物见诸笔端。他敢于揭露思想深处的愚昧——这不但需要技巧，还需要勇气。结果，他发现了一个美国，这个美国就在每个美国人的鼻子底下。他选用的大量素材人们以为无法言表，可他却设法传递了出来，效果是打破了人们生活的孤寂状态，起码在短时间中产生了这样的效果。阅读《尤利西斯》的一些章节后，会感觉乔伊斯的思想和读者的思想融合在了一起，会感觉他尽管不知道你的名字，却了解你的全部生活，会感觉你与他是在一个超越时空的世界里相聚。虽然亨利·米勒跟乔伊斯在其他方面并不相似，但在这方面却有一些共同点。诚然，他的作品内容特别参差不齐，有时候一头扎进冗长的连篇空话，有时候又忽然陷入超现实主义的空间，《黑色的春天》尤其有这种倾向。不过，他的书读上五到十页，便会让人产生一种罕有的宽慰感，这倒不是出于一种受人理解的感觉，并不是感觉到"他完全了解我"或者"他这段文字完全是专门写给我看的"，而是仿佛听到一个声音在对你说话的感觉，那个声音来自一个和蔼的美国人，说的话既没有欺骗，也没有道德教化目的，只不过含蓄地述说：我们都大同小异。你一时摆脱了谎言，摆脱了简单化，摆脱了普通小说甚至好小说中的程式化和让人牵着鼻子走的模式，开始体会到人人都有的经历。

但那是一种什么经历？那又是些什么人呢？米勒写的是马路上的路人，遗憾的是，马路上到处是他的同胞兄弟。这正是离开自己祖国难免受到的惩罚。它意味着将自己植根于浅浅的土壤中。背井离乡对小说家造成的伤害极大,也许比画家甚至诗人感受到的伤害更严重,因为这意味着小说家脱离了劳作生活,观察的范围便局限于街道、咖啡馆、教堂、妓院和工作室。从整体上看,透过米勒的小说,读者管窥到侨民的生活,书中描写的是人们饮酒、交谈、思索、私通,而不是劳作、嫁娶、养育后代。这是个遗憾,因为他本来能够描写更多活动的。在《黑色的春天》中,有一段描写纽约生活的精彩倒叙,描述的是欧·亨利笔下爱尔兰后裔云集的纽约。但是,在他的书中,巴黎的场景最动人。对毫无价值的社交类型、咖啡馆中的醉鬼和流浪汉等描写匠心独运,让读者感觉到活生生的人物,近来的小说没有一部在这些方面可与之媲美。书中的描述不但全都可信,而且都为读者所熟悉。读者感觉到,自己仿佛体验过书中人物的所有冒险经历。亨利找到个工作,是给一名印度学生当家教,后来他在一所糟糕的法国学校找到另一份工作,寒流来袭,厕所茅坑全都冻得硬邦邦。他的一位朋友是柯林斯船长,他跟随这位朋友去酗酒,去妓院找漂亮的黑人妓女。他跟小说家范·诺登叙谈,这位朋友脑袋里装着一部世界上最好的小说,可就是怎么也静不下心来动笔。他的另一位朋友叫卡尔,在几乎饿死的边缘,一个守寡的富婆看中了他,想跟他结婚。书中有卡尔像哈姆雷特般冗长的独白,他拿不准哪样更糟糕:继续挨饿还是跟老女人上床。他极其详尽地描述了跟这位寡妇约会的情景,描述自己如何穿戴上最好的服装,走进那家宾馆,描述他拜访前忘记小便,结果整个夜晚因渐渐内急痛苦不堪等。结果,这一切描写并非真实,根本就没这么个寡妇,原来只是卡尔的编造,为的是让自己显得重要。全书的叙述脉络也大致如此。这些荒谬的琐事何以如此引人入胜?只因为书中描述的整个气氛都是读者耳熟能详的,因为读者始终感觉到,这些都是自己的经历。读者有这种感觉,是因为作者撇开一般小说中用的正式语言，把人们内心中的现实政治看法揭示出来。与其说米勒是在探索人们的思维，倒不如说他是爽快地承认平常的事实和情感。这个事实就是，许多普通人的言行跟书中记载的并无二致，也许大多数人都是这样。在《北回归线》中，人物交谈时不自觉的粗鄙话语很少在小说中见到，但在真实生活中却极为常见，我一遍又一遍听到人们用这种方式交谈，但人们并没有意识到自己的话语十分粗鄙。值得一提的是，《北回归线》并不是一本写给年轻人看的作品，这本书出版时，米勒已经四十多岁，那以后又出版了另外三四本书，显然第一本书几年来受到了认可。在漫长的间隔和默默无闻中，其中一本书在人们心中慢慢成熟，读者们懂得了该如何行动，学会了等待。书中的文字触目惊心，《黑色的春天》中部分章节更妙。可惜我不能引述，毕竟书中到处是猥亵字眼。但是，捧读《北回归线》，捧读《黑色的春天》，特别是读开头的一百来页，读者会明白，尽管时至今日，英文散文为什么仍有生命力。在书中，英文被视为口头语言，而且说出来用不着感到害怕，换言之，用不着害怕华丽的辞藻，用不着害怕不常见的字眼或诗意的词汇。这个说法销声匿迹十年后再次露面了。这是一篇酣畅淋漓的散文，颇富韵律感，与平淡谨慎的表述和如今快餐店流行的粗鄙交谈全然不同。

《北回归线》这种书面世的时候，人们首先注意到的是书中的猥亵语言，这是再自然不过的事情。我们对文学正派性有根深蒂固的观念，要以超然的态度捧读一本淫秽作品，并不是件容易的事。人们不是感到震惊，就是感到恶心，要么会感到病态的激动，或者干脆打定主意不读。最后这种感觉也许是最平常不过的反应，结果，有猥亵内容的书籍受到了不应有的冷落。时下颇为流行的说法是，写一本淫秽小说是再简单不过的事，写这种书的作者无非是想吸引人们的眼球,借此赚钱等。但显然情况并非如此,因为法律意义上的淫秽书籍难得一见。假如写脏话能轻松赚钱,很多人自然会靠这种手段赚钱。但是,既然"淫秽"书籍并不常见,便有将这种书归入一类的倾向,这可是一种很不公正的做法。《北回归线》让人朦胧间联想到另外两本书:《尤利西斯》和《长夜漫漫的旅程》,但《北回归线》跟其中哪一本书都没有多少相似之处。要说米勒跟乔伊斯有什么共同点,那就是两人都乐意提起日常生活中空虚卑鄙的实情。且不说写作技巧上的差异,就拿《尤利西斯》中的葬礼场面来说,就很符合《北回归线》的风格。整个那一章属于一种忏悔,揭示人内心中可怕的麻木不仁。但两本书的相似之处仅止于此。《北回归线》的艺术水准远远低于《尤利西斯》。乔伊斯是位艺术家,在这个意义上,米勒既不是大概也不愿成为艺术家,反正他尝试的范围要宽广得多。他探索过不同的意识状态、梦幻状态、遐想状态(比如在《青铜与黄金》一章中)、酒醉状态等,将这些状态全都嵌入一个异常复杂的模式,复杂得几乎像是维多利亚时期的"密谋"。米勒不过是个不动声色地谈论生活的人,是个具有理智和勇气的美国商人,还拥有语言天赋。他的模样跟所有人心目中的美国商人如出一辙,这一点也许是重要的。至于拿他的书跟《长夜漫漫的旅程》做比较,就离题太远了。这两本书中都有猥亵字眼,从某种意义上讲,两本书也都属于自传体,但相似之处仅此而已。《长夜漫漫的旅程》是一部意图明确的作品,其意图是抗议恐怖,抗议现代生活缺乏意义,其实是抗议生活缺乏意义。那是一阵发自粪坑中的呐喊,发自无法忍受的厌恶。《北回归线》则几乎完全相反。书中描述的事情太不寻常了,看上去近乎反常,但这是个愉快的人写的书。《黑色的春天》也是一样,只是愉快程度稍有点逊色,因为书中不时流露出怀乡之情。米勒曾多年过着流浪的无产者生活，挨饿、流浪、在下流和失败中挣扎、夜晚露宿户外、跟移民局官员周旋、为挣得一丁点钱连续拼命，但他在那种生活中感到的是享受。完全相同的生活，塞利纳感到的是恐怖，米勒却感到着迷。他非但不抗议，反而欣然接受。"接受"这个字眼让人联想到他的一位美国同胞沃尔特·惠特曼。

二十世纪三十年代出了个跟惠特曼相似的人，这真是件稀罕事。假如惠特曼这时还健在，不知道会不会写下跟《草叶集》哪怕稍有点相似的作品。尽管他当年说过"我接受"，但此时的接受与当年的接受有着天壤之别。惠特曼是在空前繁荣的时代写作，此外，在他写作所处的那个国家中，自由并不是句空话。他总是挂在嘴边的民主、平等、友谊等字眼也不是遥不可及的理想，而是眼前活生生的现实。在十八世纪中叶，只要不是生活在纯粹共产主义的社交圈子中，感到自由平等的美国人确实是自由的、平等的。不错，当时是有贫困，甚至有阶级差别，但是除了黑人之外，并没有哪个阶级的人永无出头之日。人人内心都有一种类似主心骨的良知：正当谋生，不向别人卑躬屈膝。读到马克·吐温描写的密西西比河的船夫或领航人，或者读到布莱特·哈特笔下的西部淘金者，会感觉那种人比石器时代的食人族还遥远。究其缘故，只因他们是自由人。即使是东部各州过着平静家居生活的美国人也是一样，比如《小妇人》①、《海伦的宝贝们》②和《乘车离开班戈》③中描述的那样。阅读这些作品时，会感觉到那是一种轻快活跃、无忧无虑的生活，读者仿佛有置身其中的实在感觉。这正是惠特曼所

---

① 《小妇人》，美国作家路易莎·梅·奥尔柯特的小说。
② 《海伦的宝贝们》，美国作家约翰·哈伯顿的小说。
③ 《乘车离开班戈》，乔治·奥威尔的一部散文作品。

要歌颂的,不过他处理的方式非常糟糕,因为他是那种告诉你该产生什么感觉的作家,而不是设法让你产生这种感觉。他辞世太早,没有看到大规模工业兴起和无情剥削移民劳工,美国的生活堕落恶化,这也许对他持有的信念算是一种幸运。

　　米勒的观点与惠特曼极其类似,凡是读过他作品的人,几乎都有这样的评论。《北回归线》的收尾段落特别具有惠特曼的风格,故事主人公在纵欲、欺诈、打斗、酗酒和种种愚蠢活动过后,坐下来观望着滚滚逝去的塞纳河,一种对事物的本来状态神秘的接受之感油然而生。问题是他接受的是什么?首先,他接受的不是美国,而是白骨堆成的古老欧洲,这里每一粒尘土都要从无数人的尸骸上刮过。其次,当时并不是个发展与自由的时代,而是个恐怖、暴政和发号施令的时代。在我们的时代说"我接受",等于说接受集中营和橡皮警棍,接受希特勒、斯大林、炸弹、飞机、罐头食品、机关枪、叛乱、肃反、喊口号、系武装带、戴防毒面具,接受潜水艇、间谍、破坏活动、新闻审查、秘密监狱、吃阿司匹林止疼、好莱坞电影和政治谋杀。当然,要接受的东西还不止于此。这大体上便是亨利·米勒的态度。他的态度并非一成不变,在有些时刻,他表现出相当平常的乡愁情结。《黑色的春天》中用了一个长长的段落歌颂中世纪。如果在近几年发表,那准是篇让人大跌眼镜的作品,但这段文字表现的态度与切斯特顿并无很大不同。在《马克斯》和《白色巨噬细胞》两章中,他从讨厌工业化的文人视角攻击美国现代文明(以早餐麦片、玻璃纸等为象征)。不过,他的态度在整体上是"咱们全盘接受吧"。从表面上看,这本书沉湎于猥亵和生活的卑劣面,但仅仅是表面而已,真实的日常生活却充满了种种恐怖,远远超过了小说作家通常愿意承认的程度。惠特曼本人"接受"了同时代人觉得难以启齿的大量事物。他的作品不但涉及大草原,还有他在城市中游荡,注意到自杀者摔碎的头颅和"手淫者病态的灰色面孔"等。不容置疑,我们这个时代不及惠特曼写作的时代健康,希望也更渺茫,至少西欧的状况是这样。跟惠特曼的时代不同,我们生活在一个萎缩的世界上。"民主的前景"遭到铁丝网封杀。创造和成长的感觉少之又少,人们越来越忽视永远需要晃动的摇篮,越来越重视永远沸腾的茶壶。接受这样的文明等于接受腐朽。这种态度不再是奋发,变成了被动,甚至变成了货真价实的"颓废"。

但正因为米勒在某种意义上是被动体验,他就比有目的的作家更能够贴近普通人,因为普通人也是被动的。在家庭生活、商会或当地政治这样的狭隘圈子里,他感觉能够把握自己的命运,但是面临主要事件时,他就像遭遇气候变化一样束手无策。他远没有做出努力去影响未来,反而干脆躺倒在地,任凭种种事件对他肆虐。在过去十年中,文学越来越深刻地卷入了政治,结果普通人比过去两个世纪以来任何时候的活动空间都小。只要对比一下关于西班牙内战的书籍和第一次世界大战期间的作品,就能看出流行文学态度的变化了。写西班牙战争的书最醒目的一点,反正用英文写的都是这样,就是迟钝和卑劣。右派或左派中态度自信的游击队员都告诉读者应该如何思考,然而,关于第一次世界大战的书却是普通士兵或下级军官的作品,作者并不假装懂得整个局势。诸如《西线无战事》《战火》《永别了,武器》《英雄之死》《向一切告别》《一个步兵军官的回忆录》和《索姆河战役》等作品不是宣传者的手笔,而是战争受害者的作品。这些作品等于在说:"这他妈到底是怎么回事?只有天知道。我们只有忍耐。"虽然米勒写的并不是战争,总的来看,他写的也不是不幸,但这最接近他的态度,而不是如今流行的无所不知态度。米勒曾为一份短命的杂志担任过编辑,这份名叫《支持者》的杂志在广告中称自己的性质是"非政治性,非教育性,非一贯性,非正统性"。米勒本人的作品几乎可以用同样的字眼来描述,那是来自群众的声音,来自底层的声音,来自三等车厢的声音,来自普通人的声音,来自非政治性、非道德性的被动者。

"普通人"这个字眼我从来用得并不严谨,我一直认为普通人当然有,但如今有人对此却不认同。我倒并不是说,米勒笔下的人物属于大多数人,我更不是说他写的是无产者。从来没有哪个英国或美国小说家认真尝试过写无产者。不过,《北回归线》中的人物行为懒惰、声名狼藉,还稍有点附庸"艺术风雅",因此缺乏普通人的特征。我在前面已经说过,这一点是可惜的,但这是流亡国外的必然结果。米勒笔下的"普通人"既不是劳工,也不是乡下的农户,而是落魄者、流浪汉,是身无分文四海漂泊的美国知识分子。然而,即使是这一类型的人,也能颇为广泛地代表比较正常的人们。米勒善于充分利用有限的素材,因为他具有认同其性质的勇气。作为"世俗凡人"的普通人在书中得到了话语权,变成了巴兰的驴子[①]。

人们会觉得这一点过时了,至少不再时髦。世俗凡人不再时髦。沉湎于色情对内心世界耿耿于怀的人不再时髦。侨居巴黎的美国人不再时髦。《北回归线》在这个时候出版,要么让人觉得沉闷造作,要么就是非同凡响。照我看,凡是读了这本书的人,大多数都会认为,不属于前面那种情况。那就值得探讨一番,看看这书背离当前流行文学时尚意义何在。要做这番探讨,就要了解其背景,换言之,就要了解第一次世界大战后二十年间英文文学发展的总趋势。

---

① 巴兰的驴子,典出《圣经·旧约·民数记》第二十二章,比喻平常沉默驯服,被迫开口抗议的人。

# 二

说一位作家时髦，总是意味着这位作家受到三十岁以下读者的赞赏。我谈论的这个时期是战争期间和战争刚结束时，在这个时期之初，深受有思想青年钦佩的作家几乎肯定是豪斯曼[①]。一九一〇年至一九二五年间的青少年中，豪斯曼有着如今难以理解的极大影响力。一九二〇年，那会儿我十七岁，就差不多能把那首《什罗普郡一少年》全背下来了。不知《什罗普郡一少年》在我的同龄人中是否留下大致相同的深刻记忆。他无疑听说过甚至留意过这种情况，没准为自家的小聪明沾沾自喜，也许不过如此。然而，那却是我和同龄人一遍遍背诵过的诗歌，而且还很入迷，就像上一代青少年背诵梅瑞狄斯的《山谷中的爱》和斯温伯恩的《冥后之园》等。

> 回想起来黯然神伤，
> 　好朋友都在何方，
> 那么多玫瑰红唇美少女，
> 　那么多机灵欢快少年郎，
>
> 跨不过去的溪水边，
> 　躺着机灵欢快的少年，
> 玫瑰凋零的园地里，
> 　玫瑰红唇女孩正长眠。

---

[①] 豪斯曼（A.E.Housman，1859—1936），英国古典学者和诗人，代表作有《什罗普郡一少年》等。

这首诗的韵律像铃铛般清脆，但是到了一九二〇年却似乎不那么清脆了。气泡为什么总是爆裂？要回答这个问题，就得考虑某些作家在某一时期受欢迎的外部条件。豪斯曼的诗歌发表之初并没有吸引多少关注。但诗歌中有什么因素，竟然深深吸引了一九〇〇年前后出生的一代青少年？

首先，豪斯曼是位乡土诗人。他的诗歌散发出遥远村庄的魅力，充满了让人思乡的地名：克朗顿和克朗伯里、奈顿、拉德洛、"在温洛克边上""布莱顿的夏日"，让人联想起草屋顶和铁锤叮当的铁匠铺，仿佛能看到点缀在草场上的淡黄色野花，能看到"记忆中的青山"。在一九一〇年至一九二五年期间，除战争诗歌外，英国诗歌多半是乡土诗。究其原因，无疑是食利阶级割断了与土地的联系，但这种人当时比时下更流行一种仍属于乡土却蔑视城镇的高傲感。不论当时还是现在，英格兰都不能归入农业国的范畴，但是，在轻工业开始在全国蔓延开之前，人们往往视英格兰为农业国。大多数中产阶级家庭的男孩都是在能看到农田的地方长大的，耕作、收获、打谷等田园生活对他们有吸引力。只要用不着自己动手干活，男孩子就不可能注意到刨萝卜的可怕艰辛，不可能体会到早上四点戴着破橡皮手套挤牛奶的酸楚。战争即将爆发时、战争刚刚结束后，以及战争进行期间，那可是"自然诗人"的黄金时期，那正是理查德·杰弗里斯[①]和威廉·亨利·哈德森[②]创作的鼎盛时期。鲁珀特·布鲁克在一九一三年发表的明星诗歌《格兰切斯特》无非是喷涌而出的"乡村"情结，简直像呕

---

① 理查德·杰弗里斯(John Richard Jefferies, 1848—1887)，英国作家，作品以描述英国乡村生活的散文著称。

② 威廉·亨利·哈德森(William Henry Hudson, 1841—1922)，英国作家、自然主义者、鸟类学家。

吐出了满肚子的地名。人们把《格兰切斯特》叫作诗,其实比毫无价值还没价值,不过,用来诠释当年中产阶级有思想青年的感受,还算是个有价值的参考。

不过,豪斯曼并没有布鲁克等人周末赏花的兴致。虽然他的作品中一直有乡村主题,但主要用作叙事背景。大多数诗歌都有个拟人的主题,是一种理想化的淳朴概念,其实是改造成现代品位的乡愁者和牧童。这本身就有深深的吸引力。从以往的经验知道,生活过度文明的人们喜欢阅读乡村故事(其中的关键字眼是"贴近自然"),因为在他们的想象中,乡村人比他们自己淳朴而热情。因此涌现出希拉·凯伊·史密斯等人的"黑土地"小说。当时,中产阶级男青年怀有"乡村"偏见,宁愿跟农业工人交往,也不理睬城镇里的工人。在大多数男青年心目中,都有理想化的农夫、流浪汉、偷猎者或猎场看守人,都想象着他们豪爽、自由,身穿粗布衣,腰佩长刀,生活中有捕兔陷阱、斗鸡、马匹、啤酒、女人。梅斯菲尔德的诗歌《永恒的宽恕》是那个时期又一部有价值的作品,在男青年中大受欢迎,一直流传到战争年代,这首诗以一种非常粗犷的形式让读者产生想象。但是豪斯曼的《莫里斯和特伦斯》值得重视,而梅斯菲尔德的《索尔·凯恩》就不然。在这一方面,豪斯曼就像梅斯菲尔德加了一点忒奥克里托斯[①]的韵味。此外,豪斯曼所有作品的主题都是青少年——杀人、自杀、不如意的爱情、英年早逝等。故事讲述的是简单又确切的灾难,让人感觉有悖生活的常理:

---

① 忒奥克里托斯(Theocritus,约前310—前250),古希腊诗人,西方田园诗的创始人。

> 太阳烤着山坡,草割了一半,
> 这时,鲜血已干;
> 莫里斯躺在干草中一动不动;
> 我的刀插在他肋间。

在另一节中:

> 我们被关进什鲁斯伯里监牢,
> 汽笛在哀号,
> 火车整夜在铁轨上呻吟,
> 为黎明赴死的人哀悼。

两节的基调大致相同,内容联系松散,标题是《内德长眠墓地,汤姆长蹲监狱》。另外还有"谁也不爱我"的优雅的自怨自艾情感:

> 钻石般的露水珠飘落地,
> 点缀着土埂低矮的草皮,
> 这是清晨的泪滴,
> 哭泣,却不是为你。

倒霉的老伙计!这种诗歌显然是为青少年所作。还有一成不变的情殇(姑娘已经去世或嫁了别人),这对男孩子似乎算一种智慧,因为他们都被迫去上公学,都有点认为女人遥不可及。我怀疑豪斯曼同样缺乏吸引女孩子的魅力。他的诗从未考虑女性的观点，女子不过是个女神，是个女妖，是个半人半兽的狡诈动物，勾引你走出几步，再让你栽个跟头。

但是，假如不是因为豪斯曼的作品中的另一种张力，也不会深深迷住一九二〇年的年轻人，那种张力就是亵渎神灵、违背道德、愤世嫉俗的语言。第一次世界大战即将结束时，两代人之间从不曾间断的思想冲突变得异常激烈了。部分原因该归咎于那场战争本身，另一部分原因是俄国革命的影响，但是思想上的斗争归根结底是那个时代的产物。也许因为英格兰的生活安逸而且安全，就连战争也几乎没有打扰其平静，许多人在十九世纪八十年代或更早的年代形成了自己的思想，到二十世纪二十年代仍未改变。与此同时，正统的信念在年青一代中却像沙塔一样坍塌了，比如说，对宗教的信仰程度大为减弱，令人惊心动魄。在若干年间，新老之间的对立性质成了相互憎恶。经历了战争的年轻幸存者从大屠杀中逃生，却发现老一代人仍然喊着一九一四年的口号，更年轻的男孩子们则在思想腐朽、持禁欲态度的校长压迫下深感苦恼。豪斯曼的作品具有性反叛意味和不敬神态度，因此吸引了这些读者。不错，他是个爱国者，但他的爱国精神属于无害他人的老套风格，符合身穿英国红色军装高喊"天佑女王"的传统，而不属于头戴钢盔高喊"绞死德国皇帝"的激进派。他的反基督教态度让读者感到惬意，他代表着一类目中无人的猛烈异端分子，他的信念是：生命是短暂的，神灵总是跟人作对，这恰好与年青一代盛行的心态产生了共鸣。这些诗几乎整个是用单音节词写成的，经不起推敲，却很迷人。

从我上面对豪斯曼的讨论口吻中，大家会感觉到，似乎他不过是个满嘴格言和陈词滥调的鼓吹者。显然他远不止此，不能因几年前他的诗作曾受到言过其实的褒扬，如今就贬低他。也许现在说这话可能惹来麻烦，不过我要说,他的许多诗作不可能长时间失宠(例如,他的《我心将死》和《伙伴们在耕田?》)。但说到底,读者是否喜爱一位作家,关键在于他作品中的"意旨"和"信息"等的倾向性。一种现象可以证明这一点:一部作品的文学价值再高,也极难摧毁读者内心深处的信念。从来没有哪本书是站在真正中立立场上的。不论是诗歌还是散文,总能从中辨别出某种倾向性,哪怕这倾向性仅仅决定其形式或意象的选择。通常,像豪斯曼这样广受欢迎的诗人,作品肯定会成为格言警句。

战后,继豪斯曼和其他田园诗人之后,出现了一批倾向性完全不同的作家,其中有乔伊斯、艾略特、庞德、劳伦斯、温德汉姆·刘易斯、阿道司·赫胥黎、利顿·斯特雷奇等。这算得上二十世纪二十年代中后期的一场文学运动,与此前几年出现的奥登—斯彭德作家群的文学运动同样确定。诚然,并非那个时期的所有天才作家都可以归入这个类别。爱·摩·福斯特就是个特例,虽然他的最佳作品是一九二三年左右写的,但他基本上属于第一次世界大战前的作家,叶芝[①]的不同创作阶段看来也都不属于二十年代。其他在世的作家在战争爆发前就已不再写作了,其中有穆尔、康拉德、贝内特、威尔斯、诺曼·道格拉斯等。另外,还有一位作家应该归入这个文学运动,那就是萨默塞特·毛姆,不过从狭隘的文学意义上讲,他难以"归属"这一类别。当然,作品年代不能严格相符,这些作家中大多数在战前已经出版过作品,但他们仍可归入战后类别,正如比较年轻的一代作家可归入衰退后的类别。当然,阅读过大多数当时的作品后,仍可能没有意识到,这些作家属于那场文学运动。不过,当时的重要文学期刊以空前的劲

---

① 叶芝(William Butler Yeats, 1865—1939),爱尔兰诗人、剧作家和散文家。

头造势，称昔日的文学时代尚未终结。当年，乡村绅士统治着《伦敦水星报》，在租赁图书店，吉布斯和沃波尔成了读者崇拜的偶像，人们追求愉悦，崇尚男子汉气概，聚在一起畅饮啤酒，打板球，叼着石楠木烟斗吞云吐雾，推崇一夫一妻的婚姻制度，只要写上一篇抨击"达官显贵"的文章，便能挣得几个畿尼①。尽管这些卖弄知识的人受到鄙视，却仍受年青一代追捧。这股风潮从欧洲大陆一路刮到英国，早在一九三〇年前，便将啤酒板球帮吹散，只剩下了有贵族身份的成员。

但是，对于我上面提到的这个作家群体，人们一眼就能发现，他们看上去不像个群体。此外，其中几位作家强烈反对与其他作家归入一类。劳伦斯和艾略特就相互憎恶，赫胥黎崇拜劳伦斯，而乔伊斯却排斥赫胥黎，大多数其他作家都鄙视赫胥黎、斯特雷奇和毛姆，刘易斯则逐一抨击其他所有作家。其实，刘易斯作为作家的名声大半源自他对其他作家的抨击。尽管十多年前有这种情况，然而如今看来，这些作家之间在气质方面还是有某些共同之处的。这个共同之处就是他们都对未来持悲观主义看法。这就有必要弄清楚，悲观主义的意义何在。

英国乔治王时代的诗歌创作基调是歌颂大自然之美，第一次世界大战后的作品基调则是生活的悲剧感。比如说吧，豪斯曼的诗作精神就不是悲剧性的，而仅仅是发发牢骚，使快乐主义者感到失望而已。哈代的作品也是这样，不过，他的史诗剧《列王》不属于此例。但是，乔伊斯和艾略特成为一个分类在时间上稍晚，他们反对的主要敌手不再是清教主义，因为他们从一开始就"看穿了"前辈奋斗的大多数目标。所有作家在气质上都

---

① 畿尼，英国金币，一畿尼等于二十一先令。

敌视"进步"这个概念,认为非但不会有什么进步,而且根本就不该进步。尽管有这一普遍的相似点,但我上面提到的各位作家仍有不同的表达方法,个人的文学天赋也不尽相同。艾略特表现的悲观主义一部分是对基督教产生的失望情绪,在一定程度上表现在漠视人类的苦难,另一部分则是悲叹西方文明的衰落("我们是空心玩偶,我们都是填充玩偶"等),那是一种上帝已经败给邪恶后气息奄奄的感觉,随着这种感觉的摆布,在诸如《肌肉萎缩》这样的作品中,他最终将现代生活描述得比现状更糟糕。斯特雷奇则仅仅持十八世纪式的儒雅怀疑态度,作品中夹杂着一点儿揭露现实的韵味。毛姆采取的是一种坚韧的自制态度,像苏伊士东部地区上等移民一样紧绷着嘴唇,也像罗马皇帝安东尼一样执行着自己并不情愿的任务。乍一看,劳伦斯不像位悲观主义作家,他就像狄更斯一样,是个"观点多变"的人,从来执意认为,只要通过稍稍不同的角度观察,便会发现此时此地的生活还是不错的。他主张掀起一场运动,摒弃我们的机械化文明,但这是不可能的。因此,他对现状的恼火再次让他向往理想化的昔日,那是个安全而富有神话色彩的往昔时光——铜器时代。劳伦斯宁可过伊特拉斯坎人①(是他自己理想中的伊特拉斯坎人)的生活,读者会觉得很难不赞同他的看法,然而,那个种族信赖无所作为的失败主义,那并不是世界前进的方向。他一向关注的生活围绕着简单而神秘的元素——性、土、火、水、血,这种生活注定会以失败而告终。因而,他的作品所能表现的只有一种希望,一种显然根本不可能实现的希望。他说:"要么掀起宽容的浪潮,要么承受死亡的波涛。"但是,地平线此端显然不会掀起宽容的浪潮,于是他远遁

---

① 伊特拉斯坎人(Etruscan),古代意大利西北部地区古老的民族,公元前八世纪到公元前七世纪,伊特拉斯坎人才由氏族社会过渡到阶级社会。

墨西哥，结果，没等死亡的战争波涛翻腾起来，就在四十五岁时去世了。读者一定再次注意到，我谈论这些人的口吻，仿佛他们并不是文学艺术家，而不过是些传播"信息"的宣传者。我得再次说，所有这些人做的事情显然不止于此。庞德就说过："如果将《尤利西斯》仅仅当成'污浊的《每日邮报》时代'反映的现代生活中的恐惧，那是荒谬的。"其实，与大多数作家相比，乔伊斯更是一位纯粹的艺术家。如果仅仅会肤浅玩弄文字，绝对写不出《尤利西斯》这样的作品，这部作品是对生活有特殊洞察力的产物，那是失去天主教信仰的人才有的洞察力。用乔伊斯的话说，就是："看看吧！这便是没有上帝的生活！"他的写作技巧尽管具有重要的创新性，但主要还是为这一目的服务的。

但是，值得注意的是，所有这些作家的"目的"究竟是什么？这个问题从来没有定论。所有作品都不关注时下紧迫的问题，尤其是不关注严格意义上的政治问题。读者的目光被引向古罗马、拜占庭帝国、巴黎的蒙帕纳斯区、墨西哥、伊特拉斯坎、潜意识、神经丛，总之被引向所有别的方面，却对正在发生事件的地方不闻不问。回顾二十年代，最奇怪的现象就是英国知识界对欧洲大陆发生的所有重要事件闭目塞听，比如说，俄国革命后从列宁去世到乌克兰大饥荒的十年间，英国人根本没有意识到那里发生的林林总总，只知道在那些年代里，俄国出了作家托尔斯泰和陀思妥耶夫斯基，还知道遭流放的许多俄国伯爵如今在伦敦开出租车；他们只知道意大利有画廊、古迹废墟、教堂和博物馆，却不知道那里有黑手党；他们认识德国只因为那个国家有电影、有裸体主义和精神分析，却不知道那里出了个希特勒，在一九三一年之前，几乎没人听说过这个名字。在"上流"圈子里，为艺术而艺术的思潮实际上滋生出了对虚无思想的崇拜。他们认为，文学无非是一种文字游戏而已。根据主题评价一本书成了不可饶恕的罪过,甚至连认识书中的主题也被视为缺乏品位。一九二八年前后,英国《笨拙》漫画杂志刊出第一次世界大战以来最滑稽的三组漫画,其中一组表现一个无所适从的年轻人对姑妈说,他要当个作家。姑妈问:"宝贝,你打算写啥呢?"他的回答斩钉截铁:"姑妈哎,作家写啥用不着打算,只管写就行了呗。"二十年代最优秀的作家并不认同这种挖苦,他们的"目的"在大多数情况下一目了然,通常是因袭道德、宗教、文化等主线。如果用政治术语诠释,他们从不属于"左派"。这批作家在某种意义上全都具有保守倾向,比如说,刘易斯在提出"布尔什维克主义"的激进论后,多年来一直神经过敏,能从毫不相关的地方找到证明这种论点的蛛丝马迹。近来,他的观点发生了一些转变,也许是希特勒对待艺术家的态度影响了他,不过仍可以有把握地说,他不会转向极左。庞德似乎赞成法西斯主义,至少赞成意大利式的法西斯主义。艾略特对政治一直敬而远之,不过,假如用枪口指着他,逼他在法西斯主义和社会主义的民主政治之间做出选择,他也许会选择法西斯主义。赫胥黎起初对生活充满了绝望情绪,后来在劳伦斯的"朦胧腹腔"影响下,尝试一种称作"崇拜生活"的想法,最终接受了反战主义,这是个站得住脚的立场,当时也算是个正直的立场,但终究会卷入反对社会主义的潮流。在这批作家中,还有一个共同点值得注意:大多数人具有亲天主教的情结,不过,他们的思想通常并不为正统天主教所接受。

在这批作家中,精神上的悲观主义和保守主义之间的联系无疑足够明显。不够明显的也许只是二十年代的主要作家们为何如此悲观,为什么总是有一种颓废感,为什么总是表现死亡的骷髅和讽刺的仙人掌,为什么总是向往失去的信念和逝去的文明?难道因为这些作家生活在一个生活过分舒适的年代？因为只有在这种年代，"宇宙绝望"论才会盛行。其实，食不果腹的人绝对不会对宇宙感到绝望，甚至不会想到宇宙。一九一〇年至一九三〇年间社会繁荣，即使是在战争岁月中，只要生活在同盟国而不参战，物质生活还过得去。至于二十年代，这对食利阶级的知识分子是个黄金时代，生活空前的无忧无虑。当时，战争已经结束，极权国家尚未崛起，形形色色的道德和宗教禁忌都已消逝，金钱滚滚而来。"幻灭感"却成了当时的流行时尚。凡是拥有五百英镑年金收入的人都转而卖弄知识，开始自我培养厌世感。这是个男人吹牛、女人表现性感的时代，是个张嘴就是绝望的时代，是个后院里能出哈姆雷特的时代，是个廉价往返车票能带人深入暗夜的时代。诸如《痴人说梦》等有特点的不重要小说中，对生活的绝望和自怜气氛如土耳其浴室般令人窒息。即使是那个时代最优秀的作家，也会让人觉得态度像奥林匹斯山的诸神般高高在上，不染指世间实际问题。他们对生活的看法非常全面，远胜过在他们之前和之后的作家，但他们观察生活的望远镜却拿反了。不过，这并没有影响他们作品的成功。检验一部文艺作品的试金石首先是看它能不能经得住时代的考验，而一九一〇年至一九三〇年间的大量作品流传下来了，看来还能继续流传下去。只要想一想《尤利西斯》《人性的枷锁》、劳伦斯的大部分早期作品，特别是他的短篇小说，还有艾略特在一九三〇年前后写的所有诗歌，就会怀疑如今的作品会不会如此畅销不衰。

但是，在一九三〇年至一九三五年间，突然发生了变故。文学气候发生了转变。奥登和斯彭德等一批新作家崭露头角，虽然这批作家也借鉴前辈的写作技巧，但他们的倾向性却与前辈截然不同。突然间，我们逃出了诸神的黄昏，闯进身穿短裤的童子军和大合唱的青春氛围。典型的文学家不再是信奉宗教、有教养的流放者，而是有共产主义倾向、充满渴望的学生。二十年代作家的作品基调是生活的悲剧感，新一代作家的作品基调则是庄严的目的性。

路易斯·麦克尼斯先生在他的《现代诗歌》一书中详尽讨论了这两种流派之间的差异。当然，这本书纯粹是站在那批年轻作家的角度写的，认为他们理所当然具有优越性。麦克尼斯先生认为：

这批新诗人具有效忠党派的情结，这与叶芝和艾略特不同。叶芝认为应当放弃欲望和仇恨；艾略特则采取旁观态度，带着讽刺和自怜神情冷眼旁观别人的喜怒哀乐……与他们不同的是，奥登、斯彭德和戴·刘易斯的所有诗作都透露出，他们满含欲望，胸怀仇恨，更重要的是，他们认为应该渴望得到某些东西，也应该仇恨一些事物。

麦克尼斯先生还认为：

这批新诗人扭转了文学创作的风气……回归了古希腊对信息和言论的明确态度。起码的要求是要有自己的观点，其次是必须尽可能把观点讲透。

换言之，"目的性"回归了。年青一代作家开始"涉足政治"。其实我在前面已经指出，艾略特等人并非如麦克尼斯先生暗示的不涉及政治。不过，总的来说，二十年代的文学界重视的是创作技巧，对主题思想的重视不够。

这批新作家中主要有奥登、斯彭德、戴·刘易斯、麦克尼斯等，思想倾向性大致相同的作家可以列个长长的名单：伊舍伍德、约翰·莱曼、阿瑟·考尔德－马歇尔、爱德华·厄普沃德、亚历克·布朗、菲利普·亨德森等许多人。我将这些作家归类的依据与前面一样，是根据他们作品的思想倾向性。当然，他们各自的创作天赋有着极大的差异。但是，我们拿这些作家与乔伊斯和艾略特那一代作家做比较会发现一个显著的特点，那就是将这批作家归入一类要容易得多。他们的写作技巧相似，政治观点几乎没有差别，而且他们相互评价作品时口吻温和、态度和蔼。二十年代的杰出作家则背景各异，鲜有经过普通英国教育工厂的加工（顺便说，除了劳伦斯，其他杰出作家并非英国人），大多数还在生活中某个时期经受过贫穷，不受社会重视，甚至亲历过迫害。然而，年青一代作家几乎全是公学—大学—伦敦布鲁姆斯伯里这个模式的产物。其中有不多几位出身于无产阶级，起先通过奖学金完成学业，后来又经伦敦"文化"染缸的洗染，转换了社会地位。还有一点值得注意：这批作家中有几位不但在公学读过书，后来还成了这种学校的教师。几年前，我曾描述过奥登，说他"像吉卜林一样没胆量"。作为批评，这话其实没价值，不过是个恶意的评论。其实奥登的作品绝对不缺乏向上奋进的精神，尤其他的早期作品，颇有点像吉卜林的《如果》，也像纽博尔特的《加油，加油，打好比赛！》。看看他题为《走吧孩子们，看你们的了》的诗歌吧，纯粹是童子军团长的口吻，完全是十分钟交谈的记录，谈的内容是手淫的危害性。无疑，其中有他刻意模仿少年的口吻，但也有他无意中反映出内心深处的自我。当然，这些作家中大多数人的共性是颇为自负的腔调，这是一种外在病症。他们将"纯艺术"

彻底抛开,不怕遭人嘲笑,结果大大扩展了写作天地,比如说,马克思主义的预言方面就成为诗歌的新题材,具有极大的创作可能性。

> 我们无足轻重
> 我们在坠落
> 落入黑暗即将毁灭
> 不过要想想,在这片黑暗中
> 我们掌握着一个思想的核心
> 其旋转的光轮会照亮外面世界的未来
> ——斯彭德《审判法官》

但在当时,马克思主义化的文学还没有走近人民群众。另外,要考虑这段时间间隔,奥登和斯彭德的作品还远没有像乔伊斯和艾略特那么流行,更不用说与劳伦斯相提并论了。像上个时代一样,许多当代作家没有投身进这个文学潮流,但人们对这个潮流的性质却并不置疑了。二十年代文学潮流的代表人物是乔伊斯和艾略特等人,到了三十年代中后期,文学"运动"的主将则是奥登和斯彭德等人。运动的方向是个颇为朦胧的事物,称作共产主义。早在一九三四年到一九三五年,如果作品不稍稍偏"左",文学界便会视之为反常。在一九三五年到一九三九年间,共产党对四十岁以下的作家几乎有一种无法抵御的魅力。听说某某人已经"入党"变得十分正常,这就像若干年前罗马天主教盛行时某人"皈依"天主教会一样正常。实际上,在大约三年期间,英国文学的主流或多或少受到共产党的直接控制。怎么可能发生这种情况呢?再说,"共产主义"是什么意思呢?我们最好先找到第二个问题的答案。

在西欧，共产主义起初是一种旨在通过暴力推翻资本主义统治的运动，但几年后便沦为俄国对外政策的工具。这场革命随着第一次世界大战平息而渐渐发酵，这大概是不可避免的结果。就我所知，关于这个主题唯一用英文写的综合史是《共产国际》，作者是弗朗兹·伯尔科纳。伯尔科纳在书中讲述的事实比他的推论更有说服力，显然，工业化国家若存在革命情绪，共产主义就不能沿目前的路线发展。就英国而言，显然过去很多年并不存在这种情绪。几个极端主义政党的成员人数少得可怜，就足以清楚证明这一点了。因此，英国的共产主义运动自然受到思想上依附俄国的人们控制，他们没有真正的目标，只想操纵英国外交政策，使之对俄国有利。当然，他们不可能公开承认这种目标，这让共产党的特征变得非常奇怪。公开讲话比较多的共产党人，其实就是俄国的宣传代理人，只不过表面上摆出国际社会主义者的姿态。如果是在正常时期，保持这种姿态是很容易的，但是，遇到危机时刻就难了，因为苏联跟其他强国一样，外交政策同样不审慎。强国政治角逐中，自然会有结盟和转变阵营等现象，这就需要以国际社会主义的措辞来解释，证明其合理性。斯大林每撤换一批党内合作伙伴，马克思主义就得重新打造一套面具。这便导致"路线"骤然突变，党内搞肃反、大批判，系统性地摧毁了党的文学等各领域。每个共产党人随时都被迫改变自己最根本的坚定信仰，否则就要被清除出党。星期一还是无可非议的信条，到了星期二就可能变成该受谴责的异端邪说，这种情况屡见不鲜，在过去十年中至少发生过三次。结果，西方国家的共产党组织总是不稳定，人数通常很少。党内长期成员其实只有认同苏联官僚政治的少数知识分子，还有人数较多的工人阶级成员，这些成员并不一定理解苏联的政策,只是怀着盲目的忠诚。此外,西欧共产党组织还有一些流动性成员,这些人随每次"路线"发生变化而加入或脱离。

一九三〇年,英国共产党还是个人数极少的不合法组织,其主要活动是诽谤工党。但是,到了一九三五年,欧洲的面貌发生了变化,左派政治随之改变。希特勒已经掌权,开始重整武装,苏联五年计划取得了成功,以军事大国的形象崭露头角。从表面上看,英国、法国和苏联是希特勒打算进攻的三个目标。这三个国家便被迫结成不稳定的联盟。这意味着英国共产党和法国共产党都有义务变成爱国者,结果变成了帝国主义者,转而捍卫其十五年来一直攻击的目标。共产国际的口号忽然从鲜红褪色为粉红,"世界革命"和"社会法西斯主义"变成了"捍卫民主"和"抵抗希特勒"。一九三五年至一九三九年是反法西斯和人民阵线的年代,也是英国"左派读书俱乐部"的全盛时期。在这个时期,革命的女公爵们和"心胸开阔的"主持牧师们前往西班牙视察战场,温斯顿·丘吉尔成了《工人日报》上受欢迎的青年撰稿人。当然,那以后共产党发生了又一次"路线"改变。但我想指出,重要的是在这个"反法西斯"阶段,年青一代英国作家受到吸引,倾向于共产主义了。

法西斯主义和民主主义的混战本身无疑就具有吸引力,但当时二者的转化时机已经成熟。显然,自由放任形式的资本主义已经终结,需要进行某种重建。在一九三五年,要想对政治漠不关心几乎是不可能的。但这批年轻人为什么会倾向这么异常的苏联共产主义思想呢?这种形式的社会主义让人无法保持精神的正直,为什么作家们却受到它的吸引呢?这个问题的答案在大萧条之前和希特勒上台之前就已经有了:中产阶级纷纷失业。

失业不仅仅是失去工作的问题,因为哪怕是在最糟糕的时期,大多数人还是勉强能找到个工作的。问题是在一九三〇年前后，除了科学研究成果、艺术和左派政治观点外，有思想的人失去了可信赖的事物。对西方文明的揭露达到了高潮，幻灭感异常迅速地蔓延开来。不论是士兵、牧师、股票经纪人、驻印度殖民地的文职人员还是其他人，谁心甘情愿一辈子过普通中产阶级的生活？我们祖辈生活中的价值观，还有多少是我们不能真正接受的？爱国主义、宗教、帝国、家庭、神圣的婚姻、校友互助之情、血统、教养、荣誉、纪律——凡是受过普通教育的人，用不了三分钟就能把这些价值观整个梳理一遍。假如抛弃爱国主义和宗教这类基本的价值观，人还能得到什么结果？为了信赖别的东西，不一定就得放弃这种需要。几年前就出现过一种虚假的曙光，当时许多年轻知识分子投奔天主教会，其中不乏很有天赋的作家（例如，伊夫林·沃、克里斯多夫·霍利斯等人）。值得注意的是，这些人几乎毫无例外地投奔了罗马天主教会，而不是投奔英国国教、希腊教会或基督教的各教派。换言之，他们投奔的是世界上范围最广的组织，这个组织具有严格的纪律，拥有权力和威信。也许同样值得注意的是，当今唯一一次皈依行为中，真正一流的天才艾略特皈依的不是罗马天主教，而是英国国教，这在宗教上相当于政治上的托洛茨基主义。对于三十年代的年轻作家为什么大批拥向共产主义，我认为以上分析已经足够，不需要做更深入的探讨。那无非是个可以信仰的事物。那里有个教会，有一支军队，有一套传统思想，有一套纪律。那里有个祖国，还有一九三五年前后出现的"元首"。似乎已经让理智杜绝的种种愚忠和膜拜可以换个简单的伪装卷土重来。爱国主义、宗教、帝国、军事荣耀——用一个字眼就能概括：苏联。父亲、国王、领袖、英雄、救世主——用一个字眼便能概括：斯大林。上帝——斯大林。魔鬼——希特勒。天堂——莫斯科。地狱——柏林。所有空白都填满了。结果,英国知识界的"共产主义"变得足够清晰了。这就是孤立者信奉的爱国主义。

但是,在那些年代中,英国知识界崇拜苏联无疑还有一个原因,那就是英国的生活太平淡、太安全了。尽管英国也存在种种非正义现象,但英国仍然是有人身保护权的国家,绝大多数英国人民没有经历过暴力和违法现象。人生活在这种环境中,很难想象出暴政是什么情况。三十年代的几乎所有重要作家都出身于多愁善感的自由中产阶级,他们都太年轻,对第一次世界大战没有多少真正的记忆。对于这批作家,肃反、秘密警察、草率处决、随意拘禁等现象太遥远了,不可能让他们感到恐惧。除了自由主义思想,他们什么都没有接触过,因而完全接受了集权主义。我们看看从奥登先生的诗歌《西班牙》中节选出的两节吧(顺便说,这首诗属于描述西班牙战争为数不多的好诗):

> 为了下一代的明天,为了诗人像炸弹一样爆发,
> 为了漫步湖畔,为了长久欢聚;
> 为了明天的自行车赛
> 穿越夏日黄昏的郊外。为此今天要战斗。
>
> 今天我们勇敢面对死亡的威胁,
> 为必要的谋杀承受内心的责罚;
> 今天我们竭尽全力
> 散发短暂而单调的传单,参加乏味的集会。

诗的第二节描写"好党员"一天的生活梗概。早上搞了两次政治谋杀，用十分钟时间抑制住"小资产阶级"的懊悔，接着匆匆吃过午饭，下午和晚上散发传单，用粉笔在墙上涂写标语。一切都非常具有革命者的典型性。但是注意"必要的谋杀"这个措辞。只有将"谋杀"仅仅看作一个字眼的人，才会写下这样的措辞。我本人就不会把谋杀说得这么轻描淡写。我亲眼见到过遭谋杀者的尸体——并不是在战场上的阵亡者，而是遭谋杀的受害者。因此我心里清楚谋杀意味着什么——恐怖、仇恨、亲人的号啕、验尸、污血、尸体散发出的恶臭。我认为，谋杀是应该杜绝的。任何一个普通人都会有这样的想法。只有希特勒们和斯大林们才会认为谋杀是必要的，但即使是他们也不为自己的冷血残忍做广告，他们不用"谋杀"这个字眼谈论自己的行为，而是用"清理""消除"或其他委婉的字眼。只有扣动暗杀的扳机时根本不在现场的人，才会贴出奥登先生那种非道德论的标签。持左派思想的人也是一样，他们就像在玩火，却连火会烫手都不知道。在一九三五年至一九三九年间，英国知识界的人沉湎于好战论，主要原因就是他们个人没有战争的概念。法国人的态度却截然不同，法国人很难逃避兵役，就连文人学者也知道军用背包有多重。

西里尔·康纳利先生最近出了一本书，书名叫《承诺的敌人》，书的末尾有一段有趣而有启迪作用的段落。这本书的前半部分基本上是对当代文学的评价。康纳利先生完全属于"文学运动"的一代作家，他没有多少保留地表现出，与这批作家有共同的价值观。有趣的是，读者注意到，他主要崇拜那些专门描写暴力的散文作家——即将形成的美国硬汉流派、海明威等。然而，书的后半部分是自传体的，以迷人的准确度讲述了一九一〇年至一九二〇年间在预科学校和伊顿公学的生活。康纳利先生在书的结

尾写了这样的评论:

> 假如要我根据离开伊顿时的情感演绎一种理论,我或许可以称之为"永葆青春理论"。男孩子们在杰出的公立学校体验到的正是这种理论,那种体验太强烈了,不但会主宰他们的生活,而且会支配他们的发展。

读这一段的第二个句子时,读者不禁感到疑惑,觉得准有印刷错误,觉得应该是漏印了个"不"字或类似的字眼。但其实根本没错。这正是他的意思!更重要的是,他只是讲出了心里话,而且是用颠倒的方式说的。"有教养的"中产阶级生活达到了一个舒适恬静的新高度,其中在公学接受教育便被视为有重大变故的时期,其实呢,那不过是在势利的温水中沐浴了五年而已。对三十年代几乎所有作家来说,除了康纳利先生的《承诺的敌人》一书中描述的经历,还有过什么经历呢?他们的人生模式全都一样:上公学,上大学,去国外旅行过几趟,接下来便是生活在伦敦。饥饿、苦难、孤独、流放、战争、监禁、迫害、苦工——这些甚至不能算是词语。难怪所谓"正义的左派"这个庞大的群体会轻易宽恕苏联政权的肃反和政治保安总局犯下的罪行,也能宽恕第一个五年计划制造的恐怖。他们完全无法理解那些都意味着什么。

到了一九三七年,整个知识界在精神上都参战了。左派的思想已经缩小到"反法西斯"的范围,演变成一个反对德国的仇恨文学浪潮,被指亲德国的政治家受到报界猛烈揭露。我认为,西班牙战争中真正可怕的情况,不是我目睹过的暴力,甚至不是战线后方政党间的不和,而是第一次世界大战时的左派思想潮流即刻重现。二十年来一直自诩优越,歇斯底里地声称自己不会陷入战争中的人们,到头来径直坠入一九一五年那种思想的泥潭。人们熟悉的战时愚昧、抓间谍、审查普通人(审查啊审查。你到底是不是个真正的反法西斯主义者)、传播残暴故事等活动,再次变成时尚,仿佛中间根本没有那么多年的间隔。西班牙战争结束前,甚至在慕尼黑协定之前,一些比较出色的左派作家已经开始感到难为情了。总的来说,奥登和斯彭德对西班牙战争的描写与读者对他们的期望并不一致。此后,人们的情感发生了变化,变得更加沮丧、更加困惑了,因为事件的真实走向使过去几年左派的正统思想变得毫无价值。不过,到了这个时期,不需要很敏锐的洞察力也看得出,它从一开始就毫无价值。因此,后来出现的正统思想是否比前一个好,就说不准了。

　　从整体上看,二十世纪三十年代的文学史似乎证明,作家不涉政才能出好作品的观点是有道理的。这是因为,一位作家若接受或部分接受一个政党的准则,迟早便会面临一种抉择:要么遵循党的路线写作,要么缄口不语。当然,可以遵循党的路线按照一种模式继续写作。任何马克思主义者都可以随意声称,资产阶级的自由思想是个幻觉。但是,嘴上这么说,内心中却不能抵赖:没有资产阶级自由,他的创造力便会枯萎。在未来,极权主义文学或许会崛起,但它跟我们现在能想象出的任何文学形式都完全不同。众所周知,文学是表达个人感受的,要求真诚表达作者的思想,尽量避免受到审查干涉。诗歌创作是这样,散文创作更是如此。三十年代最出色的文艺创作者是诗人,这也许并不是个巧合。正统观念的环境对散文创作从来是个毁灭性的因素,对小说创作尤其具有彻底的毁灭性,因为小说是各种文学形式中最不能受拘束的。罗马天主教徒中出过多少位优秀小说家？即使是能叫出名字的寥寥几位，通常也不是虔诚的天主教徒。小说其实是属于基督教的一种艺术形式，是自由思想的产物，是思想自主者的个人产物。过去一百五十年来，没有哪个年代的小说产出比二十世纪三十年代更贫乏。在那十年中，出过好的诗歌、好的社会学作品、杰出的宣传册，但是根本没有出过真正有价值的小说。一九三三年后，思想环境就越来越不利于小说创作了。凡是思想足够敏感易受时代精神影响的人，都参加了政治活动。当然，并非所有人都明确投身政治潮流，但人人都与政治有关联，多多少少参与了政治宣传运动，参与过卑劣的政治辩论。共产党人和亲共分子对文学评论的影响大得出奇。这是个给人分类、喊口号、逃避牵连的年代。在最恐怖的时刻，人必须将自己锁进谎言的闭塞小牢笼，在最宽松的时刻，几乎每个人心中都不由自主做一种审查（"我该说这话吗？这话该不算亲法西斯吧？"）。在这种思想环境下，几乎难以想象会产生优秀的小说。"对正统思想敏感的人不可能写出好小说，唯恐自己思想不正统的人也不可能写出好小说。优秀小说出自无所畏惧的人。"这让我再次想到了亨利·米勒。

## 三

假如当时是个有可能创立文学流派的时刻，亨利·米勒或许可以是一个新"流派"的奠基者，至少他是一根意外的极端标杆。读他的书，会感到人从"政治动物"圈子里逃脱出来，重新拥有了尽管完全被动，但仍然是个人主义的观点——这是人的观点，认为世界的进程不受自己的控制，自己反正也没控制它的愿望。

我首次见到米勒是在一九三六年年底。当时我去西班牙，途经巴黎。让我深感迷惑的是，他对西班牙战争丝毫不感兴趣，仅仅用不容置疑的口吻对我说："此刻去西班牙纯属愚蠢。"照他理解，凡是去那儿的人皆出于纯粹自私的动机，比如说出于好奇，但是，如果出于责任感去搅和这种事情，那可是彻头彻尾的愚蠢。我说去的目的是跟法西斯作战，捍卫民主云云，可他直言不讳地说："完全是胡扯。"他说，我们的文明注定要遭到清除、取代，取代目前文明的不同东西我们难以称之为具有人性，但这种状况并不会烦扰他。这一观点含蓄贯穿在他的作品中。从他的作品中处处能体会到大难临头的感觉，但处处又含蓄表达出一种信念，认为这个前景无关紧要。就我所知，他出版过的唯一政治作品，内容纯属消极。大概一年前，一本美国杂志《马克思主义者季刊》向美国的不同作者发出一份调查问卷，征求他们对战争主题的态度。米勒的回答是坚决反对战争，表示个人拒绝参战，但表面上并没有表达要别人认同此观点的愿望——这实际上等于一份免责宣言。

然而，免责的方式不止一种。一般说来，作家若不认同一种历史进程，要么可以视而不见，要么挺身反抗。对历史的进程视而不见的人很可能是傻瓜。假如对历史进程有足够深刻的理解，却挺身与之对抗，他们也许有足够的想象力，明白对抗不会获胜。就拿诗歌《流浪汉学者》来说，诗歌猛烈抨击"当代生活的怪病"，最后一节还用精彩的直喻抨击失败主义者。这首诗表达了一种正常的文学观，这也许是过去一百年来最盛行的文学观。但在另一方面，还有一个"进步派"，这是一批唯唯诺诺者，也是萧伯纳和威尔斯一类作家，他们总是欣然拥抱自我规划，还误认为这就是未来。在整体上，二十年代的那批作家属于一流，三十年代的作家则属于二流。

当然，在任何特定的时段，都会出现巴里、蒂宾和戴尔这样的人，他们根本就不注意形势到底发生了什么变化。米勒作品的一个重要症状，就是避免表达上述各类观点。他既不推动世界进程向前发展，也不企图使之逆转，然而，他绝对不漠视历史的进程。我应该说，他相信西方文明即将毁灭，他的这一信念比大多数"革命"作家更坚定，不过他并没有感到有人召唤他去宣告。当"罗马在燃烧"时，他却在闲逛，而不像绝大多数人那样面对熊熊烈火惊慌失措。

在"马克斯"和"白色巨噬细胞"中，有一段文字，作家在叙述自己与别人交谈中揭示出自己的很多真实思想。这本书中有一篇长长的散文，评论阿娜伊斯·宁的日记。那个日记我只读过只言片语，相信后来没有出版。米勒称，不论内容如何，这可是唯一真正由女性写的作品。但是，在这篇有趣的散文中，他拿阿娜伊斯·宁跟鲸腹中的约拿①做比较。显然阿娜伊斯·宁是位完全主观内向的女作家。他附带提到了阿道司·赫胥黎几年前写的一篇散文，那篇散文讨论的是西班牙画家埃尔·格列柯的画作《腓力二世之梦》。赫胥黎在散文中评论说，埃尔·格列柯画作中的人物从来像是处在鲸腹之中，还评论说，从画作中体会到一种怪诞的恐惧感，仿佛被关进了"内脏监狱"。米勒就此反驳说，其实正相反，有很多事情比让鲸吞进腹中更恐怖，说自己认为让鲸吞进肚子的说法颇为迷人。这番话也许触及了一个流行非常广泛的幻想故事。这个故事也许值得一提，因为每个说英语的人至少都会说起约拿和大鲸的故事。当然，按照《圣经》的描述，吞下约拿的是一条鱼，但是孩子们自然误以为是鲸，儿时的误解习惯性地

---

① 鲸腹中的约拿，典出《圣经·旧约·约拿书》，为救约拿，耶和华安排一条鲸鱼吞了约拿，让他在鱼腹中待了三天三夜。

延续到了成年,也许成了约拿的神话影响我们想象力的象征。因为这象征着,在鲸腹中非常舒适安全,就像在家的感觉。假如能把约拿称作历史人物,那他很高兴逃出鲸腹,但是,无数人凭着想象或白日梦,却对他待在鲸腹中感到羡慕。其原因当然是非常明显的。鲸的肚子就像个子宫,大得足能容下一个成人。那个黑暗柔软的空间正好适合一个人,那儿与现实世界隔着几英尺厚的脂肪层,不论外界发生任何变故,都可以保持一种彻底漠然的态度。能让全世界的战舰都沉没的暴风雨也几乎不会让里面的人听到一点儿声响。即使是这头大鲸自己在运动,里面的人大概也感觉不到。鲸可能在海面的波涛中翻越,也可能潜入黑魆魆的深海(按照赫曼·麦尔维尔的说法,可能潜到一英里深),但它腹中的人根本不会注意到任何区别。除了死亡,这可是无法超越的终极免责状态。不管阿娜伊斯·宁是什么情况,反正米勒本人的精神无疑已经躲进鲸腹中了。米勒所有最典型的作品都是从约拿的角度来写的,是心甘情愿待在鲸腹中的约拿角度。这倒并不是因为他特别内向——其实情况恰恰相反。他的精神藏身其中的鲸腹是透明的,只是他没有感到一种冲动,去改变或控制自己经历的过程。他扮演了约拿的基本行为,任凭自己被吞噬,保持着被动,接受那个过程。

读者已经看出这个结果了。它属于一种无为主义,意味着要么是彻头彻尾的怀疑,要么是一种导致神秘主义的部分信仰。他的态度是"我不在乎",或者"上帝要杀我,但我依然信仰他"。不论从哪种角度看,两种情况的实际目的都一样,两种情况的本质都是"不为所动"。但是,在我们这个时代,这算是一种合理的态度吗?这是个禁不住要提出的问题。就在我写下这些文字的时候,我们所处的时期人们仍然认为,书籍中思想倾向从来应该是积极的、严肃的、有"建设性的"。十几年前,人们却对这个看法报以嗤笑。("姑妈哎,作家写啥用不着打算,只管写就行了呗。")后来,长长的钟摆继续摆动,离开了认为艺术仅仅是技巧的轻佻观念,摆动了很长距离后,到达了另一端,这里的观点坚持认为,如果书描述的是生活的"真实"版本,那它只能是"好的"。人们自然相信这一点,也相信自己得到了真理。就拿天主教的批评家来说吧,如果图书具有天主教的倾向性,他们往往声称这些书是好的。马克思主义的批评家对马克思主义的图书也更加醒目地做同样的评价。比如,爱德华·厄普沃德先生(在《套了枷锁的思想》一书的《马克思主义对文学的阐释》中)说:

> 站在马克思主义立场上的文学评论家必须声称……当代的文学作品只有从马克思主义观点或接近马克思主义观点出发,才是好作品。

其他许多作家也做过类似的或不相上下的声明。厄普沃德先生给"当代"二字加了强调符号,因为他意识到,不能因为莎士比亚不是个马克思主义者,就贬低《哈姆雷特》。不过,这篇有趣的文章对这个难题仅仅一笔带过。从过去流传到我们手中的文学作品中,很多都弥漫着信仰,其实也是基于信仰的(比如相信灵魂不朽)。如今,我们都视之为错误的,有些还愚蠢得令人不齿。然而,如果能经受得住时间的考验算得上检验标准的话,那它还是"好"的文学作品。厄普沃德先生无疑要答复说,几个世纪前恰当的信仰如今可能不再恰当,因而变得不再有效。不过,这个解释不能令人十分信服,因为它假定任何一个时代都有一套当时接近真理的信仰,而当时最好的文学作品都或多或少与这个信仰相一致。但实际上从来就不存在这样的一致性,比如说,英国在十七世纪发生过政教分离,与今天的左派和右派对立的形势特别相似。回顾过去,大多数现代人会觉得,资产阶级—清教徒的观点比天主教—封建观点更接近真理,但非常肯定的是,当时并非所有优秀作家甚至并非大多数优秀作家都是清教徒。更有甚者,有的"优秀"作家持有的世界观在任何时代都被视为错误的和愚蠢的。埃德加·爱伦·坡就是一个例子,他的观点用褒扬的说法算作狂热的浪漫主义,如果用贬义的说法,在文字诊断意义上算是接近癫狂。那么,为什么像《黑猫》《泄密的心》《厄舍府的倒塌》等接近疯人讲述的故事并不会让读者感觉虚假呢?因为这些故事在一个特定的框架内是真实的,它们像日本画一样,保持着其独特世界的规则。看来,要成功描述这样一个世界,作者首先要相信它是存在的。只要拿爱伦·坡的短篇故事与朱利安·格林的《午夜》中我认为虚假的类似恐怖气氛做对比,一眼便能看出不同之处。《午夜》给人的直观感觉是,其中任何一个事件都发生得不合情理,任何情节都完全是随心所欲,没有情感脉络的前因后果。但阅读爱伦·坡的故事却没有这种感觉,这些短篇故事中的逻辑癫狂,但在其特有的环境中,却令人非常信服。例如,故事中的醉汉抓住那只黑猫,用小刀剜出猫的眼睛,读者很清楚他那么做的缘故,甚至相信,自己处在那个地位也会做同样的事。因此,有创造性的作家掌握"真理"并不重要,重要的是其情感的真诚性。就连厄普沃德先生也不会声称,作家除了马克思主义外,什么别的训练都不需要。作家还需要天赋。且不论自己信仰的是真理还是谬误,显然,有天赋才能虔诚地信仰。就拿塞利纳和伊夫林·沃来说吧,两人的差异在于情感的强烈程度不同,一个是真心感到绝望,另一个感到的绝望至少部分是在作假。由此可以转向另一个不太引人瞩目的现象：有时候，人们信仰"不真实"的事物更虔诚，甚至超过了对"真实"事物的信仰。

阅读对第一次世界大战的个人回忆录会注意到，过了相当一段时间后，从消极、负面角度写的内容仍然可读。那些内容不过是毫无意义的记录，犹如一场空虚的噩梦，与战争的真相并无关联，但那是个人反应的真相。士兵们冒着敌方的机枪扫射冲锋，或者站在战壕里齐腰深的水中，心里只知道，这将是个可怕的经历，他全然无可奈何。他有可能就自己的无奈与懵懂写一本好书，要是假装拥有看到未来前景的豪情，写的书就不可信。在战争期间，几乎所有佳作的作家都是干脆不理睬战争，竭力不注意战争正在进行。爱·摩·福斯特先生曾描写过自己一九一七年阅读《普鲁弗洛克》和艾略特早期创作的其他诗歌的经历，讲述自己当时读后如何感到振奋，尽管那些诗与激发公共精神无涉。他说：

> 这些诗歌抒发了个人内心的厌倦与怯懦，描写的人物看上去都真实，因为他们既卑微又软弱……这是一个微弱的抗议，正因为如此才更加贴近读者……他转过脸，向女士们诉苦，向起居室诉苦，却保存了一丁点自尊，延续了人类的传统。

福斯特这话很有道理。我前面提到麦克尼斯先生的作品，他在书中引用了上面这段话，接着用有点自鸣得意的口吻补充道：

> 十年后，诗人们不再会用如此柔弱的口吻抗议，人类的传统也会以颇为不同的方式延续……讨论支离破碎的世界让人感到乏

味，艾略特的继承者们更感兴趣的是整理这个破碎的世界。

在麦克尼斯先生的作品中，类似的评论随处可见。他希望我们相信，艾略特的"继承者"（意思是麦克尼斯先生及其盟友）提出的"抗议"比艾略特更有效，因为他在同盟国军队向兴登堡防线发起进攻时发表了《普鲁弗洛克》。我不知道他们的"抗议"发表在什么地方，但是，福斯特先生和麦克尼斯先生的评论存在着极大的差异，他们两人一个真正了解第一次世界大战，另一个几乎不记得发生过那场战争。事实上，在一九一七年，敏感而有思想的人对时局无可奈何，只能尽量保住人性。要做到这一点，最好的办法或许就是摆出一副无奈的甚至轻浮的姿态。假如我是个参加第一次世界大战的士兵，我宁愿捧读《普鲁弗洛克》，也不去读《第一批十万人》或者霍雷肖·博顿利的《写给战壕中的小伙子们》。就像福斯特先生那样，我也会感到，艾略特仅仅通过不参与和保持战前情感，便保持了人类的传统。在这样的时代，从书中读到一个头顶斑秃的中年知识分子不知所措，那该多么惬意！与拼刺刀训练的描述大不相同！在炸弹轰炸、排队买食品、看征兵广告等活动中，听到了人类的声音！多让人感到安慰啊！

但是，第一次世界大战期间毕竟是那个危机不断时期的高潮期。如今，就是没有战争，我们也能深刻认识到我们社会的分崩离析，也能体会到善良人民日益感到的无奈。正是出于这个原因，我认为亨利·米勒作品中隐含的被动与不合作态度是合理的。不论这是不是人民应有的感受，但它也许十分接近表现人民当时的真实感受了。再说，这是炸弹爆炸的空隙里听到的人声，而且是个友好美国人的声音，这"并非激发公共精神"的声音，其中没有说教，只有从主观角度表现的真相。沿着这样的思想线索，显然仍有可能写一部出色的小说。这样的小说不一定具有教化作用，却值得一读，也有可能让人读后留下记忆。

就在我撰写这篇散文的过程中，欧洲又爆发了一场战争。这场战争要么会持续数年，将西方文明撕个粉碎；要么结束时留下诸多悬念，给未来的另一场大战留下彻底解决的由头。但战争仅仅是"强化形式的和平"。不论有没有战争，正在发生的事件显然会导致自由放任的资本主义和开明基督教文化的分崩离析。我们还预见不到目前形势的全部含义，因为按照一般人的想象，社会主义可以保存甚至扩大自由主义的环境。现在人们已经开始意识到，这个想象有多么荒谬。几乎可以肯定，我们正在走向一个集权主义独裁的时代，在那个时代，自由思想起初会定义为一种致命的罪恶，以后还会被视为一种毫无意义的空想。个人的自主思想将受践踏遭毁灭。这将意味着我们熟悉的文学形式必将遭难，至少会暂时消亡。自由思想的文学即将走向终结，集权思想的文学尚未出现，也难以想象出是什么模样。至于作家，他们是时代的错误，是资产阶级时代的遗存，如今犹如坐在正融化的冰山上，其命运犹如河马，注定要消亡。在我看来，米勒是个非凡的人，他看到了这个前景，也向同时代的同行宣布出来，而且是早在许多人仍在空谈文学的复兴时宣布的。温德汉姆·刘易斯多年前就说过，英语语言的主要历史阶段已经终结，但他这个论点有不同的基础，也颇为琐细。但是，从现在开始，一个非常重要的事实就是，这个世界将不属于有创造性的作家了。这倒并不意味着作家不能帮助建立一个新世界，但作家在这个进程中将不能再做一名作家了。因为作家要有自由的思想，而正在发生的事情却要摧毁自由。因此，看来在仍然可以享受自由言论的有限岁月中，值得一读的小说或多或少要沿着米勒遵循的方向写作——我指的不是写作技巧或主题，而是隐含的观点。作品将重拾被动态度，而且是比以前更加有意识的被动态度。进步或反动其实皆属骗人的字眼。看来除了无为主义，什么都不存在——只要向无为屈服，现实中就不再有恐怖。藏身鲸腹吧，或者干脆承认自己已经在鲸腹中（因为这是事实）。把自己交付给世界的进程吧，停止与它对抗，不要再假装自己控制着世界的进程，接受它，忍受它，记录它。看来只能有这一种模式，敏感的小说家们现在似乎都已经接受了。写一部比较积极、有"建设性"的小说，而不是虚情假意的小说，如今简直难以想象。

但是，难道我的意思是说，米勒是个"伟大的作家"，是英国散文的新希望？根本不是。米勒本人也绝对不希望自己成为这样的伟人。他无疑会继续写作。人一旦开始写作总是会笔耕不辍。与他倾向性大致相同的一批作家有劳伦斯·达雷尔、迈克尔·弗伦克尔等人，几乎能组成一个"流派"。但我觉得，米勒似乎基本上是个只有一本书值得读的作家。我预料，他迟早要沦落到写作朦胧难懂的作品，或者堕落到行骗的地步。他后来的作品中已经出现这种迹象了。他最后出的书《南回归线》我甚至没读过。这并不是因为我不想读，而是因为警察和海关官员迄今一直严密防范，我至今没得到这本书。但是，假如这本书比较接近《北回归线》的水准或者接近《黑色的春天》前几章的水准，我会感到非常吃惊。他就像写自传体小说的某些其他作家一样，只能写出一本完美的作品，那部作品的确完美。考虑到二十世纪三十年代小说的状况，他的成就非常了不起。

米勒的作品均由巴黎的方尖碑出版社出版。如今，战争已经爆发，出版商杰克·卡泰纳已经去世，我不知道方尖碑出版社将面临怎样的遭遇，但无论如何米勒的书还是能买到的。我真诚地建议，凡是没有读过米勒作品的读者，起码要读读他的《北回归线》。只要动点小脑筋，或者花费稍高于出版定价，总能把书弄到手，哪怕其中部分内容让你作呕，但书的内容会深深打进你的记忆。这还是一部"重要的"作品，当然这个字眼并非一般意义。按照规律，人们说一部小说"重要"，要么是这小说是对某种现象的"强烈控诉"，要么是书中采用了创新的写作技法。但这两种情况在《北回归线》中都没有。这本书的重要意义仅仅在于其表现出的心理症状。依我所见，这是过去几年间英语国家中唯一一位富有想象力的稍有点价值的作家。尽管有人会表示反对，认为这话夸大其词，但反对者也许承认，米勒不是个普通作家，值得多看一眼。毕竟他是个完全负面的、没有创造性的、非道德性的作家，不过是个约拿般的人物，是个邪恶的被动接受者，是遍野尸骨中类似惠特曼的人物。从现象上讲，英国每年出版五千本小说，其中四千九百本说的都是废话，米勒的小说相对来讲还是比较重要的。米勒的作品展示出，在世界旧貌换新颜之前，任何重要的文学作品都不可能出现。

一九四〇年三月十一日于伦敦

贾文浩 贾文渊 译

# 查尔斯·里德

既然查尔斯·里德的一些作品出版了廉价版本,便可以假定仍有人读他的书,但是,要想遇到个自愿读他作品的人却非同寻常。在大多数人看来,他的名字似乎能让人朦胧回忆起学校布置的假期作业:写《修道院与壁炉》读后感。凭这么一本书让人记住他的名字,可真是他的不幸。而马克·吐温让人记住名字,主要因为其作品《误闯亚瑟王宫》,而且由于他的不少作品拍成了电影。里德写过几本内容沉闷的书,《修道院与壁炉》也属此类。但他也写过三部好小说,我个人认为会比梅瑞狄斯和乔治·艾略特的所有作品流传更久。此外,他还写过一些精彩的中篇小说,例如《万事通》和《一个贼的自传》。

里德有什么魅力呢?实际上,他的魅力就像阅读理查德·奥斯汀·弗里曼的侦探小说,又像观赏海军少校古尔德的古董收藏——富有魅力,却是些毫无用处的知识。人们也许可以称里德为小聪明百科知识学者。他掌握了互不关联的海量零碎信息,借助自己生动叙述的天赋,将这种信息塞进书本,权充一本本小说。假如你嗜好了解日期、列表、目录、具体细节、过程描述,喜欢仔细研究旧货店橱窗和过期的《股市与交易》杂志,假如你喜欢钻研中世纪投石机的精确工作原理，或者想知道十九世纪四十年代监狱牢房里布置着哪些物件，那你欣赏里德的作品肯定爱不释手。当然，他本人却不是从这个角度看自己作品的。他为自己描述的精确性感到自豪，他书中的材料大半来自从报纸上剪贴的内容，奇怪的是，他自以为如此收集的东西对自己所谓的"目的"有助益。因为他是个社会改革者，只不过他是以支离破碎的方式从事改革，他还强烈抨击卖血、脚踏车、私营精神病院、牧师禁欲、束腰等五花八门的弊病。

  我特别喜爱的书从来都是《不公平的比赛》。这本书并不抨击任何具体事物。《不公平的比赛》就像十九世纪的大多数小说，情节内容太复杂，无法简单归纳，但故事主要讲述的是一个名叫罗伯特·彭福尔德的年轻牧师，这位牧师遭错判，被遣送澳大利亚，他化装乘船潜逃，船失事，与女主人公在荒岛度过余生。这种情节当然是里德可尽展才华的领域。在所有健在的作家中，他最擅长写荒岛故事。当然，他有些荒岛故事写得很一般，不过，在描述为生存而挣扎时，具体细节的真实性也并非一无是处。在罗列一个海难余生者的残余物品方面，肯定在所有小说中首屈一指，甚至滴水不漏的审判场面没有哪一部小说可与之相提并论。我读巴兰坦的《珊瑚岛》是近三十年前的事了，但仍能大致记起书中三个主人公的随身物品（一个望远镜、一根六码长的鞭绳、一把小折刀、一枚黄铜戒指和木桶上的一个铁箍）。《鲁滨孙漂流记》总的来说枯燥得让人无法卒读，结果几乎没人知道这书后面还有第二部分。但即使是这么一本书，对鲁滨孙辛苦造桌子、给陶器上釉和种一小片麦田的描写也不无情趣。然而，里德是位荒岛生活专家，至少他把当时的地理课本记得滚瓜烂熟。再说了，他属于那种若在荒岛才感觉最自在的人，他就像鲁滨孙一样，绝对不会让烘烤发酵面包之类小问题难倒，不过他跟巴兰坦不同，他清楚，文明人不可能凭摩擦几根木棍就点燃火苗。

在《不公平的比赛》中，男主人公就像里德大多数作品中的主人公一样，也属于超人的类型。他是位英雄，是位圣人，是位学者，是位绅士，是个运动员，是个拳击手，是个航海家，是位生理学家，是位植物学家，是个铁匠，是个木匠，总之是个全才，是里德真心希望英国大学能培养出的全才。不消说，书中那位令人惊奇的牧师只花了一两个月，就把一座荒岛转变成伦敦富人区式的豪华酒店了。甚至在他抵达那座荒岛前，遇难船上最后一批幸存者在一条无遮盖的救生艇上一个个死于干渴，他已经表现出了聪明才智，用一只罐子、一个热水袋和一截软管做了个蒸馏装置。但他最惊人的壮举是离开荒岛的巧妙设计。由于受到通缉，本来待在岛上是上佳选择，但书中的女主人公海伦·罗尔斯通对他错遭判罪并不知情，自然渴望逃生，便请求罗伯特运用自己的"伟大头脑"解决这一难题。第一个困难当然是确定这座荒岛的位置。幸运的是，海伦还戴着自己的手表，仍然显示出悉尼时间。罗伯特竖起一根棍子，靠观察正午时刻的影子角度便确定了荒岛所在位置的经度，他这么有才能的人自然知道悉尼的经度。他当然还能根据植物类型的特征判断此地的纬度，偏差不会超过一两度。接下来的难题是向外部世界发求救信号，罗伯特思索一番后，用胭脂虫体液当墨水，在海豹膀胱做的纸上写了一连串信息。他注意到，候鸟迁徙中常常在这座岛上歇脚，就确定让野鸭充当信使，因为野鸭迟早会让人射杀的。他使用印度人常用的计谋捕捉到不少野鸭，在每只野鸭腿上绑上写好的信息后放生。不出读者所料，最后有一只野鸭落在一条船上歇脚，两人获救了。但故事到此远没有结束。接下来是数不清的波折、计策与将计就计、种种阴谋、胜利与灾难。最后，罗伯特的沉冤得到昭雪，故事在婚礼的钟声中结束。

里德最好的三部小说是《不公平的比赛》《硬币》和《亡羊补牢，犹未晚也》。要说这三部小说唯一让人感兴趣的是技术性的细节，那是不公允的。他的描述写作能力也非常突出，描述暴力行动的能力尤其突出，在连载小说层面上，他是位了不起的情节设计者。如果仅仅作为小说家来看，就不可能严肃看待他了，因为他对人物性格或事件发生的可能性均没有丝毫感觉，但他对自己故事中最荒诞不经的细节都深信不疑，这可是他的一大长处。他按自己看待生活的方式描写生活，维多利亚时代的许多人也是这样看待生活的：一系列的闹剧到头来总是以美德获胜而告终。在作品至今还能流传的十九世纪所有作家中，他也许是唯一一位作品风格与自己年龄吻合的作家。尽管他违反一切常规，有自己的"目的性"，还心怀揭露时弊的渴望，但他从来没有写过有分量的批评作品。除了批评不多几种一目了然的恶习外，他没看出这个社会有任何弊病，然而，这是个贪得无厌的社会，是个将金钱与美德画等号的社会，是个百万富翁虔诚而牧师持国家万能论的社会。里德在《不公平的比赛》一开始就介绍说，罗伯特·彭福尔德是位学者、板球运动员，然后才用近乎漫不经心的口吻补充说，他还是位牧师，也许没有任何其他描写比这更能反映他的衡量标准了。

就这个情况本身来看，并不能说里德没有正派的社会良知，而且在其他几个小的方面，他或许还在培养公共舆论方面起了助益作用。在《亡羊补牢，犹未晚也》一书中，他对监狱制度的抨击至今仍有参考意义，或者说，直到最近的过去仍有意义。他的医学知识据说远远超前于他那个时代。他所缺乏的是远见，他没有预见到，早期铁路时代及与之相适应的价值体系不可能永远持续。这并不奇怪，别忘了，他兄弟是温伍德·里德。不论今天人们认为温伍德·里德的《成仁记》写得多么草率,多么散乱,但它仍不失为一本视野广阔、观点惊人的书,虽未受到认可,但也许可算作当今流行的"纲要"之鼻祖。查尔斯·里德或许能写个颅相学、橱柜制作或大鲸习性的"纲要",但不可能写下人类历史的"纲要"。他不过是个良知比大多数平常人稍多一点的中产阶级绅士,无非是个喜欢科普知识胜过经典科学的学者。仅仅由于这个原因,他便跻身最优秀的"逃避"小说家之列。如果把《不公平的比赛》和《硬币》寄给在战壕中忍受苦难的士兵,倒不失为两本好书,他们读这种书毫无问题,书中不包含真正的"信息",只有天赋非常狭隘有限的作家散发出的魅力,像下棋或智力拼图板一样,能让人一时彻底忘掉现实生活。

一九四〇年

贾文浩 贾文渊 译

# 托尔斯泰和莎士比亚

我在上星期指出,艺术和宣传是不可能完全分开的[①],所谓纯审美判断在某种程度上总是受到道德上的、政治上的,或者政治上的信仰忠诚所浸染。而且我还说,在发生动乱的时代,例如过去十年中,没有一个有思想的人能够无视他周围发生的事情,或者避而不做出站在哪一边的选择,因此这些原来隐伏在底下的信仰忠诚被推进到意识的表面。批评越来越成为公开的党派之见,甚至要假装超然也十分困难了。但是你不能由此推论,根本没有审美判断这一回事,每一部艺术作品都不过是而且完全是一本政治小册子,只能把它当作小册子来评断。如果我们那样推理,我们就会把我们的思想引入死胡同,有些显而易见的事实就无法解释了。为了说明这一点,我想探讨一下最伟大的一篇从道德观点而不是审美观点出发的,也可以说是从反审美观点出发的批评:托尔斯泰评莎士比亚的论文。

托尔斯泰在他生命快结束的时候曾经写过一篇对莎士比亚激烈攻击的文章,目的不仅是要表明莎士比亚并不是大家所说的那样一个伟大人物,而且要表明他是个毫无优点的作家,世界上有史以来最糟糕和最可鄙视的

---

① 即《艺术和宣传的界线》一文。

作家。这篇论文在当时引起了极大的愤慨,但是我怀疑是否得到令人满意的反驳。更有甚者,我要指出,基本上,这篇论文是无从反驳的。托尔斯泰说的话有一部分从严格意义上来说是正确的,其他部分在很大程度上是个人意见问题,不值得争来争去。当然,我并不是说,这篇论文中并没有什么细节是不能辩驳的。托尔斯泰有好几次自相矛盾。由于他的对象是一种外语。他不免有很多的误解。我想毋庸置疑,他憎恶和妒忌莎士比亚,使他采取了一定程度的弄虚作假的做法,或者至少是有意视而不见。但是这一切都无关宏旨。总的来说,托尔斯泰说的话,按其自身逻辑来说,是言之有据的,在当时也许起了纠正流行的盲目崇仰莎士比亚的作用。对此的解释,不在于我能够说的道理,而在于托尔斯泰不得不自己说出来的一些事情。

托尔斯泰的主要论点是,莎士比亚是个琐碎繁细、浅薄轻浮的作家,他没有首尾一贯的哲学,没有值得一提的思想或理念,对社会或宗教问题不感兴趣,对人物或概率①没有理解,而且,就其可以说有什么肯定的态度而言,他对人生采取了看透一切的、不讲道德的世界观。托尔斯泰指责莎士比亚的剧本都是拼凑而成的,根本不在乎是否有可信性,所写的寓言荒诞不经,情景异想天开,所有角色说的台词都是一种辞藻华丽的人为做作的语言,完全不像实际生活中的语言。他还指责莎士比亚把什么乱七八糟的东西都塞进他的剧本中——独白、民歌片段、长篇讨论、粗俗笑话等——而不想一想这些东西与情节是不是有任何关系,他指责莎士比亚把他所生活的时代的不讲道德的权力政治和不公正的社会等级区分视为天经地义的事。简而言之,他指责莎士比亚是一个下笔匆忙、草率随便的作家,

---

① 概率,指情节的可能性。

一个道德可疑的人,而且,尤其是,不是一个思想家。

不过,这些攻击有许多是可以反驳的。按托尔斯泰所暗示的意思,莎士比亚是个不讲道德的作家,这是不准确的。他的道德准则可能不同于托尔斯泰,但他十分肯定地是有他的道德准则的,这在他的作品中始终很明显。他比起——举例来说——乔叟或者薄伽丘①来更是要讲道德得多。他也并不是如托尔斯泰要想把他说成的那样的一个傻子。附带提一下,有时,你可以说,他表现出的远见远远超过了他的时代。在这方面,我想提醒大家注意卡尔·马克思——不像托尔斯泰,他钦佩莎士比亚——写的关于《雅典的泰门》的那篇评论。但是,再说一遍,托尔斯泰所说的话从整体来说是正确的。莎士比亚不是一个思想家,说他是世界上伟大的哲学家之一的那些批评家是在胡说八道。他的思想完全是一团糟,一袋破布。在虽然有行为准则但却没有世界观,没有哲学头脑方面,他像大多数英国人。而且,说莎士比亚很少在乎概率并很少下一些功夫让他的角色前后一贯一些,这话又是完全正确的。我们知道,他往往偷别人的情节,匆匆忙忙地编进剧本里,常常出现原作中所没有的荒诞可笑和前后不一贯的现象。有时当他正好掌握了一个无懈可击的情节——如《麦克白》——时,他的角色是相当一贯的,但是在许多情况下,他们是被迫参与按任何一般标准来看都是完全不可信的行动的。他的许多剧本甚至连属于童话故事的那种可信性都没有。无论如何,我们没有证据可以说,他本人对这些剧本是认真对待的;只是作为糊口的生计。在他的十四行诗中,他甚至从来没有提到他的剧本是他的文学成就之一,只有一次有些难为情地提到他是个演员。到此为止,

---

① 乔叟(Geoffrey Chaucer, 1343—1400),英国诗人,著有《坎特伯雷故事集》。薄伽丘(Giovanni Boccaccio, 1313—1375),意大利作家、诗人,著有《十日谈》。

托尔斯泰都是言之有理的。说什么莎士比亚是个深刻的思想家,在那些技巧上完美无缺而且充满细致的心理观察的剧本中提出了一套完整一贯的哲学,这说法是无稽之谈。

只不过是,托尔斯泰达到了什么目的?他这么激烈地攻击,应该能够把莎士比亚驳得体无完肤了,而且他显然也相信他已经做到了这一点。那么,从托尔斯泰写他的论文的时候开始,或者,从它开始得到广泛阅读的时候,莎士比亚的声誉应该剧降了。莎士比亚的爱好者应该看到,他们的偶像已被破坏,事实上,他没有什么优点,他们应该不再从他那里得到任何乐趣。但这种情况没有发生。莎士比亚给拆毁了,但不知怎么,他仍站在那里。托尔斯泰对他的攻击不但没有造成他被遗忘的结果,倒是这攻击本身几乎被遗忘了。尽管托尔斯泰在英国是一个受人欢迎的作家,但这篇论文的两种译文都已绝版,我得在伦敦到处寻觅,才在一家博物馆中找到一篇。

因此,看来托尔斯泰虽然能够把莎士比亚的一切说得几乎一无是处,但是这件事他是否定不了的,那便是莎士比亚的受人欢迎。他本人是知道这一点的,而且对此感到极为不解。我在上面说过,对托尔斯泰的反驳实际上存在于他本人不得不承认的那一点上。他问自己,这个蹩脚、愚蠢而且不讲道德的作家莎士比亚怎么会到处受到钦佩,他最后只能解释这是一种歪曲真相的世界大阴谋。或者,这是一种集体幻觉——他称之为催眠——除了托尔斯泰本人,别人都受了骗。至于这种阴谋或者幻觉是怎么开始的,他只好归诸十九世纪开始时的某些德国批评家的操纵。他们首先散布谎话说莎士比亚是一个好作家,此后就没有人有勇气反驳他们了。不过,对于这样一种理论,你不必多花时间。这完全是胡说八道。绝大多数喜欢看莎士比亚戏剧的人决不是受到哪一个德国批评家的影响的,不论是直接的还是间接的。因为，莎士比亚的受人欢迎是够真实的，这种欢迎程度遍及普通人民，而决不是书呆子。从他在世之日起，他就是英国舞台上的宠儿，不仅在英语国家受人欢迎，而且在大部分欧洲和一部分亚洲国家也受欢迎。就在我说话的时候，苏联政府正在纪念他的逝世三百二十五周年，在锡兰我曾看到他的一个剧本用我一句也不懂的语言演出。你的结论必然是，莎士比亚的剧本中有一些好的东西、经久的东西是千百万普通人所能欣赏的，尽管托尔斯泰恰好不能欣赏。他能够不怕人家揭露他思想混乱，剧本中充满了不可能的事。但是你不能用这种方法批倒他，就像你不能以讲道的方法把一朵花毁掉一样。

我想这进一步阐明了我在上星期说到的话：艺术和政治的界限。这表明了任何只批评题材和意义的批评的局限性。托尔斯泰不是把莎士比亚作为一个诗人来批评的，而是一个思想家和教师，按照这个方针，他要批倒莎士比亚是没有什么困难的。但是，他说的一切的话，都无关紧要：莎士比亚完全不受影响。不仅是他的声誉，而且是我们从他那里获得的乐趣，仍一如既往。显然，诗人不只是一个思想家和教师，尽管他也要是一个思想家和教师。每一篇写作都有其宣传的一面，但是任何一本书或剧本或诗歌或不论是什么的作品，要有持久价值，必须有什么东西留下来，根本不受它的道德或意义的影响——这种留下来的东西我们只能称之为艺术。在一定限度内，坏思想和坏道德可以成为好文学。如果像托尔斯泰那样的伟大的人都不能证明相反情况，我怀疑是否有任何别的人能够做到。

一九四一年五月七日英国广播公司海外节目讲话。

一九四一年六月五日《听众》

董乐山　译

# 鲁德亚德·吉卜林

真是很遗憾,艾略特先生在为这部《吉卜林诗选》①作序的长篇论文中,竟然会采取这样的辩解态度,不过这是不可避免的,因为在你甚至还没有谈到吉卜林之前,你就先得清除一个由两批连他的作品都没有读过的人所制造的神话。五十年来吉卜林处于这种成为一种代称的特殊地位。在文学界的五代人的时期里,每一个开明之士都鄙视他,但到了这个时期结束时,这些开明之士十之有九都已为人遗忘,而吉卜林在某种意义上却仍在那里。艾略特先生没有令人满意地解释这个事实,因为在答复那些说吉卜林是一个"法西斯分子"的肤浅而又常见的指责时,他犯了相反的错误:在无法为他辩护的方面为他辩护。明知吉卜林的人生观总的来说是任何有教养的人所不能接受的或原谅的而仍说能够,这是没有用的。例如,当吉卜林写到一个英国士兵为了要勒索钱财而用捶衣棒打一个"黑鬼"时,说他这么写只是以记者身份,而不一定赞同他所写的事情,这是没有用的。在吉卜林的作品中,任何地方都丝毫没有迹象表明他不赞同这种行为——相反,

---

① T.S.艾略特选编的《吉卜林诗选》。——原注

在他身上有一种很明确的虐待狂气质,大大地超过了那一类作家必然会有的残暴狂。吉卜林的确是一个富有侵略性的帝国主义者,他的确是在道德上麻木不仁,在审美上令人反感的。最好是一开始就承认这一点,然后再设法弄清楚为什么他仍流传至今而瞧不起他的有教养的人却这么经受不起时间的考验。

但是,关于"法西斯分子"的指责仍需回答,因为不论在道德上或政治上,若要对吉卜林有所了解,第一个线索就是这个事实:他不是一个法西斯分子。他比如今最人道或者最"进步"的人都更加不是一个法西斯分子。人们常常鹦鹉学舌引用一些话而不肯稍微费点心去查一查这些话的上下文或者弄明白它们的含义,这种情况的一个令人感兴趣的例子是《退场赞美诗》中的一行:"没有律法的次等人种"。这一行在粉红色左派人士中间总是当作嘲笑的对象的。一般都认为这"次等人种"理所当然地是指"本地土生土长的",于是脑海里就出现了某个头戴遮阳盔帽的英国老爷在踢一个苦力的形象。但在这一行诗的上下文中,它的意义却几乎是截然相反的。这"次等人种"几乎可以肯定是指德国人,特别是泛德意志作家,他们"没有律法"是指无法无天的意思,而不是没有权力的意思。整个这首诗一般都认为是一种大肆吹嘘的狂言,实际上是对权力政治的谴责,包括德国人也包括英国人。有两节诗值得在这里引用(不是作为诗作,而是作为政治):

> 如果因为看到权力而陶醉,
> 我们竟然不敬畏上帝而信口乱言,
> 这种吹嘘像非犹太教徒那样
> 或者没有律法的次等人种那样,

万军之主啊,请与我们同在,
免得我们忘记,免得我们忘记!

因为异教徒的心把它的信任
寄托于发臭的隧道和铁片,
所有建筑在凡身上的坚定的凡身
都警惕着,不敢惊动主来警惕
那大言不惭的吹嘘和蠢话——
主啊,请宽恕你的子民!

  吉卜林的许多用词都是从《圣经》中借用过来的,在第二节中,他无疑想到了《诗篇》第一百二十七篇:"若不是主建造房屋,建造的人就枉费劳力;若不是主看守城池,看守的人警醒也是枉然。"这段文字不会对后希特勒时代的人们头脑造成什么印象。在我们的时代,没有人相信有任何比军事力量更大的制裁力量;没有人相信,除了用更强大的武力以外还有什么东西可以胜过武力。没有"律法",只有力量。我并不是说,这是一种真正的信仰,我只是说这是所有现代的人实际上都有的信仰。那些硬说不是那样的人或者是思想上的懦夫,或者是不加掩饰的力量崇拜者,或者是根本没有跟上他们所处的时代。吉卜林的世界观是前法西斯的。他仍相信骄者必败,神明必惩傲慢。他没有预见到坦克、轰炸机、无线电和秘密警察,或者他们的心理结果。

  但是这么说,你是不是推翻了原先所说吉卜林的侵略主义和残暴成性的话?没有,你只不过是说十九世纪的帝国主义观点和现代歹徒观点是两码事而已。吉卜林极其肯定地属于一八八五年至一九〇二年这个时期。世界大战及其后果使他怨愤不快,但没有什么迹象表明他从布尔战争①以后所发生的任何事件中学到了什么教训。他是英帝国主义在其扩张阶段的先知(甚至比他的诗作更甚,他唯一的一部长篇小说《消失的光芒》让你感觉到了那个时期的气氛),而且也是英国军队的非正式史家,这支老式的雇佣军在一九一四年开始改变它的组成。他的全部信心,他的活跃的粗俗的活力,都来自法西斯分子和准法西斯分子所没有的那种局限性。

吉卜林晚年郁郁寡欢,毫无疑问,其原因是政治上的失望,而不是文学上的虚荣。不知怎的,历史没有按计划发展。英国在获得了空前伟大的胜利以后,却不似以前是个世界强国了,吉卜林很敏感地看到了这一点。他所理想化的阶级失去了美德,年轻人不是贪图享乐就是不问世事,要把地图涂成粉红色②的愿望已经烟消云散。他不能理解这些情况,因为他对那作为帝国扩张的基础的经济力量从来没有理解。值得注意的是,像一般军人或殖民官员没有认识到的一样,吉卜林似乎没有认识到,帝国主义是一件挣钱的生意。他心目中的帝国主义是一种强迫的教化。你对一伙没有武装的"土著"人群开枪,然后你建立"律法",这包括道路、铁路和法院。因此,他不能看到,产生帝国的同一动机也可能毁灭帝国。例如,把马来亚丛林开发出来建立橡胶园的这个动机,也就是如今把这些橡胶园完好无损地拱手让给日本人的动机。现代极权主义者知道自己在干什么,而十九世纪的英国人都不知道自己在干什么。这两种态度都有它们的好处,但是吉卜林却从来没有能够从一种态度走向另一种态度。尽管他毕竟是一个艺

---

① 布尔战争,一八九九年至一九〇二年英国人与南非荷兰移民后裔布尔人的战争。
② 旧时世界地图中的英国和它的属地及殖民地都涂成粉红色。

术家,他的观点是瞧不起做生意的"老板"的受薪官僚的观点,活了一辈子而不知发命令的就是那些"老板"。

但是,虽然他认同官员阶级,他却有一种素质,那是"开明的"人士很少或者根本不具备的,那就是责任感。中产阶级左派为了这一点而恨他不亚于他的残暴性和庸俗性。在高度工业化的国家里,所有左翼政党骨子里都是一场骗局,因为它们斗争的对象并不是它们真正希望消灭的东西。它们有国际上的目的,同时它们竭力要保持一种与这些目的不相容的生活水准。我们都是靠抢劫亚洲苦力才得以生存的,我们中间那些"开明的"人都认为这些苦力应该得到解放,但是我们的生活水准,因之也是我们的"开明",却要求这种抢劫继续下去。一个人道主义者总是一个伪君子,而吉卜林对此的了解也许是他创造一针见血的话的能力的中心秘密。要用比"嘲笑那些在你睡着的时候守卫着你的军人"这句话更少的几个字来描绘英国人的褊狭的和平主义,会是很困难的。不错,吉卜林不了解知识分子与保守分子之间的关系的经济方面。他没有看到,地图涂成粉红色主要是为了可以剥削苦力。他没有看到苦力,却看到了印度文官;但是即使在那个层面上,他对职能的了解,他对谁保护谁的了解,也是十分深刻的。他清楚地看到,只有在一些人不可避免地是比较没有教养的人,在那里守卫和喂养另一些人的时候,这后者才能保持有高度的教养。

吉卜林在多大程度上真正认同他所颂扬的官员、军人和工程师呢?并不像人们有时所假定的那样完全。他年轻的时候曾经做广泛的旅行,他基本上属于在平庸的环境中长大而具有出色头脑的人,他的某些气质很可能有些病态地使他倾向于行动活跃的人而不是感情细腻的人。十九世纪的英印人士是他的偶像中最无同情心的,但却是实干派。他们所干的,也许都是坏事,但是他们改变了地球的面貌(拿一张亚洲地图来看,比较一下印度的铁路系统和邻国的铁路系统,就可以明白了),如果英印人士的正常观点像爱·摩·福斯特[①]的观点的话,他们是不可能有成就的,他们是不可能维持一个星期的权力的。吉卜林给我们描绘的图像尽管华而不实,但它是我们对十九世纪的英属印度所拥有的唯一文学图像,而他之所以能够描绘,只是因为他本身粗俗,才能够在俱乐部及团部食堂中存身并保持缄默。不过他并不十分像他所钦佩的人。我从好几个私人来源获悉,与吉卜林同时代的许多英印人士并不喜欢或赞成他。他们说他对印度一无了解,这话无疑是正确的,而且,从他们的观点来看,他是太高雅了。在印度的时候,他往往同"不三不四"的人混在一起,而且因为他肤色较黑,被错误地怀疑有亚洲血统。他后来的发展在很大程度上可以追溯到他生在印度,很早就辍学。如果背景稍有一些改变,他很可能成为一个优秀的小说家,或者杰出的通俗歌曲作家。但是说他是个庸俗的摇国旗的人,一种为赛西尔·罗兹[②]服务的宣传人员,这样说有多少正确成分?这样说,确实不错,但说他是个唯唯诺诺的应声虫或者见风使舵的投机者那就不对了。他早期如果是那样的话,他后来就从来没有讨好过公共舆论。艾略特先生说,对他的意见是,他用一种受人欢迎的方式发表不受人欢迎的见解。这样说,把问题的范围缩小了,假定"不受欢迎"是指在知识分子中间不受欢迎;

---

[①] 爱·摩·福斯特(E.M. Forster, 1879—1970),英国小说家,著有《印度之行》《看得见风景的房间》等。

[②] 赛西尔·罗兹(Cecil Rhodes, 1853—1902),英殖民主义者,在南非开采钻石矿致富,后任开普敦殖民地总理,津巴布韦独立前的旧名罗得西亚(Rhodesia)即以他命名,他还在牛津大学设罗兹奖学金。

但是事实是，吉卜林的"寓意"是广大公众不想要的一种寓意，而且是他们从来没有接受过的。在十九世纪九十年代，同现在一样，人民大众是反军国主义的，对帝国已感厌倦，只是无意识地爱国，吉卜林的官方仰慕者现在和过去都是"服役"中产阶级，也就是读《黑树林》的人。在二十一世纪愚蠢的初期，布林普①式人物终于发现有个站在他们一边可以称为诗人的人，于是把吉卜林供在祭坛之上，对他的一些比较说教的诗如《如果》给予了几乎《圣经》一样的地位。不过可以怀疑的是，布林普之流是不是并未留心读过他的诗，就像他们没有留心读过《圣经》一样。他说的许多话是他们不可能同意的。很少从内部批评英国的人说过比这个粗俗的爱国者更加尖锐的话。总的来说，他攻击的是英国工人阶级，但不一定总是这样。那句"在板球门旁的穿法兰绒裤子的傻子和在足球门旁的糊涂的笨蛋"的话今天仍像一支箭一般突在那里，它是针对优胜杯决赛的，也是针对伊顿和哈罗的对垒的。他写的一些关于布尔战争的诗，就其题材而言，有一种奇怪的现代味。大概是一九〇二年写的《斯特仑波希②》代表了每一个有头脑的步兵军官在一九一八年会说的话，或者今天仍会说的话。

吉卜林关于英国和帝国的罗曼蒂克的想法，如果不含当时的阶级偏见，本来无关紧要。如果你考察一下他的最优秀和最有代表性的著作，他的行伍诗，特别是《军营歌谣》，你就会注意到，较之其他东西更加损害这些诗的是一种居高临下的腔调。吉卜林把军官特别是下级军官理想化了，而

---

① 布林普，布林普上校是英国著名政治漫画家大卫·罗在三十年代创作的一个典型的保守分子形象。
② 斯特仑波希，南非西南部一小城，当时英军里往往把不体面降职的军官调到那里的驻地。

且到了一种荒唐的程度，小兵虽然可爱和浪漫，却必须是个丑角，说话总是用一种程式化的土腔，不太传，但是发音都无一例外地略去了 H 和收尾的 G。这样做的效果常常是像在教堂聚会时幽默背诵一样令人不好意思。结果造成了这样奇怪的现象：你常常可以简单地把吉卜林的诗改写一遍，把土腔改成标准发音，就能把他的诗改得更好，不怎么可笑、侮慢。这在他的叠句上尤其如此，它们常常有一种真正的抒情性质。他应该克服自己的嘲笑劳动人民口音的冲动。在古代的民谣中，地主和农民用同样的语言。对吉卜林来说，这可办不到，他用一种歪曲的阶级观点来看待，结果却损及他的最精彩的一行诗，这可以说是咎由自取。但是，即使这种以示土腔可笑的故意装腔作势在音调方面并无什么效果的时候，这种做法也是令人讨厌的。不过，他的诗作得到朗诵的机会比默念多，大多数人都本能地在引用时做了必要的改正。

　　你能想象十九世纪九十年代或如今有哪个士兵在读《军营歌谣》时感到作者是一个为他们说话的作家吗？很难想象。任何一个士兵如果能读一本诗的话马上就会注意到吉卜林几乎毫不知觉军队里和任何其他地方一样有一场阶级战争在进行。这不仅是因为他把士兵看成是个丑角，而且他认为他是爱国的、封建的、崇拜军官的和以做女王的兵而自豪的。当然，这有一部分是对的，否则就不可能打那些仗了，但是，"我为你，英国，我的英国，做了些什么？"基本上是一个中产阶级的问题。几乎随便哪个劳动者会马上接着问："英国为我做了些什么？"就吉卜林对此的了解而言，他简单地归结于"下层阶级的极端自私"（他本人的话）。他在不写英国人而写"忠心耿耿"的印度人的时候，他的"老爷您好"的基调有时到了令人厌恶的程度。但事实仍是，他较之他的同时代的大多数"自由主义分子"

或者我们时代的大多数"自由主义分子"更加关心普通士兵，更加希望他们能得到公平的对待。他看到士兵受到了忽视，军饷不足，而且还受到其收入多亏他们卫护的人们的虚伪蔑视。他在死后出版的回忆录中说："我开始明白了士兵生活的可悲境地，他们所受到的没有必要的折磨。"有人攻击他美化战争，也许他是这样，但是他并没有像常见的那样美化战争，把战争说成是一场足球比赛。像大多数能够写战争诗篇的人一样，吉卜林从来没有上过战场，但是他的战争描写却是写实的。他知道子弹伤人，在炮火之下人人恐惧，普通士兵从不知道战争是为了什么才打的，或者除了自己所处的战场一隅以外，从不知道整个战局，而且英国军队像其他军队一样常常落荒而逃：

> 我听到我身后的刀响，
> 但是我不敢正视我的敌人，
> 我也不知我这是到哪里去，
> 因为我没有停一步来看一看，
> 一直到我听到一个叫花兵
> 一边跑一边尖声叫救命，
> 我想我熟悉那个声音——
> 那就是我自己的声音！

把这首用现代化的词句来写，它很可能出诸二十年代反战作品。还有：

> 如今子弹穿过尘土飞来，

没有人想前去迎接，
但是每个叫花兵却难违此命；
这样他们就像上了镣铐的人，
即使不乐意上前也随队而上，
行动出奇地僵硬迟缓。

以此与下面一首相比较：

"轻步兵，冲啊！"
有没有人胆怯？
没有！虽然当兵的知道
有人犯了大错。

如果说有什么不对的话，吉卜林只是过分渲染了战争的恐怖，因为在他年轻的时候的战争，以我们如今的标准来衡量，实在算不上是战争。也许这是因为他身上的神经质的气质，对残暴行为的渴求。但是至少他知道，奉命去攻打不可能攻下的目标的士兵是胆怯的，而且一天才四便士的军饷谈不上优厚。

关于十九世纪末期那支长期服役的雇佣军队，吉卜林留给我们的图像究竟有多么全面或真实？就像吉卜林所写的关于十九世纪英属印度的情况一样，你必须说，这不仅是最好的，而且几乎是我们所拥有的唯一文学图像。他记录了大量你只有从口头传说中或者不堪卒读的团史中才能弄到的材料。他所描绘的军队生活图像比实际的情况似乎更加全面、确切，也许是因为任何一个中产阶级的英国人都可能有足够的了解来填补空白。无论如何,读到埃德蒙·威尔逊①先生刚刚发表的或正要发表的关于吉卜林的论文,有那么多的事情使我们看来熟悉得有些发腻而在一个美国人看来却很难理解,我感到吃惊。不过从吉卜林早期著作中的确产生一种对机关枪时代以前的旧式军队的栩栩如生而又不是太严重误导的图像——在直布罗陀或勒克瑙的热不可耐的军营,红色上衣的军装,刷白的军官皮带和无边小圆帽,啤酒,殴斗,鞭罚,绞刑和钉十字架,吹号集合,大麦和马尿的气味,留着一尺长大胡子的大声吆喝的士官,血腥的伏击总是指挥不当,拥挤的运兵船,霍乱蔓延的兵营,"土著"小老婆,最后在收容所死掉。这是一幅残忍的、庸俗的图像,在其中,歌舞厅中一首爱国的插曲似乎同左拉的更加血腥的一段描写交杂在一起了,但是后代的人能够从中得出关于长期服役的志愿兵军队的大致概念。在大约同样的水平上,他们可以了解一些没有听说过汽车和水箱的时代的英属印度的生活。如果认为,要是乔治·莫尔,或者吉辛,或者托马斯·哈代②有吉卜林的机会,我们可能读到更好的书,这么想是错误的。这是不可能发生的事。十九世纪的英国不可能产生一部像《战争与和平》那样的作品,或者像托尔斯泰关于军队生活的次要作品如《塞瓦斯托波尔故事集》或者《哥萨克》,不是因为一定缺乏才华,而是因为有足够的悟性来写这种作品的人没有一个会做恰当的接触。托尔斯泰生活在一个军事大帝国中,几乎每一个家庭的年轻人似乎都很自然需在军队中度过几年,而英帝国当初和现在都仍是非军事化到了大陆的观察

---

① 埃德蒙·威尔逊(Edmund Wilson, 1895—1972),美国文学评论家。
② 托马斯·哈代(Thomas Hardy, 1840—1928),英国小说家,著有《德伯家的苔丝》《无名的裘德》《还乡》等。

家几乎难以置信的程度。有教养的人不会轻易地离开文明的中心,在大多数国家的语言中都很缺乏你可以称为殖民文学的东西。只有令人意想不到的环境的结合才产生了吉卜林的俗不可耐的场面:小兵奥特里斯和霍克斯比太太站在棕榈树前听着寺庙的钟声,其中一个必要的环境条件是,吉卜林本人必须是个半开化者。

吉卜林是我们时代唯一的为语言增添了短语的英国作家。我们拿过来使用而没有想到它们的来源的那些新词汇和短语,并不总是来自我们所钦佩的作家。例如,听到纳粹广播员把俄国兵说成是"机器人"(robots)是很奇怪的,因为这是不自觉地借用了他们如果能够抓到就会加以杀害的一位捷克民主人士。这里有半打的吉卜林所创的词汇短语,你可以在小报社论中看到引用,或者在酒吧间听到那些根本没有听说过他的名字的人口中在说。你将会看到,它们都有一定的共同特点:

  东方是东方,西方是西方。
  白种人的负担。
  他们知道英国一些什么?这只有英国才知道。
  女性比男性更讨厌得要命。
  在苏伊士运河以东什么地方。
  偿付丹麦金①。

还有其他一些,包括一些已经失去时效多年而仍在使用的词汇短语。

---

① 丹麦金,古代英格兰为向丹麦进贡或筹措抗丹军费而征收的一种年度税,后作为土地税而沿袭征收。

例如,"用你的嘴巴杀死克留格尔[①]"这句话到最近还在使用。也很可能是吉卜林第一个用"匈奴人"称呼德国人而造成大家群起效尤;无论如何,他在一九一四年炮响之后就马上开始使用。但是我在上面开列的词汇短语的共同点是,它们都是你以半开玩笑的方式说的,但是你迟早会使用。例如,对吉卜林的轻视莫过于《新政治家》,但是在慕尼黑时期《新政治家》就多次引用那句关于"偿付丹麦金"的话。事实是,吉卜林除了他的点心店智慧和用几句廉价的话概括丰富的特色的才能(如"棕榈和松树","苏伊士运河以东","去曼德莱之路"),一般都是在说些引起眼前兴趣的事情。从这个观点出发,有思想和教养的人一般都发现是站在他的篱笆的对面,这一点并不重要。"白种人的负担"立即引起了一个现实的问题,即使你觉得这句话应该改为"黑种人的负担"。你可能从骨子里不同意《岛国居民》中所含的政治态度,但是你不能说,这是一种轻浮的态度。吉卜林所表达的思想既庸俗而又持久。这就引起了他作为诗人,或者韵文作者的特殊地位问题。

艾略特先生把吉卜林的格律作品称作"韵文",而不叫"诗",不过又补充说这是"伟大的韵文",并且进一步限定说,一个作家如果有些作品"我们不能断定它是韵文还是诗",他只能被称作"伟大的韵文作者"。显然,吉卜林是个偶尔写几首诗的韵文作家,在这种情况下,很可惜艾略特先生没有指明可以称为诗的是哪几篇。问题是,凡是需要对吉卜林的作品做美学判断的时候,艾略特先生总是太过于采取辩解的态度,而不能明白地说。他所没有说的话,而且是我认为在任何讨论吉卜林的场合应该一开始就说

---

① 克留格尔(Paul Kruger,1825—1904),布尔战争中与英军对垒的布尔人军队总司令,战败媾和退隐瑞士。

的话，就是吉卜林写的大部分韵文实在太庸俗了，它们给你的感觉就像你在观看歌舞厅中一个三流演员朗诵《伍方福的辫子》一样的感觉，那时有一道紫色的灯光打在他的脸上，然而，仍有很多地方，能够给了解什么是诗的人带来快感的。在他最差劲的时候，也就是他最富有生气的时候，吉卜林在他的诗作《贡格遵》或《丹尼·丹佛》中，几乎给你带来了感到惭愧的快感，就像有些人到了中年仍偷偷爱吃廉价糖果一样。但是即使在他的最佳章节中，你也有一种感觉，感到自己受到什么虚假伪劣的东西的诱惑，而且毫无疑问是受到了诱惑，除非你是个势利鬼或者说谎者，你不可能说，凡是喜欢读诗的人不会从这样的诗句中得到什么快感：

> 因为风在棕榈树中吹拂，
> 寺庙的钟声在告诉你，
> "回来吧，你这个英国兵
> 回到曼德莱吧！"

然而，这都不是"菲利克斯·伦德尔"或"冰柱挂在墙头上"那种意义上的诗。也许，如果你把吉卜林简单地称为一个好的蹩脚诗人，就会比在"韵文"和"诗"这些词语中间玩把戏更能满意地给他定位。他是个诗人就像哈丽叶特·比切·斯托[①]是个小说家一样。这种作品的存在本身就能告诉我们所生活的时代的一些情况，一代又一代的人认为它们太庸俗，然而还是继续有人阅读。

---

[①] 哈丽叶特·比切·斯托（Harriet Beecher Stowe, 1811—1896），即斯托夫人，美国作家，著有《汤姆叔叔的小屋》。

英国有大量的好的蹩脚诗,我认为它们全都是在一七九〇年以后出现的。这种蹩脚诗有——我有意选择多种类型——《叹息桥》《小伙子,当全世界都还年轻的时候》《轻步兵的冲锋》、布勒特·哈特[①]的《军营中的狄更斯》《约翰·摩尔爵士的葬礼》《真妮吻我》《拉佛尔斯顿的凯斯》《卡萨比安卡》,等等。这些诗都流露柔情蜜意,也许不一定就是这几首,但是这类诗却能够为那些有能力看出它们毛病在哪里的人提供真正的享受。如果要编一本好的蹩脚诗选集,你可以收集到不少材料,只不过这种诗一般都妇孺皆知,不值得再印。在我们这样的时代,没有必要硬说"好"诗能够真的受人欢迎。这是,而且必然是,极少数的人所欣赏的,是各种艺术中最不被容忍的。也许这话需要一定的限定。真正的诗有时把自己伪装为某种别的东西才可以为人民群众所接受。你可以在英国今天仍旧有的民间诗歌中,如儿歌童谣和帮助记忆的押韵诗中,看到这种例子。还有当兵的编的歌词,包括那些配合军号的歌词。但是总的来说,我们的文明是那样的一种文明,你一提到"诗"就会引起讥笑,或者,至少是大多数人听到"上帝"一词时会感到的那种厌恶感。如果你能拉手风琴,你可以到最近的一家酒吧间去,五分钟内就会博得听众的欢迎。但是要是你建议向这同一批听众朗读莎士比亚的十四行诗,他们的态度会是怎么样呢?不过,好的蹩脚诗如果事先制造了适当的气氛是能够打动最意想不到的听众的,几个月以前,丘吉尔在他的一篇广播讲话中引用了克拉夫[②]的诗《努力》造成了显著的效果。我同一些肯定不能说是诗歌爱好者的人一起听这次讲话,我

---

[①] 布勒特·哈特(Bret Harte,1836—1902),美国小说家和韵文作家,著有《咆哮营的幸运儿》。

[②] 克拉夫(Arthur Hugh Clough,1819—1861),英国诗人。

相信讲话中插进这首诗打动了他们,并没有引起他们不好意思。但是如果引用的是一首比这首诗好的诗,就是丘吉尔也不可能成功。

就韵文作者受欢迎而言,吉卜林一直是很受欢迎的,而且现在仍旧是受欢迎的。在他生前,他的有些诗已超越了读者的范围,超越了学校儿童朗诵奖、童子军歌唱、软皮书籍、烙花和日历的世界,而进入了歌舞厅的大世界。尽管如此,艾略特先生认为,他的诗作值得编集,这就承认了别人都有然而总是不能诚实地承认的一种口味。像好的蹩脚诗这种东西居然能存在,这一事实说明了知识分子和普通人之间有一种感情上的重叠。知识分子不同于普通人,但是不同只存在于他的个性中的某些部分,即使这样也不是永远如此。但是一首好的蹩脚诗的特点是什么?一首好的蹩脚诗是显而易见的东西的优雅的纪念碑。它用难以忘记的方式——因为韵文是一种帮助记忆的手段——把几乎人人都有的感情记录下来。像《小伙子,当全世界都还年轻的时候》这样的诗,不论它可能多么自作多情,它的优点是,这种感情是"真正"的感情,你一定会发现自己迟早也有它所表达的思想;如果你正好知道这首诗的话,它就会再度出现在你的脑海之中,而且似乎比上次更加感人。这种诗可以说是一种押韵的成语,而且事实是,肯定受欢迎的诗常常是格言式和警句式的。只要举吉卜林的一个例子就够了:

> 发白的手紧抓住缰绳,
> 马刺松开了靴跟;
> 温柔的声音高呼"再转身"!
> 鲜红的嘴唇令钢刀失色:

> 不论下地狱还是登宝座,
> 单身旅行最迅速快捷。

这是一种表现很有力的庸俗思想。可能不真实,但是反正是人人都会有的思想。你迟早会有机会感觉到单身旅行是最迅速快捷的。这种思想就现成地存在在那里,而且可以说是在等待着你。因此很可能,这句诗你听到过一次后,就会记住不忘了。

吉卜林作为一个好的蹩脚诗诗人之所以有魅力的一个原因,我在上面已经提到是他的责任感,这使他有可能保持一种世界性的观点,尽管这种观点是错误的。吉卜林与任何政党都没有直接关系,但他是个保守派,这在今天已不存在了。如今自称为保守派的人不是自由派,就是法西斯派,或者法西斯派的同谋犯。他认同当权派,不认同反对派。这发生在一个有才华的作家身上,我们看来似乎是奇怪的,甚至是令人恶心的,但是这的确有这样的好处,使吉卜林对现实有一定掌握。当权派总是面对着这样的问题:"在这样的情况下,你会怎么做?"而反对派却没有义务承担责任或者做任何真正的决定。凡是反对派已有恒久地位和年金收入的地方,如在英国,它的思想品质就相应堕落。此外,凡是在开始时对人生采取悲观反动观点的人往往为事实所证明他们是对的,因为乌托邦从来不会实现,而吉卜林所称的"陈腐之见"总是要回来的。吉卜林出卖给了英国统治阶级,不是在经济上,而是在感情上。这就扭曲了他的政治判断力,因为英国统治阶级并不是如他所想象的那样,它把他引到了愚蠢行为和虚荣势利的深渊,但是由于他至少做了尝试,想象一下行动和责任是怎么样的,从而也得到了相应的好处。他不机智,不"勇敢",不想震惊资产阶级,这对他极为有利。他写的基本上是陈词滥调,由于我们生活在陈词滥调的世界中,他说的话大部分是有效的。甚至他最愚蠢的错误比起同一时期的所谓"开明的"言论如王尔德的警句和《人与超人》末尾的格言来,也显得不那么浅薄,不那么令人生厌。

一九四二年二月《地平线》

董乐山 译

# 马克·吐温——特许认可的弄臣

马克·吐温闯进了人人丛书的高贵门槛，但只是以《汤姆·索亚历险记》和《哈克贝利·芬历险记》这两部在"儿童读物"（其实不是）的伪装下已相当出名的书才闯进去的。他的最优秀和最有特点的书《艰苦岁月》《傻子在国内》《在密西西比河上的生活》却在我国很少为人所忆及，虽然没有疑问，在美国，到处与文学判断交杂在一起的爱国主义是会使它们长存不衰的。

马克·吐温虽然生产了品种多样、令人惊奇的作品，从那部华而不实的《圣女贞德传》到一本内容猥亵以至从来没有印行过的小册子，但是他所有最佳的作品都围绕着密西西比河和狂野的西部矿业小镇。他生于一八三五年（他出身于美国南方家庭，家道只够拥有一两个奴隶），他的青年时期和早期成人时期正好处于美国的黄金时代，当时大平原刚刚开发，财富和机会似乎源源不绝，人们都感到十分自由，的确是十分自由，他们从来没有那么自由过，而且在以后几个世纪中也不会再那么自由。《在密西西比河上的生活》和我在上面提到的其他两部书都是趣闻逸事、景色描写、社会历史的大杂烩，既严肃又滑稽，但是它们有一个中心主题，也许可以归结为这么一句话:"这就是人在不怕丢饭碗的时候的行为举止"。马克·吐温在写这些作品时,并不是有意识地在写自由的赞歌。他主要是对"性格"发生兴趣,对人性在免除了经济压力和传统束缚后可能有的几乎是不可想象的变化发生兴趣。他笔下的筏工、密西西比河上的引水员、矿工、盗匪,大概不是过度夸张的,但是他们与现代人不同,而且相互之间也不同,就像一座中世纪大教堂的怪兽状滴水嘴互不相同一样。他们之所以能够形成奇怪的,有时是邪恶的个性,是因为没有受到任何外来压力的约束。那时国家几乎并不存在,教会很软弱,而且意见不一,土地则是任人攫夺的。如果你不喜欢你的工作,就揍你老板一拳,再向西远行就是。而且,钱多得要命,流通中的最小一枚硬币也值一个先令。美国的拓荒者不是超人,他们并不特别勇敢。采金的矿工吃苦耐劳,但是他们缺乏公共精神制服盗匪,整个的矿工小镇听任盗匪的吓诈。他们甚至免不了阶级虚荣。在矿工小镇街道上横行霸道的亡命之徒,背心口袋里插着大口径短筒手枪,身后有二十条命案,却身穿礼服上衣,头戴光洁的高礼帽,自称是一位"绅士",十分讲究饭桌上的礼貌。但是至少这种情况不同于一个人的出身就决定他的命运。在自由的土地尚存在的时候,"从圆木小屋到白宫"的神话确有根据。从某种意义上来说,就是为了这个,巴黎的暴民攻打了巴士底监狱,你在读马克·吐温、布勒特·哈特和惠特曼的时候,很难认为他们的努力是白费的。

但是,马克·吐温的目标不仅仅是当一个密西西比河和淘金热的记录者。在他的生前,他就以幽默作家和讲话滑稽的演说家闻名于世了。在纽约、伦敦、柏林、维也纳、墨尔本和加尔各答,对如今几乎毫无例外地不再好笑的笑话,当时听他讲时都笑得前俯后仰。(值得指出的是,马克·吐温的讲话只有遇到盎格鲁－撒克逊和德意志听众才成功。比较成熟的拉丁民族从来不喜欢，而他们自己的幽默据马克·吐温的说法总是围绕着性和政治）。但是此外，马克·吐温还有一些做社会批评家的，甚至某种哲学家的雄心。他的身上有一种反对偶像崇拜甚至革命的气质，他显然是想发挥这种气质，但是不知怎的从来没有充分发挥出来。他本来是很可能成为一个谎话的拆穿者，一个比惠特曼更有价值的民主的先知，因为他比惠特曼更加健康，更加幽默。但是他却变成了那种可疑的东西——一个"公众人物"，管护照的官员尊敬他，王公贵族招待他，而他的生涯反映了内战以后开始的美国生活的堕落。

有时有人把马克·吐温与他的同时代人阿那托尔·法朗士[①]相比。这种比较并不是像听起来那么没有意义。他们两个人都是伏尔泰的精神上的儿子，两人对生活都采取了一种讥嘲、怀疑的看法，而且还有一种用轻快高兴情绪掩盖起来的天生悲观情绪；两人都知道现存的社会秩序是个骗局，这个社会秩序所怀的信念大部分是错觉幻想。两人都是偏执的无神论者，而且深信（在马克·吐温身上这是达尔文起的作用）宇宙的不可承受的残忍。但是两人的相似之处到此为止。不仅是那位法国人的学识、教养、审美能力上要强得多，而且他也更加有勇气。他对于自己不相信的事情是勇于挞伐的；他不像马克·吐温那样总是躲在"公众人物"和特许认可的弄臣的和蔼可亲的面具后面。他完全有准备甘冒招致教会的不满的危险，在

---

① 阿那托尔·法朗士（Anatole France, 1844—1924），法国作家、文学评论家、社会活动家，著有《金色诗篇》等。

一场争议中站在不受欢迎的一边——例如，在德雷福斯案件[①]中。马克·吐温也许除了一篇《什么是人类》的短文之外，从来没有攻击既有的信念到有可能为自己招来麻烦的程度。而且他也从来不能断绝成功就是好事的想法，也许这是一种美国特有的想法。

在《在密西西比河上的生活》中，有一个小地方很奇怪地可以说明马克·吐温性格中这一主要弱点。在这部主要是自传性的作品的前部分，日期给改动了。马克·吐温写到自己作为密西西比河上引水员的经历时，好像自己当时只是个才十七岁的少年，而事实上他已到了快三十岁的壮年了。这么做是有原因的。这部书的同一部分写到他在内战中的事迹，这些事情显然不太光彩。而且，如果说马克·吐温打过仗的话，他开始时是站在南方一边打仗的，后来在战争结束之前才倒戈到北方一边。这种行为，在一个孩子身上比在一个成人身上更说得过去一些，因此他要改变日期。但是，也十分清楚，他之所以改变立场是因为他看到了北方就要取胜；这种凡有可能就要站在强者一边，相信强权就是真理的倾向，在他的一生之中很突出。在《艰苦岁月》中有一段关于一个名叫斯莱德的匪徒的有趣记述，他的种种暴行之中有一项是杀了二十八个人。很清楚，马克·吐温钦佩这个十恶不赦的歹徒。斯莱德是个成功者，因此马克·吐温钦佩他。这种观点在今天同样普遍，可以用一句颇有意味的美国式成语来概括："to make good"[②]。

---

[①] 德雷福斯案件，一八九四年，法国犹太裔军官德雷福斯被诬告通敌，判处终身监禁，此事轰动法国各界，左拉写《我控诉》为他鸣不平，在社会压力下，他终于一九〇六年经重审宣布无罪释放。

[②] 英文，做成功。

在内战以后的那个拼命捞钱的时期,有着像马克·吐温那样气质的人很难抵挡成功的诱惑。以亚伯拉罕·林肯为代表的那种老派的、简朴的、做巡回竞选演说的、口嚼烟草的民主政治已快消失:如今是廉价的移民劳动力和大企业成长的时代。马克·吐温在《镀金时代》里温和地讽刺了他的同时代人,但他同时也投身于这流行的狂热之中,大笔大笔的款项赚了又亏了。有一个时期,他甚至放弃写作下海经商;他把时间浪费在插科打诨上,不仅仅是做巡回演讲旅行和参加公众宴会,而是,举例来说,写作像《亚瑟王宫廷里的康涅狄格扬基》这样一本书,这本书曲意恭维美国生活中最糟糕的和最庸俗的一切东西。本来有可能成为一个乡下伏尔泰的人成了世界上头号餐后演说家,以他的趣闻逸事和让工商界人士感到自己是社会公益家的能力,取悦他们。

马克·吐温没有写他应该写的书,一般都责怪是他的妻子造成的,显然,她的确相当彻底地控制了他。每天早上,马克·吐温要把头天写的东西给她过目,而克莱门斯太太(马克·吐温的本名叫塞缪尔·克莱门斯)就用蓝铅笔检查一遍,删去所有她认为不合适的部分。即使用十九世纪的标准来衡量,她似乎也是个大刀阔斧的删改者。在威廉·迪安·豪威尔斯①的《我的马克·吐温》一书中,有一段记述《哈克贝利·芬历险记》中混进了一句可怕的骂人话而引起的争吵。马克·吐温向豪威尔斯求援,豪威尔斯承认"这正是哈克会说的话",但是又同意克莱门斯太太,这话是不能印出来的。这话是"地狱"。尽管如此,没有任何作家真正会成为他妻子的思想奴隶。克莱门斯太太是不可能制止马克·吐温写任何他真正要写的书的。

---

① 威廉·迪安·豪威尔斯(W.D.Howells,1837—1920),美国小说家,曾任《大西洋月刊》和《哈泼氏》编辑,是马克·吐温的良师益友。

她可能使他比较容易向社会投降，但是这种投降之所以出现是因为他自己性格上的天性毛病：他不能够视功名如粪土。

马克·吐温的好几本作品肯定是会流传的，因为它们含有无可估价的社会史。他的一生覆盖美国扩张的伟大时期。在他的童年时代，带一个野餐盒去观看废奴主义者被处绞刑是一件正常的野外远足，而在他死时，飞机已不是什么新鲜玩意儿了。美国这一时期所产生的文学相对来说比较少，要不是马克·吐温，我们关于密西西比河上明轮汽船的图像或者骑车穿过大平原的景象，就会黯淡无光得多。但是大多数研究过他的著作的人读完了都不免感到他完全可以写得更多一些。他始终给人一种这样奇怪的印象：欲言又止，因此《在密西西比河上的生活》以及其余作品都似乎笼罩着另外一部更伟大更明白的书的阴影。有意思的是，他在写自传时一开始就说，一个人的内心生活是无法描述的。我们不知道他可能会说什么——很可能，现在无法弄到的小册子《一六〇一》会提供一条线索，但是我们可以猜想，这会毁掉他的名誉，而使他的收入大大减少。

一九四三年十一月二十六日《论坛报》<br>董乐山　译

# 评纳拉亚纳·梅农《威廉·巴特勒·叶芝的发展》

马克思主义的文学批评在一个方面始终未能成功，那就是未能探究到"倾向性"与文体风格之间的相关性。一部作品的主题和意象可以用社会学术语来解释，但是，作品的实质内容却似乎不能这样解释。然而，其中必定有一些这种关联性，比如说，众所周知，一个社会主义者就不会像切斯特顿一样写作，一个帝国主义的托利党人①也不会像萧伯纳一样写作，至于人们是如何知道这一点的，就难以解释清楚了。至于叶芝，在他任性不羁甚至扭曲的写作风格与他颇难揣测的人生观之间，肯定存在着某种关联。梅农先生主要关心的是叶芝作品中的隐秘哲思，但是，他这部有趣作品中的多处引述却在提醒读者：叶芝的写作方式多么做作。一般来说，读者感觉这种做作风格属于爱尔兰特色，而叶芝甚至因多使用小词，而被称赞语言简朴，但读者难得在他诗作的连续六行中看不到古词语或故作风雅的字眼。就拿他最近发表的诗做例子吧：

---

① 托利党人，十七世纪末至十九世纪初，英国保守党人。该党赞成王权高于议会的权力。

若有老人的狂暴,
我必然重塑自己
成为泰门和李尔
或者捶墙撞壁的
那位威廉·布莱克
让真理服从他召唤。

其中"那位"两字并无必要,却为这首诗添加了矫揉造作的情感。同样的倾向性在叶芝的所有诗作中都有,只有他的最佳作品例外。他的作品难得不带一点"古雅",不但让人联想到九十年代、象牙塔和"有尿渍的绿色牛皮纸",而且还联想到拉克汉的画作、利伯蒂的艺术编织以及彼得·潘的梦幻岛,其中的《幸福的教区》尤其是个比较诱人的例子。但这点"古雅"并不碍事,读者并不十分留意。虽然他竭力追求的效果常常让人气恼,但也创造出一些词语(比如"扫兴笨拙的年份""挤满鲭鱼的海洋"等),这类词语让人耳目一新,仿佛在房间里看到一张姑娘的面孔。按照一般规律,诗人们并不使用理想化的语言,但他是个例外:

花费了多少个世纪
才让久栖的灵魂
在车载斗量的辛劳中
超越鹰苍和鼹鼠,
超越听觉和视觉,
超越阿基米德猜想,

把鲜活的生命

赋予那份美丽？

在这首诗中，他并不避讳像"美丽"这样用滥了的俗词儿，当然这并不严重损害这首精彩的诗文。但是，同样的倾向性加上一种无疑是故意的粗制滥造，却削弱了他诗歌中的讽刺和雄辩口吻。例如，他对咒骂《西方世界的花花公子》的批评家写的讽刺诗（我凭记忆引述）：

午夜的寒气袭来

阉人纷纷钻出地狱会面

在每一条拥挤的街道上观望

马背上的胡安威武雄壮；

他们口吐毒舌声嘶力竭

眼睛却盯在他强健的大腿上。

叶芝的内在力量实在太强大了，他的比喻信手拈来，在这首诗的最后一行制造出惊人的蔑视效果。但即使是在这首短诗中，也存在六七个没有必要的字眼。假如写得更精练些，口吻会更加强烈。

顺便说，梅农先生的书是叶芝的短篇传记，不过他格外感兴趣的是叶芝的哲理"体系"，照他看来，这个体系为叶芝提供的诗歌题材之广超过了一般人认识的范围。这一体系在各种地方支离破碎地陈述过，在一本名叫《洞察》的书中得到了全面而详细的阐述。这是一本由叶芝私人印的书，我没有读过，不过梅农先生大量引述过该书的内容。叶芝对这个体系起源的说法前后矛盾,梅农先生则露骨地暗示说,装作以该体系为基础的"文件"皆属虚构。梅农先生说,叶芝的哲理体系"几乎从一开始就支撑着他的知识生活。他的诗歌中充满了这种体系。假如没有这个哲理体系,他的晚期诗作几乎会变得彻底不知所云"。我们一开始阅读这个所谓的体系,就发现落入了哄骗的陷阱:什么大转轮、循环、月亮阴晴圆缺、转世轮回、虚无的灵魂、占星术以及诸如此类的东西。对于叶芝相信的这一切,他都回避做出字面解释,但他肯定涉猎过招魂说和占星术,早年还做过炼金术的试验。他的月相说让诸多解释掩盖得无法理解,但他这个哲理体系的核心思想似乎是我们熟悉的老朋友了:宇宙间万物周而复始地循环。也许我们无权嘲笑叶芝的神秘信仰,毕竟对神秘事物在某种程度上的信仰几乎是普遍现象,但我们也不该仅仅因为这属于微不足道的个人怪癖,就把这种事一笔勾销。这一点是梅农先生的认识,这也是他那本书中最让人感兴趣的一点。梅农说:"在最初的赞美热潮中,大多数读者没认识到,空想哲学是伟大而奇特智慧的基础。我们并没有意识到他要走向哪里。凡是意识到这一点的人,都赞同他最终采取的立场,其中就有庞德,也许还有艾略特。人们可能预料到,最初的反应并非来自有政治思想的年轻英国诗人。他们感到迷惑,不明白比《洞察》更灵活的体系或更自然的体系为何不能让叶芝晚年创作出伟大的诗作。"那可能不行,然而,梅农先生指出,叶芝的哲理中有一些非常阴险的含义。

如果用政治术语来解释,叶芝的倾向性就是法西斯主义。早在人们对法西斯主义闻所未闻之前,叶芝在他的大半生中,与通过贵族渠道接触到法西斯主义的人就有了相同的见解。对于民主、现代世界、科学、机器、进步观念。尤其是人类平等的观念,他深恶痛绝。他作品中的众多意象都是封建主义的，显然，他也未能完全避免普通的势利言辞。后来，这些倾向性越发明显地具体化了，他"狂热接受专制主义，认为那是唯一的出路。甚至暴力和暴政也未必邪恶，因为群众善恶不分，完全会心甘情愿默认暴政……一切力量来自统治者。群众没有任何力量"。虽然叶芝对政治没有多少兴趣，无疑也对自己短暂涉及政治感到厌恶，不过他仍然发表了几个政治声明。叶芝是个大人物，不能与常人分享自由主义的幻想。早在一九二〇年，他在一篇名副其实的著名文章中（《基督重现》）预言了我们如今形成的世界格局。但是他似乎欢迎这个"等级森严、阳刚好战、粗粝严酷、除旧图新"的时代到来，他也受到埃兹拉·庞德和形形色色的意大利法西斯主义作家的影响。他描述了自己盼望并相信最终会来临的新文明："形式最完美的贵族政治文明，生活中每个细节都有等级，黎明伊始，每位大人物的门前就挤满了请愿者，各地的财富集中在少数人手中，一切都仰赖少数人，仰赖皇帝，皇帝就是神，他仰赖更强大的天神。无论是在法院还是在普通家庭，是处处存在的不平等现象缔造了法律。"这个说法表现出的无知与势利嘴脸都很滑稽。叶芝一开始就直白地说："财富集中在少数人手中。"这等于揭发了法西斯主义的核心思想，但法西斯的所有宣传设计却是要掩盖这一点的。只不过法西斯的政治宣传总是声称，要为正义而战，但叶芝是位诗人，本来一眼就能看穿法西斯意味着非正义性，可他却为这种非正义性欢呼雀跃。与此同时，叶芝并没有看出，假如新的专制文明到来，却并不是贵族政治，也不是他所盼望的那种贵族政治。统治者将不是有着凡·戴克[①]画像中面孔的贵族，而是非贵族的百万富翁、靴子

---

[①] 凡·戴克（Sir Anthony van Dyck, 1599—1641），英国国王查理一世时期的宫廷首席画家，查理一世及其皇族许多著名画像均由他创作。

闪亮的官僚和杀人不眨眼的匪帮。其他犯过同样错误的人后来改变了观点。哪怕是出于同情，我们也不能相信，假如叶芝的生命更长久，会追随他的朋友庞德改弦易辙。在我前面引述的文章中，叶芝的倾向性十分明显，这种倾向性彻底抛弃两千年来积淀的优秀文明，这是一种令人忧虑的征兆。叶芝的政治观点是如何与其神秘主义倾向衔接在一起的？乍一看，仇恨民主和相信水晶球，这二者并没有明晰的联系。梅农先生就此所做的讨论十分简短，不过仍可以做两点猜测。首先，文明循环反复理论对那些憎恨人类平等的人是一条可利用的出路。既然事实上"所有这一切"或与之类似的事情"曾经发生过"，那么科学和现代世界的规律就顿时揭示出来了，进步便永远不可能发生。下等社会阶层一时跃升社会等级并无大碍，毕竟我们不久便会因循环返回暴政时代。拥有这种观点的人并非叶芝一人。如果宇宙是在一个巨轮上做圆周运动，那么未来就一定可以预见到，也许还能预见到一些细节。问题只剩下发现宇宙运动的规律了，这就像人类早期的天文观察者发现一年的天数。要是相信了这种观点，就难得不相信占星术或类似的说法。第一次世界大战爆发前一年，我翻看过一份名叫《甘果瓦》的周刊，这是法国法西斯分子的杂志，主要读者群是陆军军官。我在其中至少看到三十八条关于超人视力的广告。其次，神秘主义概念本身伴随着一种观点，认为知识是个秘密，仅限于由启动它的小圈子掌握。但这个观点也是法西斯主义不可分割的一部分。凡是惧怕普选制前景、惧怕教育普及、惧怕思想自由、惧怕妇女解放的人，便会开始偏爱秘密邪教。法西斯主义和巫术还有另一个相似之处，这便是二者都对基督教伦理充满深深的敌意。

叶芝的信念无疑是摇摆不定的，在不同时期持有不同观点，有些开明，有些则不。梅农先生重复艾略特描述叶芝的话，称叶芝的成长发展过程之长，超过了所有古今诗人。但是，在我的记忆中，他的作品至少有一点似乎是不变的，这便是他对现代西方文明的憎恨和回到铜器时代或回到中世纪的渴望。他跟所有持这种想法的人一样，在作品中赞美愚昧。在他非凡的剧作《沙漏》里，傻瓜的角色是个切斯特顿式的人物，是个"上帝的傻瓜""天生的笨蛋"，但他总是比聪明人更聪明。剧中的哲学家因浪费毕生搞研究得到的知识而丧命。我再次凭记忆引述如下：

> 世界潮流已经改变方向，
> 我的思想随之奔流
> 来到个云密雷鸣的泉眼
> 那是山泉之源；
> 啊，在头脑狂乱者心中，
> 我们的一切成就均已破灭，
> 我们的思想不过是一阵风。

辞藻华丽，但看得出，其深刻含义源自反启蒙主义分子和反动分子。假如一个乡下白痴真的比哲学家还聪明，那么文字还不如不发明的好。当然，对昔日的所有赞美在一定程度上是感伤的，因为我们并不生活在过去。穷人并不赞美贫穷。虽然他蔑视机器，但机器肯定将人类从牲畜般的劳役中解放了出来。不过，这并不等于说，叶芝对原始和等级分明时代的渴望缺乏真诚。这一切在多大程度上可以追溯到他没落贵族的势利态度，这个问题很难回答。他的反启蒙主义思想和他使用语言的"古雅"倾向之间有何关联性，这一点仍有待查明。梅农先生几乎没有谈及这个问题。

　　梅农这本书很薄，我非常希望看到梅农先生继续写作，接着这本书，继续写一本关于叶芝的书。梅农在这本书的末尾写道："我们时代最伟大的诗人也热切地迎来了法西斯主义时代，这是个令人不安的征兆。"这是个令人不安的征兆，因为它不是一个孤立事件。从整体上看，我们时代最好的作家在倾向性上处于反动状态，虽然法西斯主义并不能让他们回归过去，但渴望回到过去的作家也更容易接受法西斯主义，而不是其他可能的替代思想。但是，我们在过去两三年中看到，其他途径是存在的。法西斯主义与文人之间的关系亟待研究，叶芝或许就是个研究的起点。梅农先生这样的人就能仔细研究他，因为梅农知道如何接近一位诗人，还懂得一位作家的政治和宗教信仰不像皮肤上长出的小瘤，不可能一笑置之，这些东西在他们作品最微小的细节里也会留下痕迹。

一九四三年一月《地平线》<br>
贾文浩　贾文渊　译

# 为佩·格·沃德豪斯辩

一九四〇年初夏德军通过比利时境内迅速向前推进时，他们的俘获物中有佩·格·沃德豪斯①先生，在战争初期他一直生活在勒土基的别墅里，直到最后一分钟为止，似乎都没有意识到他已身处危境。当他被俘带走时，据说他说了这么一句话："也许在这以后我要写一本严肃的书。"他暂时处于软禁之下，从他后来说的话看，他似乎受到了相当友善的对待，驻在附近的德国军官常常来"串门洗个澡或者参加社会聚会"。

一年多以后，在一九四一年六月二十五日，有消息传来沃德豪斯已经获释，住在柏林的阿德隆饭店。第二天，大家都惊异地获悉，他已同意在德国电台做几次"非政治"性质的广播。到今天为止仍不容易弄到这些广播的全文，但是沃德豪斯在六月二十六日到七月二日之间似乎一共做了五次广播，后来德国人又不要他再做了。第一次广播是六月二十六日，不是在纳粹电台上做的，而是采取接见哥伦比亚广播公司代表哈里·弗莱纳里的访问的形式，当时该公司在柏林仍派有记者。沃德豪斯也在《星期六晚

---

① 佩·格·沃德豪斯（P.G.Wodehouse, 1881—1975），英国小说家，以描绘爱德华国王时代英国绅士的滑稽小说著称。

邮》杂志发表了一篇文章，那是他还被关在拘留营时写的。那篇文章和广播主要是谈沃德豪斯被拘留的经历，不过它们的确包含了几句关于战争的话。下面是一些大致的内容：

> 我对政治从来不感兴趣。我很难发作任何一种好斗的情绪。就在我对某一国家开始感到一些好斗的情绪时，我就会遇到一个正派的家伙。我们一起出去，这样就失掉了任何好斗的想法或情绪。
>
> 不久之前，他们看了一下我们列队行进，得到了正确的结论；至少，他们把我们送到了当地的疯人院。我在那里待了四十二个星期。可以为拘禁说许多好话。它使你不上酒店，让你有时间读书。主要缺点是你很久不能回家。我再见到妻子时，为了保险起见，最好随身带一封介绍信。
>
> 在战前的日子里，我身为英国人不免感到有些自豪，但是如今，我在这个英国人成堆的疯人窝里待了几个月，我就不大有把握了……我要求德国做的唯一让步是给我一块面包，并且告诉大门的守卫闭一只眼睛，其余就不必管我了。作为回报，我准备交出印度，一套签名的书，以及在暖气管上烤土豆片的秘诀。这个建议的有效期一直到下星期三。

上述第一段引语引起了极大反感。有人还攻击沃德豪斯（在接见弗莱纳里时）用了"不管英国赢不赢战争"这样的话，而且他在另一次广播中谈到同他一起被拘的一些比利时俘虏的不卫生习惯，反而把事情弄得更糟了。德国人把广播录了音，反复播放了几次。他们对他谈话的监督似乎很随便，不仅让他对拘禁带来的不便讲笑话，而且说："在特罗斯特营中的所有被拘者都衷心相信英国会获得最后胜利"。但是，这些谈话的总体印象是，他没有受到虐待，而且他不怀恨意。

这些广播在英国立即引起舆论大哗。议会中有人提出了质询，报纸上出现了愤怒的社论，作家同行纷纷写信异口同声地表示谴责，尽管有一两个人建议不要仓促做出判断，有几个还申辩说沃德豪斯大概没有认识到自己在干什么。七月十五日，英国广播公司国内部广播了《每日镜报》上刊载的"卡桑德拉"①写的一段猛烈的"附言"，攻击沃德豪斯"卖国"。这段附言随意用了"卖国贼"和"崇拜元首"等字眼。攻击的主要内容是沃德豪斯同意为德国做宣传以交换自己从拘留营中获释。

"卡桑德拉附言"引起了相当多的人的抗议，但总的来说，它似乎加深了大家对沃德豪斯的反感。其中一个结果是，许多出租图书馆都从书架上抽下了沃德豪斯的作品，停止流通。下面这条消息是典型的例子：

> 在听到了《每日镜报》专栏作家卡桑德拉的广播以后二十四小时，北爱尔兰波特唐市区委员会禁止下属图书馆出借佩·格·沃德豪斯的书。爱德华·麦坎恩先生说，卡桑德拉的广播给事情定了性。沃德豪斯不再幽默可笑了。(《每日镜报》)

除此以外，英国广播公司禁止广播沃德豪斯写的歌，一两年以后还是如此。直到一九四四年十二月，议会中还有人要求，应该把沃德豪斯当作

---

① 卡桑德拉，此处指《每日镜报》一专栏作家的笔名。卡桑德拉是希腊神话中做悲观预言的特洛伊国王之女。

卖国贼加以审判。

有一句老话说,你向人扔脏土扔多了,总有一点脏土会沾在他身上的,扔在沃德豪斯身上的脏土沾得有些特别。留下的印象是,沃德豪斯的谈话(这并不是说有什么人记得他说了些什么话)表明他不仅是个卖国贼而且是个在意识形态上的纳粹主义拥护者。甚至在当时就有几封写给报纸的信声称,在他的书中可以察觉出"法西斯主义的倾向",这个指责以后重复了好几次。我在下面要分析一下这些书的心理氛围。但是必须认识到,一九四一年的事件并不能判定沃德豪斯除了愚蠢以外还有什么过错。真正令人感兴趣的问题是,他为什么会这么愚蠢。当弗莱纳里一九四一年六月在阿德隆饭店见到沃德豪斯(他虽然已被释放但仍受看管)时,他立刻看出他在同一个政治上天真的人打交道,他在准备广播访谈时必须提醒沃德豪斯不要说不该说的话,其中之一是稍有反俄含义的话。事实是,"不管英国赢不赢这场战争"这句话却给漏过了。访谈以后不久,沃德豪斯就告诉他,他还要在纳粹电台上广播,显然没有认识到这一行动有什么特殊意义。弗莱纳里评道:

> 到这时,"沃德豪斯方案"的意图已十分明显。这是纳粹战时宣传最佳手法之一,第一次从人情的角度……普拉克(戈培尔的助手)到格莱维茨附近的营地去看沃德豪斯,发现这位作家一点没有政治头脑,于是就有了一个主意。他向沃德豪斯建议,作为从俘虏营放出来的回报,他写一系列广播稿谈谈他的经历,不会有什么检查,他可以亲自上电台播出。普拉克提出这次建议证明他很了解他手头掌握的这个人。他知道,沃德豪斯在他所有的小说里都取笑英国人,他很少用别的方式写东西,他仍旧生活在

他所写的那个时代里,对纳粹主义以及它的一切含义都没有任何概念。沃德豪斯是他自己的伯蒂·伍斯特①。

沃德豪斯和普拉克达成了实际的交易似乎只是弗莱纳里自己的解释。这项安排也许不是这么明确,而且从广播稿本身来判断,沃德豪斯做广播的主要想法是要同他的读者保持接触——这是喜剧家的凌驾一切的感情——和博得一笑。显然,这些广播不是埃兹拉·庞德或约翰·艾默里②那一类型的卖国贼说的话,也许,也不是能了解吉斯林③主义性质的一个人。他还说,沃德豪斯(虽然在一次广播中曾自称是英国人)似乎把自己看成是美国公民。他曾考虑过归化,但从来没有填写必要的表格。据弗莱纳里说,他甚至说了这么一句话:"我们没有同德国作战。"

我的面前有一份沃德豪斯著作书目表。它列举了大约五十本书,但肯定是不完全的。最好是说老实话,我一开始就应该承认沃德豪斯的许多作品——也许占总数的四分之一或三分之一——我没有读过。要把一个一般以廉价版形式出版的流行作家的全部作品都读过,的确是不容易的事。但是我从一九一一年八岁那一年起是相当紧随不舍地读他的作品的,对他作品的特殊精神气质相当熟悉——这种气质当然不是一成不变的,但是从

---

① 伯蒂·伍斯特,沃德豪斯几部小说中的主人公,一个典型的英国绅士,没有他的贴身男仆杰弗斯简直寸步难行。

② 约翰·艾默里(John Amery, 1912—1945),英国右翼政治家,为一九四〇年至一九四五年任印度大臣的保守党爱国议员利奥·艾默里之子。热烈崇拜希特勒,战时在德国广播,号召英国战俘为德国对英俄作战,并在欧洲占领区各地为德国政权公开辩护。一九四五年十二月被英军以叛国罪处决。——原注

③ 维德孔·吉斯林(Vidkun Quisling, 1887—1945),挪威政治家,在二战初期德军入侵后与德合作,任傀儡政府首脑,德国投降后以叛国罪被处决。"吉斯林"后为"卖国贼"的同义词。

一九二五年起很少变化。从我在上面引用的弗莱纳里书中的一段话里，有两句话一定会立即引起留心阅读沃德豪斯的读者的注意。一句话大体上是说，沃德豪斯"仍生活在他所写的那个时代里"，另一句话是，纳粹宣传部利用他是因为他"取笑英国人"。第二句话所根据的是个错误的概念，我稍后就要提到。但是弗莱纳里那另一句话却是相当真实的，其中包含了了解沃德豪斯行为的一部分线索。

关于沃德豪斯的小说，人们往往很容易忘记的一点是，这些小说中比较有名的几部是多久以前写的了。我们在某种意义上把他看作二十年代和三十年代的可笑性格的代表作，但是事实上，大家最记得的他所创造的场景和性格都是在一九二五年以前出现的。普斯密斯首次出现是在一九〇九年，他被早期的学校生活小说中的其他人物掩盖了。布兰丁斯城堡和其中住的巴克斯特和埃姆斯沃恩伯爵是一九一五年在作品中出现的。杰弗斯－伍斯特系列小说是一九一九年开始的，这两人在以前也曾短暂出现过。尤克里奇出现在一九二四年。你若翻阅一下沃德豪斯从一九〇二年起的著作书目，就可以看到有三个界限相当明显的时期。第一个时期是学校生活小说时期，包括像《金球棍》《波特亨特一家人》等，以《麦克》（一九〇九）为高峰。次年出版的《金融界的普斯密斯》也属于这一类，虽然它并不直接写学校生活。第二阶段是美国时期。沃德豪斯从一九一三年到一九二〇年似乎住在美国，有一阵子在用字和看法方面表现出有美国化的倾向。在《有两只左脚的人》（一九一七）所收的几篇故事中看来受到欧·亨利的影响，在这一时期写的其他作品都有美语出现（如以"highball"代替"威士忌"掺苏打水），而英国人一般是不会用在有适当身份的人身上的。尽管如此，这个时期几乎全部作品都是以英美举止不同的对比来取得效果的。英国人物出现在美国的环境中,或者倒过来;也有一定数量的纯英国小说,但很少纯美国小说。第三个时期可以恰当地称为乡下别墅时期。到二十年代初期,沃德豪斯大概收入颇丰,他的人物的社会地位相应上移,尽管尤克里奇小说是部分例外。如今典型环境是乡间巨宅,或者豪华舒适的单身公寓,或者花费昂贵的高尔夫俱乐部。早期作品中学童体育活动逐渐淡出,板球和足球让位于高尔夫球,滑稽闹剧的成分更加突出。没有疑问,后来的许多作品如《夏日雷电》是轻喜剧而不是闹剧,但是在《新闻记者普斯密斯》等作品和一些学校生活故事中可以看到的偶尔在道德上表现出热诚来的尝试已不再见。麦克·杰克森变成了伯蒂·伍斯特。不过,这并不是十分令人意外的蜕变,而且,沃德豪斯最令人注目的一件事是,他缺乏发展。在二十世纪开始几年写的作品如《金球棍》和《圣奥斯丁教堂的故事》已经有了我们熟悉的气氛。他后来作品中有了多少公式化的成分,可以从下面这个事实看出来:虽然在他被拘禁前十六年中他一直生活在好莱坞和勒土基,但他却始终继续写英国生活的小说。

《麦克》如今已很难找到未经删节的版本了,它肯定是英国描写学校生活的最佳"轻松"作品。但是,书中发生的事虽然基本上都是闹剧性质,却决不是对公学制度的讽刺。而《金球棍》《波特亨特一家人》更不是。沃德豪斯是在杜尔维治受教育的,然后在银行工作,他是经过非常低级廉价的新闻写作发展成写小说的。显然,多年之中他仍"钟情"于学校生活,厌恶一点也不浪漫的工作和自己所处的下层中产阶级生活环境。在他的早期作品中,公学生活的"时髦"(球类比赛、高年级学生使唤低年级学生、围炉喝茶等)受到了过分的渲染,而"随俗从流"的道德规范是未经很多保留地加以接受的。沃德豪斯想象中的里金公学是一所比杜尔维治时髦的学校,你的印象是,在《金球棍》(一九〇四)和《麦克》(一九〇八)之间,里金公学的费用更加昂贵,离伦敦更远了。从心理上说,沃德豪斯的早期作品中最能说明他的心态的是《金融界的普斯密斯》。麦克·杰克森的父亲突然亏了老本,麦克像沃德豪斯本人一样才十八岁就不得不到一家银行去做收入不高的低级职员。普斯密斯也是做同样的工作,不过不是出于经济所迫。此书和《新闻记者普斯密斯》(一九一五)之所以不平常是在于它们表现出一定程度的政治觉悟。普斯密斯在这个阶段自称社会主义者——在他的心中,而且无疑也在沃德豪斯的心中,这不过意味着不看重阶级区分——而且有一次,两个学生参加了克拉帕姆公园的露天集会后与一个上了年纪的社会主义演说家一起回家去喝茶,那人的寒酸的家是写得相当准确的。但是这本书最令人注目的特点是麦克没有能力与学校的气氛告别。他去参加工作,一点也不装作有什么热情,他的主要欲望不是像你可能所想象的那样找一个比较有趣和有用的工作,而只是玩板球。当他得为自己找个住处时,他选择住在杜尔维治,因为他可以离一所学校近一些,可以听到板球棍击到球时的悦耳声音。本书的高潮是麦克有机会在县里一场比赛中打球,为此就随便离了职,值得注意的是沃德豪斯在这里是同情麦克的:的确,他认同麦克,因为很清楚,麦克同沃德豪斯的关系就如于连[①]同司汤达的关系。不过他也创造了许多基本上是相同的其他主人公。在这一时期和下一时期的书中,有整整一系列的年轻人,对他们来说,打球和"保持身体健康"就是一生有意义的工作。沃德豪斯简直不能想象还有更合适的工作。最主要的事是要有自己的钱,如果做不到,就找个待

---

[①] 于连,司汤达的小说《红与黑》中的主人公。

遇优厚的工作。《新鲜事儿》(一九一五)中的主人公给一个消化不良的富翁充当体育锻炼的教练,从而逃脱了低级新闻工作;这被认为不论在精神上和经济上都升了一个档次。

在第三阶段的作品中,再也没有顾影自怜的成分和严肃认真的插曲了,但是隐含的道德和社会背景比乍看之下的变化要少得多。如果你把伯蒂·伍斯特同麦克相比,或者甚至同早期学校生活故事中踢足球的班长相比,你可以看到他们之间的唯一真正不同是,伯蒂更有钱、更懒惰。他的理想与他们的几乎相同,但是他没有能够实现他的理想。在《阿却的不慎》(一九二一)中,阿却·莫法姆是介乎伯蒂和早期主人公之间的一种类型:他是个蠢货,但是他诚实、心肠好、爱运动、有勇气。沃德豪斯从头至尾都把公学行为准则视为天经地义的事,不同的是,在他后期比较成熟的作品中,他喜欢让他的人物违背这个准则,或者违心地遵守这个准则:

"伯蒂!你不会扔下哥们不管吧?"
"是的,我会的。"
"可咱们是一起上学的呀,伯蒂。"
"我才不在乎呢。"
"咱们的母校,伯蒂,母校!"
"嘿,去他妈的!"

伯蒂是个懒洋洋的堂吉诃德,不想持矛去刺风车,但是当荣誉要求他这么做的时候他是不会想到拒绝的。沃德豪斯当作令人同情的角色来写的人物大多数是寄生虫,他们有些人简直是低能儿,但是只有很少几个可以称为不道德的。甚至尤克里奇也是一个虚幻的而不是实际的恶棍。沃德豪斯的人物中最不道德的,或者应该说最非道德的是杰弗斯,他是当作品格相对高尚的伯蒂·伍斯特的陪衬出现的,英国人认为聪敏和奸诈完全是一回事,他也许是作为这种普遍信念的象征。沃德豪斯坚信传统道德到什么程度可以从下面这个事实看出来:他的作品中没有任何地方出现过任何有关性的笑话一类的东西。这对一个滑稽作家来说是一种很大的牺牲。不仅是没有荤笑话,而且几乎没有什么可以招人物议的场景:戴绿帽子的情节完全避免。当然,大多数长篇小说总含有"爱情因素",但总是保持在轻喜剧的水平上:偷情事件总是不断发生,还有它所带来的连带后果以及它的浪漫场面,但是正如俗话所说:"结果什么事情也没有发生"。有意思的是,沃德豪斯按其本性是一个闹剧作家,他居然能够与伊恩·海伊不止一次地合作,后者是一个表面诙谐而寓意严肃的作家,而且是极其愚蠢可笑的"洁身自好的英国人"传统的拥护者。

在《新鲜事儿》中,沃德豪斯发现了英国贵族身上的喜剧因素,于是随之出现了一系列的滑稽可笑,但是——除了极少数例外——实际上并不令人可鄙的男爵、伯爵以及诸如此类的人物。这造成了一种相当令人奇怪的效果:使得沃德豪斯在国外被认为是英国社会的入木三分的讽刺家。因此才有弗莱纳里说沃德豪斯"取笑英国人"的话,这大概是他会对德国读者甚至美国读者造成的印象。在柏林广播后,我曾与一个印度民族主义者讨论这些广播,他为沃德豪斯做了热烈的辩护。他视为毫无疑问,沃德豪斯已投向敌人一边,而从他的观点来看,这是应该做的正确的事。但是使我感到有趣的是我发现他把沃德豪斯看成是一个反英作家,因为让英国贵族现了原形而做了一件好事。这是一种错误,一个英国人是很难犯这种错误的，这也是一个很好的例子，说明一本书，特别是幽默的书到了外国读者那里会失掉它们的比较细微的含义。因为十分清楚，沃德豪斯不是反英的，也不是反上层阶级的。相反，从他的全部作品中都可以觉察到一种无害的、老式的势利虚荣心态。正如一个有见识的天主教徒能够看到波德莱尔或乔伊斯的亵渎词句并不真正损害到天主教的信仰一样，一个英国读者能够看到，沃德豪斯创造了名字叫作希尔德布兰德·斯宾塞·邦斯·德伯格·约翰·汉纳赛德·康比－克隆比的第十二世德里佛伯爵这样的人物，并不是当真在攻击社会等级制度。说真的，一个真正鄙视贵族封号的人是不会这么热衷于写它们的。沃德豪斯对英国社会制度的态度是同他对公学道德准则的态度一样的——温和的玩笑下面掩盖着不假思索的接受。埃姆斯沃恩伯爵之所以可笑是因为做伯爵的应该更有尊严，而伯蒂·伍斯特不可救药地要依赖杰弗斯之所以可笑，一半是因为仆人不应该胜过主人。美国人可能把这两个人，以及其他像他们的人，错当了被加以恶意丑化的人物。因为美国人本来早就是讨厌英国人的，而这两人符合他们关于没落贵族的先入之见。伯蒂·伍斯特和他的鞋罩[①]和手杖是传统的舞台上常见的英国人形象。但是任何一个英国读者都可以看出，沃德豪斯是把他写成一个令人同情的人物的，而沃德豪斯的真正罪过是把英国上层阶级写成比他们实际要好得多。在他的全部作品中，有些问题始终给避免了。几乎无一例外，他的有钱的年轻人都是态度随和容易相处的，一点也不贪得无厌；普斯密斯为他们定了调子，他保持了他自己的上层阶级的外表，而对所有人都叫"哥们"，这样就填补了社会地位的鸿沟。

---

① 鞋罩，当时英国上层阶级流行在皮鞋上面盖有呢质鞋罩保暖。

但是，在伯蒂·伍斯特身上还有一点很重要：他已经过时。伯蒂是在一九一七年左右构想出来的，实际上属于比这更早的时代。他是一九一四年以前的时期的"公子哥儿"。沃德豪斯喜欢写的那种生活，俱乐部会员或者场面上的人的生活，腋下夹着手杖、襟上插着康乃馨花、整个上午在皮卡迪利①里闲逛的时髦年轻人，很少能延续到二十年代。有意思的是，沃德豪斯在一九三六年还能够出一本叫《脚穿鞋罩的年轻人》。因为在那时候还有谁仍穿鞋罩呢？鞋罩在十年前早已不流行了。但是传统的"公子哥儿"，皮卡迪利哥们，应该穿鞋罩，正如哑剧中的中国人应该拖辫子一样。幽默作家是不需要跟上时代的，沃德豪斯碰巧找到了一两条好矿脉，就继续经常利用它们，对他来说，这么做只有更加方便些，因为他在被拘禁前十六年中没有登上过英国土地。他的英国社会的图像是在一九一四年形成的，这是一种天真的、传统的，但是实质上是令人留恋的图像。他也从来没有真正美国化。我在上文已经指出，在中期的作品中确有来得自然的美语出现，但是沃德豪斯仍有足够的英国人气质，觉得美国俚语是一种很好玩但有些叫人吃惊的新鲜玩意儿。他喜欢在瓦尔杜街英语②中插进一句美国俚语或者一件粗野生硬的事儿。但是这种手法在他与美国有任何接触之前就形成了，他断章取义引用别人的话是英国作家常用的伎俩，可以追溯到菲尔丁。约翰·海华德先生指出，沃德豪斯熟读英国文学，获益匪浅，特别是莎士比亚的作品。显然，他的作品的对象不是高雅读者，而是受一般教育的读者。例如，当他描写某人叹了一口"普罗米修斯在兀鹫扑下来

---

① 皮卡迪利，伦敦繁华中心。
② 瓦尔杜街英语，瓦尔杜街昔日是假古董店集中的地方，今为英国电影业中心。瓦尔杜街英语意为仿古英语或老式英语。

饱餐一顿时可能叹出的气"时,他假定他的读者知道一些希腊神话。他早期钦佩的作家大概是巴里·潘恩、杰罗姆·克·杰罗姆、W.W.杰可布斯、吉卜林和F.安斯推①,而且他一直比较接近他们,胜过像林·拉德纳或达蒙·鲁尼恩②这样节奏快的美国喜剧作家。沃德豪斯在接见弗莱纳里的广播谈话中表示,他不知道"我写的那种人和那种英国是否能活到战后",其实他根本没有意识到他们当时已经是鬼魂了。弗莱纳里说:"他仍生活在他所写的那个时代里",这话的意思也许是指二十年代。但他的时代实际上是爱德华国王时代,而且伯蒂·伍斯特如果真有其人的话在一九一五年左右就已经被打死了。

如果我对沃德豪斯的心态的分析可以接受,那么他在一九四一年是有意识帮助纳粹宣传机器的看法就不能成立了,而且甚至是滑稽可笑的。可能他是因为答应早日释放他(他是在几个月后快到六十岁生日时获释的)的诱惑而做广播的,但是他当初不可能认识到他这么做会有损英国利益。我在上面曾经设法说明,他的道德观仍是一个公学学生的道德观,而依照公学行为准则,战时叛国行为是所有罪行中最不可宽恕的。但是他怎么可能不了解他干的事会在宣传上使德国人大大得利,而且会为自己招来一阵猛烈谴责呢?要回答这一问题,有两点你必须考虑到。一是沃德豪斯完全缺乏——从他出版的作品来看——政治意识。说什么他的书中有"法西斯主义倾向"完全是胡说八道。书里一点也没有一九一八年后的各种倾向。

---

① 巴里·潘恩、杰可布斯、安斯推三人生卒年月和作品不详。杰罗姆·克·杰罗姆(Jerome K.Jerome,1859—1927),英国幽默作家,著名作品有《三人同舟》。

② 林·拉德纳(Ring Lardner,1885—1933),美国幽默作家、记者。达蒙·鲁尼恩(Damon Runyon,1884—1946),美国短篇小说家,作品多以百老汇为背景,下层社会人物为刻画对象。

在他的作品中，对于阶级区别问题始终有一种不安的意识，在不同时期里都零星分散地提到过社会主义，虽然他对社会主义是无知的，但不是完全不友好的。在《傻瓜的心》（一九二六）中，有一个关于一个俄国作家的很可笑的故事，似乎是受到当时苏联国内的激烈宗派斗争的启发。但是书中提到苏维埃制度的话都只涉及微不足道的小事，而且考虑到时间，并不十分有敌意。沃德豪斯的政治意识就大概到此为止，这是就他的作品中能发现的而言。就我所知，他在任何地方都没有使用"法西斯主义"或"纳粹主义"这种词语。在左翼圈子里，甚至在任何一种"开明的"圈子里，在纳粹电台上发表广播讲话，同纳粹打任何交道，在战时就像在战前一样令人震惊。但是这是一种在几乎十年期间里同法西斯主义进行意识形态斗争中养成的思想习惯。你应该记住，大部分英国人民直到一九四〇年的时候，对那场斗争还一直是麻木无知的。埃塞俄比亚、西班牙、奥地利、捷克斯洛伐克———一长串的罪行和侵略都在他们的意识旁边滑过，或者只是隐约地被注意到，因为外国人之间的争吵"不关咱们的事儿"。这种普遍的无知状态，你可以从下面这一事实中衡量出来：普通英国人把"法西斯主义"视为完全是意大利的事，当这一词用在德国时，他们竟感到迷惑不解。沃德豪斯的作品中没有任何东西表示他了解得比他的一般读者更多一些，或者对政治更有兴趣一些。

　　还有一点不能忘记：沃德豪斯正好是在战争达到绝望阶段时被俘的。我们如今都已忘记这些事情了，但是在这以前，关于战争的情绪一直特别淡漠。说不上有什么仗在打，张伯伦政府不得人心，著名的政论家暗示我们应该尽快做出妥协媾和，全国各地的工会和工党分部都在通过反战决议。当然，后来情况有了变化。军队历经艰辛从敦刻尔克撤离，法国垮台，英国孤立无援,伦敦弹如雨下,戈培尔宣布要把英国"夷为平地",使之成为"一片废墟,陷于贫困饥饿"。到一九四一年年中,英国人民明白了他们面对的是什么,抗敌情绪要比以前强烈得多。但是沃德豪斯在这一年里是在拘留营中度过的,他的俘获者待他似乎不错。他错过了战争的转折关头,在一九四一年,他的反应仍是一九三九年的。在这方面,不止他一个是如此。在这个时期里有好几次德国人把被俘英国兵带到话筒前面,他们之中有一些人讲了至少同沃德豪斯一样失策的话。但是,他们没有引起注意。甚至像约翰·艾默里那样的不折不扣的英奸后来引起的义愤也比沃德豪斯少。

为什么?为什么一个上了年纪的小说家说了一些无害的蠢话会引起这样的喧嚷?你必须在宣传战的肮脏需要中去寻找可能的答案。

在沃德豪斯的广播方面有一点几乎肯定是有意义的——那就是日期。沃德豪斯是在发动对苏联的进攻前两三天获释的,在那时候,纳粹党的高级领导一定已经知道了进攻迫在眉睫。尽量拖延美国参加战争极其重要,事实上,大概就在这个时候,德国对美国的态度确实变得比以前更加缓和了。德国很难打败俄国、英国和美国加起来的力量,但是如果他们能很快地把俄国解决掉——他们大概是这么打算的——美国就可能永远不会插手了。释放沃德豪斯只是个小动作,但是对美国孤立主义者却是不错的小让步。他在美国有名气,而且他——至少德国人是这么计算的——在憎厌英国的美国公众中间是很吃香的,因为作为一个"漫画家",他取笑脚穿鞋罩、眼戴独目镜片的可笑而又愚蠢的英国人。在话筒之前,可以相信他能多少破坏一些英国的声望,而他的获释可以向世人表明,德国人不错,知道怎样以绅士风度对待他们的敌人。他们的计算大概是这样,虽然沃德豪斯只广播了大约一个星期,这一点说明他不负他们的期望。

但在英国一边,也在打同样的虽然是相反方向的算盘。在敦刻尔克之后两年来,英国的士气主要依赖于这样的感觉:这不仅是一场保卫民主的战争,而且也是一场普通老百姓必须靠自己的努力来取胜的战争。上层阶级由于他们的姑息政策和一九四〇年的败绩而声誉扫地,一种拉平社会地位的过程似乎已经发生。在人们的心目中,爱国主义和左翼情绪是连在一起的,许多能干的记者都在努力把这种联系弄得更紧。普里斯特利[①]一九四〇年的广播和《每日镜报》上"卡桑德拉"的专栏文章是当时风行一时的鼓动宣传的很好例子。在这种气氛中,沃德豪斯成了一个理想的替罪羊。因为大家普遍觉得有钱人是奸诈不忠的,而沃德豪斯正像"卡桑德拉"在他的广播中竭力指出的那样是个有钱人。但他又是那种可以随意攻击而无虞后果的有钱人,攻击他不会有对社会结构造成损害的危险。谴责沃德豪斯不像谴责比弗布鲁克[②]。他不过是个小说家,不论他的进账可能有多大,不是属于拥有阶级。即使他的进账一年达五万英镑,他也不过在外表上像个百万富翁。他是个圈外的幸运儿,碰上了财运,通常是极为短暂的财运,就像赛马中了头彩。因此,沃德豪斯的失言成了很好的宣传缺口,可以有机会"揭露"一个有钱的寄生虫而不致引起人们对真正举足轻重的任何寄生虫的注意。

在当时的绝望的处境中,对沃德豪斯所做的事表示愤慨是可以原谅的,但是在事过境迁之后三四年再写他,而且让大家仍保持他有意识叛国的印

---

[①] 普里斯特利(J.B.Priestley,1894—1984),英国小说家、剧作家,著有流浪汉小说《好伙伴》。

[②] 比弗布鲁克(William Maxwell Aitken,1879—1964),英国报业巨子,拥有《每日快报》等多家报纸,战时曾任飞机生产大臣。

象，那就不可以原谅了。在这场战争中，很少有比目前追查叛徒和英奸的事更加令人在道德上感到恶心了。从最好的方面来说，这基本上是有罪的人惩罚有罪的人。在法国，各种各样的小耗子——警官、卖文为生的记者、同德国兵睡过觉的女人——受到了追捕，而大耗子却毫无例外地逃脱了。在英国，对英奸进行最激烈攻击的是在一九三八年执行姑息政策的保守党人和在一九四〇年主张这一政策的共产党人。我在这篇文章中竭力想要说明，可怜的沃德豪斯只是因为作品成功和侨居国外使他有可能在思想上仍停留在爱德华国王时代，以致成了一场宣传试验中的试验品，我认为现在应当是结束这个事情的时候了。如果埃兹拉·庞德被美军当局逮到枪决，这会产生确立他诗人名声几百年的效果；即使在沃德豪斯身上，如果我们把他逼得远走美国并且放弃英国国籍，我们就会造成自己痛感羞耻的结果。与此同时，如果我们真的要惩罚在关键时刻败坏国民士气的人，那么就在国内，就有别的罪人更值得花力气追查。

写于一九四五年二月
刊于一九四五年七月第二期《风车》

董乐山　译

# 评扎米亚金的《我们》

在听说了它的存在好几年之后，我终于弄到了一本扎米亚金写的《我们》，在这焚书的年代里，这是文学珍品之一。我查阅了格莱勃·斯屈夫的《苏俄文学二十五年》，找到了它的历史如下：

一九三七年死于巴黎的扎米亚金是一位俄罗斯小说家和批评家，他在革命前和革命后都出过几部书。《我们》写于一九二五年，虽然它写的不是俄罗斯，而且同当代政治没有直接关系——这是一部关于二十六世纪的幻想故事——但却因意识形态上不宜的理由而遭拒绝出版。一份原稿被带到了国外，该书便以英、法、捷文译本出版，但从来没有用俄文出版。英译本是在美国出版的，我一直没有能够买到一本。但是法文译本是有的，我终于借到了一本。在我看来，这并不是一本第一流的书，但是它肯定是一本不同寻常的书，居然没有一个英国出版商有足够的魄力重新印行，真是令人奇怪。

关于此书，任何人会注意到的第一点是——我相信从来没有人指出过——阿道司·赫胥黎的《美丽新世界》有一部分一定是取材于此的。两本书写的都是人的纯朴自然精神对一个理性化的、机械化的、无痛楚的世界的反叛，两个故事都假定发生在六百年以后。两本书的气氛都相似，大致来说，描写的社会是同一种社会，尽管赫胥黎的书所表现的政治意识少一些，而受最近生物学和心理学理论的影响多一些。

在扎米亚金笔下的二十六世纪里，乌托邦里的居民已完全丧失了他们的个性，以致只以号码相称。他们生活在玻璃房子里（这是写在电视发明之前），使得名叫"监护人"的政治警察可以更加容易地监视他们。他们都身穿同样的制服，说起一个人来不说是"一个人"，而说是"一个号码"或者"一件制服"。他们吃人造食物，他们的文体活动是跟着大喇叭播放的"单一国家"国歌四人一组开步走。在规定的时间里他们可以在玻璃住房四面拉下帷幕一小时（叫作"性生活小时"）。当然，没有婚姻，尽管性生活看来并不是完全乱交的。为了做爱用，每人都发一本红色的配给票。每人分内有六个"性生活小时"，一起度过一小时的对象须在票根上签字。"单一国家"是由一个叫"恩人"的人统治的，由全体人民每年重选一次，投票总是一致通过的。国家的指导原则是幸福与自由互不相容。在伊甸园里，人本来是幸福的，但他愚蠢地要求自由，便被逐到荒野中去。如今"单一国家"取消了他的自由，恢复了他的幸福。

到此为止，与《美丽新世界》的相似之处是很触目的。但是，尽管扎米亚金的书写得并不怎么紧凑——它的松散和零碎的情节过于复杂，不易扼要介绍——但它的政治意义是另一部书中所没有的。在赫胥黎的书里，"人的本性"问题从某种意义上来说已经解决，因为它假定，用产前处理、服用药物和催眠提示,人的机体是可以按任何要求方式予以专门改造的。可以像制造傻子一样容易地制造出第一流的科学工作者,不论在前者还是后者身上,原始本能的残余,如母性感情或者自由欲望都是很容易对付的。同时,书中没有提出明白的理由说明为什么要把社会做它所描写的那样细致的分层。目的不是经济剥削,但动机似乎也不是威吓和支配的欲望。没有权力欲,没有虐待狂,没有任何种类的铁石心肠。在上层的人并没有留在顶层的强烈动机,尽管大家都是傻乎乎地快活的,生活却变得没有什么意义,使人很难相信这样一种社会是能够维持下去的。

扎米亚金的书,总的来说,同我们自己的处境更加有关。尽管所受的教育和监护人的警惕性,许多古代人类的本能仍旧存在。故事的叙述者D503号虽然是个有才能的工程师,却是个可怜的世俗人物,一种乌托邦里的伦敦城的比莱·布朗,经常因为身上的返祖冲动而感到害怕。他爱上了(当然,这是一桩罪行)某个I330号,她是个地下抵抗运动的成员,一度成功地引导他参加了反叛。反叛爆发时,"恩人"的敌人们数目居然不少,这些人除了策划推翻国家以外,在他们拉下帷幕以后甚至耽溺于吸烟喝酒这样邪恶的事。D503最后获救,幸免于他自身错误带来的后果。当局宣布,他们发现了最近动乱的原因:那是有些人患了一种叫作想象的疾病。制造想象的神经中心如今给找到了,这疾病可以用X光照射来治愈。D503接受了治疗,治疗后他很容易做他一直知道该做的事——那就是把他的同党出卖给警察。他面不改色,心平气和地看着I330关在一只钟形玻璃罩下受压缩空气的酷刑:

她看着我,双手握紧椅子把手,一直到眼睛完全闭上。他们把她带了出去,用电冲击,刺激她醒了过来,然后又放在玻璃罩下。这个过程重复了三次,她的嘴里没有吐出一个字。与她一起被带来的人比较老实。他们许多人被施了一次刑罚后都招供了。明天他们将被送到恩人的机器那里去。

"恩人"的机器就是断头台。在扎米亚金的乌托邦里有许多次处决。这都是公开举行的,由"恩人"亲自出席,并有御用诗人朗诵胜利颂诗作为配合。断头台当然不是那种老式的粗糙工具,而是一种大为改进的模型,名副其实地"消灭"了它的刀下鬼,在一刹那之间,把她化为一阵轻烟,一摊清水。这种处决实际上是以人为牺牲的祭奠,书中描写的场面有意给添上了远古世界阴惨的奴隶文明的色彩。就是这种对极权主义的非理性一面——把人当作祭祀的牺牲,把残忍作为目的本身,对一个赋有神的属性的领袖的崇拜——的直觉掌握使得扎米亚金的书优于赫胥黎的书。

很容易看出为什么这本书的出版遭到拒绝。D503 和 I330 之间的下述对话(我稍加删节)足以使检察官的蓝铅笔启动起来:

"你知不知道你所建议的是革命?"

"当然,这是革命。为什么不是?"

"因为不能有革命。我们的革命是最后一次的革命,不能再有另外一次革命。大家都知道这一点。"

"亲爱的,你是位数学家。请你告诉我,什么数是最后的数?"

"你说最后的数,这是什么意思?"

"那么,就算是最大的数吧!"

"但这是荒唐的。数是无限的。不可能有最后一个。"

"那你为什么说最后一次的革命？"

还有其他类似的段落。不过，很可能是，扎米亚金并不想把苏维埃政权当作他讽刺的专门对象。在列宁死去的时候写这本书，他不可能已经想到了斯大林的独裁，而且一九二三年时俄国的情况还没有到有人会因为生活太安全和太舒服而反叛的程度。扎米亚金的目标似乎不是某个具体国家，而是以工业文明作为隐含目标的。我没有读过他其他的书，但我从格莱勃·斯屈夫那里了解到，他曾在英国待过几年，曾对英国生活写过一些辛辣的讽刺文章。从《我们》中可以明显地看出，他对尚古主义有一种强烈的倾向性。他在一九一六年遭到沙皇政府的监禁，一九二二年又遭布尔什维克的监禁，关在同一监狱的同一过道的牢房里。因此他有理由不喜欢他所生活的政治体制，但是他的书并不是简单地表达一种不满。它实际上是对"机器"的研究，所谓"机器"就是人类随便轻率地把它放出了瓶子又无法把它放回去的那个妖魔。英文版出来时，这是一本值得注意的书。

一九四六年一月四日《论坛报》

董乐山　译

# 李尔王、托尔斯泰和弄臣

托尔斯泰的短论文章是他的作品中最不为人所知的,他攻击莎士比亚的那篇文章①甚至不易觅到,反正英译本是如此。因此,在我讨论这篇文章之前,先扼要介绍它一下,也许是有益的。

托尔斯泰一开始就说,在他一生之中,莎士比亚始终在他心中激起了"一种无法抗拒的反感和厌倦"。他意识到文明世界的舆论是与他背道而驰的,因此一而再再而三地对莎士比亚的作品做了尝试,把它们的俄文本、英文本、德文本读了又读;但是,"我都毫无例外地有着同样的感觉:憎恶、厌烦和困惑"。如今,到了七十五岁高龄,他又重读了一遍莎士比亚的全部作品,包括历史剧,然而我甚至更加强烈地有着同样的感觉——但是,这一次,不是感到困惑,而是坚定不移地深信,莎士比亚所享有的不容置疑的伟大天才的荣耀,也就是说我们时代的作家竞相模仿他,使读者和观众在他身上去发现并不存在的优点——从而扭曲了他们的审美和伦理观念的那种荣耀,是一件极坏的事,同样也是极为虚妄的事。

---

① 那篇文章,指《莎士比亚和戏剧》。一九〇三年作为恩纳斯特·克劳斯贝写的另一篇文章《莎士比亚和工人阶级》的序言而写的。——原注

托尔斯泰接着说，莎士比亚不仅不是天才，而且甚至够不上是"一个普通作家"，为了说明这一点，他要拿《李尔王》来分析一下，因为他能够引用赫兹里特[①]、勃兰兑斯[②]等人的话，证明这部作品受到了过分的赞誉，可以把它当作莎士比亚最优秀作品的一个例子。

托尔斯泰接着对《李尔王》的情节做了一种类似评述的分析，发现它每一步都是愚蠢、啰唆、不自然、不明白、浮夸、庸俗、乏味，充斥着不可信的事情、"狂言乱语"、"不好笑的笑话"、时代的错误、无关的枝节、下流的脏话、舞台的俗套以及道德上和审美上的其他毛病。不管怎么样，反正《李尔王》是剽窃以前早先一位默默无闻的作家的一部好得多的剧本《雷尔王》，莎士比亚把它偷了过来又毁了它。为了说明托尔斯泰是怎么进行工作的，有一段话值得在这里引用作为例子。第三幕第二场（李尔、肯特和弄臣都出现在狂风暴雨中）概括如下：

> 李尔在荒野上到处乱走，嘴里喃喃地说些意在表示他的绝望的话：他希望狂风猛吹，吹裂他们的脸颊，大雨滂沱，淹没一切，闪电烧灼他的白发苍苍的脑袋，惊雷夷平这个世界，毁灭掉一切"产生忘恩负义的人"的种子！这时那个弄臣不断说着一些更加没有意义的话。肯特上场：李尔说在这次暴风雨中所有罪犯总会被查出来而定罪。李尔仍没有认出肯特，后者竭力劝他到一个洞里躲一躲。这时弄臣说了一句与当时情况毫不相干的预言，他们

---

[①] 赫兹里特（William Hazlitt, 1778—1830），英国文艺评论家、散文作家，著有《莎士比亚戏剧中的人物》。

[②] 勃兰兑斯（Georg Brandes, 1842—1927），丹麦文学评论家，著有《十九世纪文学主流》。

三人都下了场。

托尔斯泰对《李尔王》的最后评语是，任何一个头脑没有发昏的观察者——如果确有这样一个观察者的话——除了感到"嫌恶和厌倦"以外，是不能怀着任何其他感觉把它读完的。"莎士比亚受到赞扬的其他所有剧本，更不用说《伯里克利斯》《第十二夜》《暴风雨》《辛白林》《特洛伊罗斯和克瑞西达》等毫无意义的戏剧化故事"，都完全是这样。

在处理掉《李尔王》以后，托尔斯泰对莎士比亚起草出一份比较全面的指控。他发现莎士比亚有一定的技巧，这一部分可以归因于他是个演员，但除此之外就再无优点了。他没有刻画人物性格的能力，也没有根据情景自然创造对白和动作的能力，他的语言都是清一色夸张可笑的，他经常把自己的兴之所至的胡思乱想插到正好手头在写的任何一个人物的嘴里，他"完全缺乏审美感情"，他的语言"与艺术和诗没有任何共同之处"。托尔斯泰最后说："不管你把莎士比亚当作什么，他决不是一个艺术家。"此外，他的看法全没有创新或令人感兴趣之处，他的倾向是"最低级的和最不道德的"。奇怪的是，托尔斯泰这最后的评语并不是以莎士比亚自己的言论为基础，而是根据两个批评家的话：格尔维努斯[①]和勃兰兑斯。据格尔维努斯的意见（至少是托尔斯泰对格尔维努斯的理解），"莎士比亚教导人家……人可能太好了"，而据勃兰兑斯的意见，"莎士比亚的基本原则……是只要目的正当可以不择手段"。托尔斯泰则添上自己的看法：莎士比亚是个最糟糕的侵略性的爱国主义者，但是除此以外，他认为格尔维努斯和勃

---

① 格尔维努斯（Georg Gervinus, 1805—1871），德国文学史家。

兰兑斯都真实和充分地阐明了莎士比亚的人生观。

托尔斯泰然后又重述了几段他在别的地方比较详尽地表达过的艺术理论。说得再简短一些，这就是要求保持题材的尊严、用意的真诚和写作的技巧。一件伟大的艺术作品必须采用"对人类生活有重要意义的"题材，它必须表达作者的真正感受，它必须使用会产生预期效果的技巧。由于莎士比亚观点鄙俗，手法马虎，在态度上连片刻也不能做到真诚，显然理该受到谴责。

但是这里产生了一个困难的问题。如果莎士比亚真的如托尔斯泰所说的那样，他怎么会受到那么普遍的钦佩呢？显然，答案只能从一种可以说是群众性催眠状态中去找，这也可以说是"传染性暗示"。整个文明世界多少都被骗得相信莎士比亚是个好作家，甚至最简单明白地表示相反看法的话都无人理睬，因为这已不是理性的意见，而是一种近乎宗教信仰的东西了。托尔斯泰说，在人类的全部历史上都没完没了地发生过这样"传染性暗示"的事情，比如，十字军东征、寻找炼金术、横扫荷兰全境的种植郁金香热，等等。他作为当代例子所举的，很有意义的，是德雷福斯案件，认为全世界没有必要为之情绪激昂。此外还有一些对新的政治和哲学理论发生短暂狂热的事，或者对某个作家、艺术家或科学家——例如达尔文，他（在一九〇三年）就"开始为人遗忘了"。在有些情况下，一个完全没有价值的群众偶像很可能在好几个世纪中仍旧吃香，因为"也发生这样的情况：偶然有利于这种狂热的确立的特殊原因而产生的这种狂热，在一定程度上符合社会上流行的人生观，特别是文学界流行的人生观，以致它们能保持很长时间"。莎士比亚的剧本之所以能够长期得到欣赏，是因为"它们符合他的时代和我们的时代上层阶级的不讲宗教和不讲道德的精神状态"。

至于莎士比亚的名气是怎样兴起的,托尔斯泰认为这是十八世纪末德国的一些教授所"制造出来"的。他的名气"起源于德国,然后再从那里转到英国"。德国人愿意抬高莎士比亚是因为当时没有值得一提的德国戏剧,而法国的古典文学也已开始僵化和做作,德国人遂被莎士比亚的"聪明的场景发展"所迷,并且发现他能很好地表达他们自己对生活的态度。歌德宣称莎士比亚是个伟大诗人,而所有其他批评家都鹦鹉学舌,群相效尤,于是这种普遍的痴迷就一直延续至今。其结果是造成戏剧的进一步贬损——托尔斯泰在批评当代戏剧时小心翼翼地把自己的剧本也包括在内——和现在普遍流行的道德观的进一步腐化。因此,顺理成章,莎士比亚的虚名是一件很坏的事,托尔斯泰认为他有责任与之斗争。

这便是托尔斯泰这篇文章的主要内容。你读了之后的第一个感觉是,他说莎士比亚是个蹩脚作家,显然是不对的。但问题不在这里。实际上,没有任何哪种证据或者论点你可以举出来证明莎士比亚或者任何其他作家是"优秀"作家。而且也没有任何方法可肯定地证明,举例来说,沃里克·狄平①是个"蹩脚"作家。归根结底来说,除了是否能流传长久以外,并无测试文学优劣的标准,而流传本身又只能当作多数人意见的索引而已。像托尔斯泰的那种艺术理论是完全没有价值的,因为这种理论不仅从随意的假定出发,而且所依赖的又是可以由你随心所欲做解释的模糊词语(如"真诚"、"重要"等诸如此类)。正确地来说,你无法反驳托尔斯泰的攻击。但有趣的问题是:他为什么做此攻击?不过应该附带提一句,他使用了不

---

① 沃里克·狄平(George Warwick Deeping,1877—1950),英国短篇小说作家。

少软弱无力和有失诚实的论据。有些值得指出，不是因为它们否定了他的重要指责，而是因为它们可以说恰好证明他心有恶意。

首先，他对《李尔王》的分析，并不是像他两次申明的那样是"不偏不倚"的。恰巧相反，这是连续不断地进行歪曲。显然，当你为一个没有读过《李尔王》的人扼要介绍它时，如果你用以下这样的方式介绍一段重要的话（就是科迪莉亚死在李尔王怀中时他说的一段话），你就不可能真正是不偏不倚的："接着李尔王又开始了他的胡言乱语，使你感到不自在，就像听到不能引人发笑的笑话一样。"托尔斯泰有数也数不尽的例子，在做批评的时候，把原文略做改动或者渲染，使得情节显得更加复杂和不合情理，或者语言显得更加夸张。例如，他告诉我们，李尔王"没有必要或者动机要逊位"，虽然他要逊位的理由（他已年老，希望不理朝政）已在第一场戏中明确地表示过了。我们可以看到，就在上面引的段落里，托尔斯泰也有意误解一句话，另外又略微改变了另外一句话的意思，使得本来按其上下文来读的一句相当合乎情理的话成了没有意义的胡说八道。这些误读本身都没有什么了不起，但是它们综合起来的积累效果却夸张了这个剧本的心理上的一贯性。此外，托尔斯泰不能够解释莎士比亚的剧本在他死后两百年（那就是说在所谓的"传染性暗示"开始以前）仍在印行，仍在舞台上演出。而且他对莎士比亚名声四起的整个介绍也是充满了明显的错误言论的猜想。再有一点，他的许多攻击都自相矛盾，例如，他说莎士比亚不过是个艺人，"一点也不认真"，但一边又说他不断地把自己的想法放在他的人物的嘴里。整个来说，很难觉得托尔斯泰的批评是出自于真心实意。反正，他不可能充分相信自己的主要论点，那就是说相信他说的有一个多世纪之久整个文明世界被一个弥天大谎所欺骗，而只有他一个人能够看穿。当然，他对莎士比亚的憎厌是相当真实的，但其原因却可能不同于或者一部分不同于他所声言的原因；他的文章之所以不令人感兴趣恰恰就在这里。

至此，你就不得不开始揣测了。但是，有一个可能的线索，或者至少说有一个问题可以指引通向那个线索的道路。那就是：托尔斯泰有三十多个剧本可选，为什么选了《李尔王》当作他的特定目标呢？不错，《李尔王》这么有名而且受到这么多的赞扬，完全有理由可以用来代表莎士比亚的最佳作品，但是，为了做敌意分析，托尔斯泰大概选了这个他最不喜欢的剧本。他对这个剧本怀有特殊的敌意，有没有可能因为他有意无意觉得李尔王的故事与他自己的故事有相似之处呢？但是，最好还是从相反的一个方向来看这一线索——那就是，考察《李尔王》本身，以及托尔斯泰没有提到的它所包含的品质。

英国读者在托尔斯泰的文章中首先会注意到的几件事情之一，是它很少把莎士比亚当作一个诗人来看待。莎士比亚被当作一个戏剧家，他的受人欢迎虽然不是假造出来的，但只是由于舞台技巧所玩的花样，使得聪明的演员有了很好的机会。现在必须指出，就英语国家而言，这一点是不确实的。莎士比亚的爱好者所最重视的好几个剧本（例如《雅典的泰门》）很少或者从来没有上演过，而最适宜于上演的一些剧本，像《仲夏夜之梦》，却最不受重视。最钦慕莎士比亚的人首先重视他对语言的使用，也就是所谓"语言的音乐"，甚至另一个敌意的批评家萧伯纳也承认是"不可抗拒的"。托尔斯泰无视这一点，他似乎没有认识到，一首诗在有些人读来有着特殊的价值，因为那首诗是用他们本国语言写的。但是，即使你自己处身于托尔斯泰的地位，把莎士比亚看作一个外国诗人，事情仍旧很清楚，托尔斯泰忽略了某种东西。诗，看来不仅是声音和联想，在它自己的语言群体之外毫无价值。否则,为什么有些诗,包括一些用已死去的语言写的诗仍能跨越国界呢?显然,像《明天是情人节》之类的一首抒情诗是无法令人满意地翻译的,但是在莎士比亚的重要作品中确有一些可以称为诗的东西可以与语词分开的。托尔斯泰说《李尔王》作为一个剧本来看并不是一个好剧本,这话说得并不错。它拉得太长,人物和枝节太多。有一个坏女儿已经足够了,埃德加是个多余的角色,的确,如果把格罗斯特和他的两个儿子都删掉,也许这个剧本就会好一些。不过,有一种什么东西,有一种可以说是格局的东西,或者仅仅是一种气氛,却不受情节的复杂和拖拉而保存了下来。可以把《李尔王》想象成为一场傀儡戏,一场哑剧,一场芭蕾舞,一系列画片。它的诗意,也许就是它最重要的成分,是它的故事所必然带来的,既不依赖任何哪一组词语,也不依赖有血有肉的表现。

闭上你的眼睛,想象一下《李尔王》,如果可能的话,不去想什么对白。你看到的是什么?至少我看到的是:一个身穿黑色长袍的神态庄严的老人,白发苍髯,随风飘拂,仿若布莱克画中的人物(不过也奇怪很像托尔斯泰本人),带着一个弄臣和疯子,在暴风雨中游荡,咒骂上苍。接着场景转换。那个老人仍在咒骂,仍旧神志不清,手上却抱着一个死去的姑娘,而那个弄臣却吊在背景处的一座绞架上。这就是这个剧本的基本梗概,甚至在这里,托尔斯泰也要删去大部分基本的成分。他反对暴风雨,认为这无必要,他反对弄臣这个角色,在他的眼里这干脆是乏味的累赘,说些不可笑的笑话的借口,而且他反对科迪莉亚之死,他认为这失去了剧本的道德寓意。在托尔斯泰看来,莎士比亚用来改编的原先那个剧本《雷尔王》比莎士比亚的剧本结尾更加自然,更加符合观众的道德要求:那就是高卢人的国王征服了两个姐姐的丈夫,而科迪莉亚不但没有死,反而帮助雷尔王恢复原来的王位。换句话说，这部悲剧应该是一部喜剧，或者，也许是一部情节剧。悲剧意识是否与信奉上帝相容，这是可以怀疑的，不过反正，这是与不信人类尊严不相容的，与那种美德不能获胜而感到受骗的"道德要求"不相容的。正是美德不能获胜而仍感到人类比那摧毁他的势力更加高贵的时候，悲剧的情况才会出现。也许更加有意思的是，托尔斯泰认为弄臣的出现并无必要。其实，弄臣是剧本的组成部分。他不仅是充当一种合唱队的作用，他可以对主要情节发表比其他角色能做到的更加明白的评论，而使得这主要情节更加清楚,而且也用来衬托李尔王的疯狂。他的笑话、谜语和顺口溜，以及他没完没了地对李尔王的高尚愚行的讽刺，从简单的嘲笑到一种忧郁的诗句（"你抛弃了所有其他的头衔；你与生俱来的东西"），好像一股头脑清醒的涓涓细流，贯彻全剧始终，提醒人们，尽管这里有不公正、残暴、阴谋、欺骗和误解的事发生，在世界上什么地方，生活还是在照常进行。从托尔斯泰对弄臣的不耐烦态度，你可以窥见他与莎士比亚的更深刻的不合。他不无理由，反对莎士比亚剧本的参差不齐，无关枝节，情节不可信，语言夸张，但是归根结底，他最不喜欢的大概是那种生气勃勃，一种对实际生活过程感到谈不上愉快而只是兴趣的倾向。如果把托尔斯泰仅仅看作一个道学家在攻击一个艺术家，而不屑一理，那就大错特错了。他从来没有说过艺术本身是不好的或者没有意义的，他甚至也没有说技巧上的多才多艺是不重要的。但是在他的晚年他的主要目的是收缩人类意识的范围。一个人的兴趣，一个人对物质世界和日常斗争的关心点，应该越少越好，而不是越多越好。文学必须以说教寓言来组成,去掉细枝末节，几乎独立于语言。关于说教性寓言，托尔斯泰有别于普通的庸俗的清教徒，认为本身应该是艺术品，但必须从中排除享乐和好奇。科学也必须与好奇脱离。他认为，科学的任务不是发现发生了什么，而是教导人们应该如何生活。历史和政治也是如此。许多问题（例如，德雷福斯案件）根本不值得为它们伤脑筋去解决，他宁可让它们听之任之。说实话,他的整个"狂热"或"传染性暗示"的理论（他把十字军东征和荷兰人种植郁金香的狂热等这种事情都归于这一类）说明，他愿意把人类的许多活动看成不过是蚂蚁一般来往忙碌，不可解释，缺乏兴趣。显然，他对于像莎士比亚那么一个结构混乱、细节烦琐、东拉西扯的作家没有耐心。他的反应是一个爱吵闹的孩子打扰脾气容易生气的老人的反应。"你为什么老是这样跳上跳下？你为什么不能像我这样安静地坐着？"在某种意义上来说，这个老人是对的，但问题是，孩子的四肢好动，这种感觉老人早已消失。如果老人知道有这种感觉存在，结果只有使他更加生气，要是办得到，他会让孩子也马上年老体衰。也许，托尔斯泰不知道他在莎士比亚作品里没有看到的是什么，但是他知道他没有看到什么，他下决心要让别人也看不到。他不仅以自我为中心，而且生性专横。他在成人以后，生起气来有时还揍仆人，据他的英文传记作家德里克·莱昂说，后来他还"常常感到有一种欲望，稍有不遂就想打与他意见相左的人的耳光"。虽然经过了宗教上的皈依，你不一定就能够改掉这种脾气，确实很显然，再生的幻觉可能使你的邪恶本性比以前更得到了自由的发展，也许只是方式微妙一些而已。托尔斯泰是能够摒弃肉体暴力的，而且明白这意味着什么，但是他不能够保持容忍或谦恭，即使你没有读过他的其他著作，仅从这一篇文章你也可以看出他的进行精神恫吓的倾向。

但是，托尔斯泰不仅仅是要剥夺别人的他所并不享有的乐趣。没有疑问他是这么做的，但是他同莎士比亚的分歧还要更进一步。这是对待生活的宗教态度和人道态度的分歧。这里,我们又回到了《李尔王》的中心主题,对此,托尔斯泰没有提到,但是他相当详细地介绍了剧情。

《李尔王》是莎士比亚剧本中少数令人毫不怀疑地含有寓意的剧本之一。托尔斯泰抱怨得有理,把莎士比亚说成是个哲学家、心理学家、"伟大的道学家"等的胡说八道文章已经写得很多了。莎士比亚不是个系统思想家,他的最认真的思想是随便或者间接说出来的,我们不知道他在多大程度上是有"目的"写作的,甚至不知道一般说是他写的作品有多少实际上是他写的。他在他的十四行诗中甚至没有提到他的成就包括剧本,虽然他的确有些难为情地提到他的演员生涯。十分可能,他至少把他的一半剧本看作不过是混饭吃的手段,很少操心什么目的或者可能性,只要他能把什么东西拼凑在一起———一般是偷来的材料——能够在舞台上多少站得住脚。但是,这还不是全部情况。首先,正如托尔斯泰所指出的,莎士比亚有一种习惯,喜欢把无关宏旨的一般想法插到他的人物的嘴里。在戏剧家身上,这是一个严重的缺点,但是这并不符合托尔斯泰对莎士比亚的印象,莎士比亚并非托尔斯泰所认为的是一个庸俗的文丐,没有自己的看法,仅仅希望花最小力气产生最大效果。不仅如此,他的十多个剧本大部分写于一六〇〇年之后,都毫无疑问有一定的意义,甚至道德寓意。它们都围绕着一个中心主题,在某些情况下可以归纳为一个词。例如,《麦克白》是写野心,《奥赛罗》是写妒忌,《雅典的泰门》是写金钱,《李尔王》的主题是写权力的放弃,只有你有意视而不见,你才会不了解莎士比亚在说些什么。

李尔王放弃了王位,但是希望大家继续把他当作国王看待。他没有看到,如果他放弃了权力,别人就会利用他的弱点,而且谁最阿谀奉承他,即雷根和戈奈莉尔,谁正好就是会反对他的人。他一旦发现不能使别人像以前一样服从他,他就大发脾气,托尔斯泰把这种脾气说成是"奇怪和不自然的",但事实上却完全符合性格。李尔王在疯狂和绝望中,有过两种情绪变化,这在他的具体情况下也是再自然不过的,虽然其中一个情绪,大概是被莎士比亚用来发表他自己的看法的。这两种情绪中,一个是厌恶,李尔深悔做了国王,第一次了解到官场司法和庸俗道德的腐败。另一个情绪是枉然的狂怒,他借此泄恨,幻想报复那些对不起他的人。"一千条血红的火舌,吱啦啦卷到她们身上!"又说:

> 把毡呢钉在一队马儿的蹄上,
> 倒是一条妙计;我要把它实行一下,
> 悄悄地偷进我那两个女婿的营里,
> 然后我就杀呀,杀呀,杀呀,杀呀![1]

只有到最后,他神志清醒时才明白,权力、复仇和胜利是不值得的:

> 不,不,不,不!让我们到监牢去……
> 我们将在那儿了此残生,
> 在囚牢的四壁内,我们将冷眼看那班奸党

---

[1] 引文采用朱生豪译《莎士比亚全集》,人民文学出版社,一九七八年版,第九卷,二四九页。

随着月亮的圆缺而升沉。①

但他的这一发现已为时过晚,因为他的死和科迪莉亚之死已经注定。故事就是如此,除了有些地方讲得有些笨拙,这是个很好的故事。

不过,这不是很奇怪地同托尔斯泰本人的历史很相像吗?你不可能不看到有大致雷同之处,因为托尔斯泰一生之中令人印象最深刻的事,就像李尔王一生之中一样,是他所采取的一桩无偿放弃巨额产权的行动。他到了老年以后,放弃了他的庄园、爵位、版权,而且要尝试脱离他的特权地位而过农民的生活,这是一次真诚的尝试,尽管没有成功。但是更深一层的相似还在于,托尔斯泰像李尔王一样,是出于错误的动机行事的,因此没有取得他预期的结果。根据托尔斯泰的看法,每个人的人生目标都是幸福,而幸福只有靠执行上帝的意志来获得。但是执行上帝的意志意味着摒弃一切世俗的享乐和野心。一心为别人而活着。因此,托尔斯泰最终放弃了世界上的荣华利禄,满心希望这会使他快活一些。但是,如果说他的晚年之中有一件事是可以肯定的话,那就是他过得并不快活。相反,他周围的人正因为他放弃一切而把他几乎逼迫得发狂。像李尔王一样,托尔斯泰不是个谦卑的人,他对人品没有很好的判断力。他有时常常倾向于回到作为一个贵族的态度上去,尽管他穿农民衬衣。他甚至有两个他信任的孩子最终与他作对。不过,当然,方式不若雷根和戈奈莉尔那样令人吃惊。他过于厌恶性生活也同李尔王非常相像。托尔斯泰说,婚姻是"奴役、餍足、厌恶",而且需要容忍紧挨着"丑恶、肮脏、臭味、伤痛",这话与李尔王

---

① 引文采用朱生豪译《莎士比亚全集》,人民文学出版社,一九七八年版,第九卷,二六一页。

的那段著名的话很相配：

> 腰带以上是属于天神的，
> 腰带以下都属于魔鬼；
> 那儿是地狱，是黑暗，是硫黄坑，
> 大火熊熊地烧灼着，发出恶臭，消耗殆尽……

虽然托尔斯泰在写他的那篇关于莎士比亚的文章时并不能预见及此，甚至他的生命的结束——突然出逃，仅有一个忠实的女儿相伴，最后死在一个陌生村子的农舍里——也似乎与《李尔王》有一种幻影似的相同之处。

当然，你不能假定托尔斯泰是意识到这相似之处的，或者如果向他指出，他会承认的。但是他对这个剧本的态度一定受到了它的主题的影响。放弃权力、送掉土地是一个他有理由深有体会的事。因此，他对于莎士比亚由此引出的道德寓言一定比他在其他剧本上感到更加愤怒和不安，例如《麦克白》，这一剧本没有这么贴近他自己的生活。但是《李尔王》的道德寓意究竟是什么？显然寓意有两个，一个是明言的，另一个是故事所暗示的。

莎士比亚一开始就假定，放弃你的权力就是招致攻击。这并不是说人人都会同你作对（肯特和弄臣始终站在李尔王一边），但极可能有人会这样。如果你抛弃你的武器，不怎么讲规矩的人就会捡起来。如果你凑上另一面颊，你会比第一面颊挨更重的一记耳光。这事不一定总会发生，但是可以预料到的，真的发生时你不应该抱怨。第二记耳光可以说是你凑上另一面颊这个行动的组成部分。因此，首先为弄臣得出的庸俗的、常识性的寓意："别放弃权力，别送掉你的土地。"但是还有另外一个寓意。莎士比亚并没有明言,他是否充分意识到这一点并不十分重要。它包含在故事之中,而故事毕竟是他自己编的,或者是改编的来适合于自己的目的的。这就是:"如果愿意尽可以送掉你的土地,但是你别指望会因此得到幸福。十之八九你不会得到幸福。如果你为别人活着,你就必须以为别人活为目的,而不是为自己谋好处的迂回手段。"

显然,这两个结论都不能使托尔斯泰高兴。其中第一个结论表达了那种他真心想回避的普通实际的自私心态。另一个结论与他的既要吃蛋糕又要保留它的愿望相冲突,所谓既要吃蛋糕又要保留它的意思指的是,摧毁自己的自我中心观念同时又借此获得永生。当然,《李尔王》不是主张利他主义的讲道说教。它只是指出为了自私原因而实行自我克制的结果。莎士比亚身上有相当明显的入世气质,要是他在自己的剧本中非得偏袒一方的话,他的同情很可能会在弄臣的一方。但至少他可以看到整个问题之所在,而在悲剧的层面上处理它。邪恶受到了惩罚,但美德没有得到报偿。莎士比亚后来的剧本中的道德寓意不是一般意义上的宗教性的,而且肯定不是基督教的。只有两个剧本《哈姆雷特》和《奥赛罗》是在基督教时期发生的,甚至在这两个剧本里,除了《哈姆雷特》中鬼魂的出现,没有任何迹象表明存在着万事皆得报应的"来世"。所有这些悲剧都是以人道主义的前提出发:人生虽然充满悲伤,仍是值得的,人类是高尚的动物——这一信念是托尔斯泰在晚年所没有的。

托尔斯泰不是一个圣人,但是他尽了极大努力要使自己成为圣人,他对文学提出的标准是理想世界的标准。我们必须明白,一个圣人与一个普通人之间的不同是种类的不同,而不是程度的不同。这就是说,不能把一个看成是另一个的不完美形式。圣人,至少是托尔斯泰心目中的那种圣人,并不想在人间生活中谋求改善，而是想结束它，用别的来代替它。这种想法的一种明显的表现是，他声称独身"高于"婚姻。托尔斯泰事实上是在说，如果我们停止繁殖、打仗、斗争和享受，如果我们能够去掉我们的罪过，而且去掉把我们困在地球表面的一切联系——包括爱，就是在普通意义上对一个人比对另一个人更喜欢，那么整个痛苦过程就会结束，天国就会降临。但是正常的人并不要天国，他要的是在人世间继续活下去。这不完全是因为他"软弱"、"有罪"和急于要"享受"。大多数人在自己的生活中得到了相当的乐趣，但总的来说，生活是受苦，只有很年轻的人或者很蠢的人才不是这样想。最后，自私的和享乐的态度是基督教的态度，因为目的总是脱离人世的痛苦斗争，在某种天堂或极乐世界中找到永恒的和平。人道主义的态度是，斗争必须继续，死亡是生命的代价。"人必须承受自己的死亡就像他们承受出生：成熟就是一切"——这是一种非基督教的感情。在人道主义和宗教信徒之间似乎常常出现一种休战状态，事实上，他们两者的态度是不可调和的：你必须在今世和来世之间做一个选择。大多数人如果了解这个问题就会选择今世。他们继续工作、生育、死亡，而不是摧残他们的官能而希望在别的什么地方重获新生，他们就是做了这一选择。

我们对莎士比亚的宗教信仰不甚知晓，从他的作品来看，很难证明他有什么宗教信仰。但无论如何，他不是个圣人，也不是个候补圣人；他是个人，而且在某些方面，不是个很好的人。例如，很明显，他喜欢结交有钱有势的人，而且能够以最巴结的方式阿谀奉承他们。他在表示不受欢迎的意见的时候也特别小心谨慎，且不谈胆小怕事。他几乎从来没有在有可能被别人认为就是他自己的角色的嘴中吐露过一句离经叛道或怀疑宗教的话。在他的全部剧本中,敏锐的社会批评家,也就是不轻信已被普遍接受的谬说的人,都是小丑、坏蛋、疯子,或者装疯卖傻的人,或者处于歇斯底里大发作的人。《李尔王》这个剧本里,这一倾向特别明显。它包含了大量隐藏的社会批评——这一点托尔斯泰却忽视了——但都是由弄臣或者埃德加假装癫痫时说的,或者是李尔王发疯时说的。李尔王在头脑清醒时很少说明白的话。但是,莎士比亚必须用这种花招,这一事实说明他的思想的广度有多大。他几乎无法控制自己,对什么事情都要发表高见,尽管他是戴上一系列假面具来这么做的。如果你用心读过莎士比亚,你很难一天也不引用他的话,因为没有多少重大的问题他不发表意见或者至少在什么地方提一下的,尽管不是有系统地,但很说明问题。甚至他的每一剧本中俯拾即是的一些无关枝节——双关语、谜语、名单、报道片段(像《亨利五世》中脚夫的谈话),粗俗的笑话、失传的民谣等——都不过是精力过分旺盛的产物。莎士比亚不是个哲学家或科学家,但他确有好奇心:他爱地球的表面和生活的进程——应该再次指出,这与要过享乐的日子和尽可能长寿不是一回事。当然,不是由于莎士比亚的思想品质才使他的名声流传下来,如果他不同时是个诗人,很可能连戏剧家的名声也不会流传。他对我们的主要吸引力是通过语言。莎士比亚深深地受到语言的音乐的迷醉,这大概可以从毕斯托尔[①]的道白中看出。毕斯托尔说的话大多是没有意义的废话,但是你如分行来看,它们都是精彩万分的好诗。显然,那些铿锵有力的废话("让洪水泛滥,让魔鬼因为没吃的而嘶号"等)不断地自动出现在莎士比亚的心中,必须创造一个半疯的角色来把这些废话用掉。

---

① 毕斯托尔,《亨利五世》中一个角色,伦敦小店主,靠巴结福斯塔夫为生。见上引《莎士比亚全集》第五卷,二六二页。

托尔斯泰的母语不是英语，你不能怪他不受莎士比亚的诗句的感动，或者甚至不愿相信莎士比亚的遣词造句的技巧非同一般。不过他也会反对因为诗的肌理而珍视诗的这一想法的——珍视它是一种音乐。但愿有人能够设法向他证明——他对莎士比亚声名鹊起的整个解释都错了，至少在英语世界里，莎士比亚的受欢迎是真的，单是他把一个音节放在另一个音节之旁的技巧就能使说英语的人民世世代代得到高度的快感——当然，所有这一切都不能算是莎士比亚的优点，而是相反！这只不过是又一证据，证明莎士比亚和他的崇拜者的不信宗教的、入世的本性。托尔斯泰会说，诗要由它的意义来评断，动人的声音只会造成虚假的意义逃过注意。在每一层面上，都是同一个问题——今世对来世：而音乐肯定是属于今世的东西。

托尔斯泰的性格总是使人感到一种怀疑，就像甘地的性格一样。他不像有些人说他那样，是个庸俗的伪君子，而且，如果他没有每走一步就受到身边的人的干涉，特别是他妻子的干涉，他大概会让自己做出更大的牺牲。但在另一方面，按照他们的门徒的估定来看托尔斯泰那样的人是很危险的。总是有这样的可能性——甚至是或然性——他们不过是以一种形式的自我中心换另一种形式的自我中心。托尔斯泰放弃了财产、名誉和特权，他摒弃一切形式的暴力，而且准备为此而受苦，但是我们不容易相信，他也摒弃了胁迫的原则，或者至少是胁迫别人的愿望。在有些家庭里，做父亲的会对他的孩子说："你再这样我就揍你。"而做母亲的则是噙着眼泪，把孩子搂在怀里，爱护地低声说："宝贝，你这么做对得起妈妈吗？"谁能说第二种方法不如第一种专制？真正的区别并不在于暴力和非暴力，而是在于有没有权力欲。有人相信军队和警察都是坏的，但是比起那些相信在一定情况下有必要使用暴力的一般人来，他们自己却更加不宽容和苛求别人。他们不会对别人说:"你做这个,那个,否则就把你送进牢去。"但是他们如果可能都会钻到别人的脑子里去,指使他想这想那,直至最细微的程度。像和平主义和无政府主义那样的信条在表面上似乎意味着放弃权力,实际上却鼓励这种思想习惯。因为如果你抱有一种似乎已摆脱政治的肮脏的信条———一种你本人不能期望从中得到物质好处的信条——那就一定证明你是正确的吗?你越是以为自己正确,那么也就更自然胁迫别人也抱有同你一样的思想。

如果我们相信托尔斯泰在他文章中所说的话,托尔斯泰看来从未发现莎士比亚有什么优点,而他的同胞作家如屠格涅夫等的看法却不一样。我们可以有把握地说,在托尔斯泰还没有重生之前,他的结论可能是:"你喜欢莎士比亚——我却不喜欢。我们就到此为止,让它去吧。"后来,当他丧失了世界是多样化的事物组成的看法以后,他开始把莎士比亚的作品看成了一种对他有危险的东西。大家越是从莎士比亚那里得到了乐趣,就越是不听托尔斯泰的。因此,不能允许有人欣赏莎士比亚,正如不能允许有人喝酒或吸烟一样。不错,托尔斯泰不会用武力来阻止他们。他并不要求警察没收莎士比亚的全部作品。但是,只要可能,他就要给莎士比亚抹黑。他会想法钻到每一个莎士比亚崇拜者的心中去,用尽方法使他得不到享受,包括一些自相矛盾甚至是否诚实也值得怀疑的论点,就像我在扼要介绍他的文章内容时所举的那样。

但是,说到最后,最有意思的事情是,这一切实在一点也不起什么作用。我在前面已经说过,你无法反驳托尔斯泰的文章,至少它的主要论点。你不可能有什么论据来为一首诗辩护。它的流传就为自己做了辩护,否则,它就是无法辩护的。如果这个考验成立,我想在莎士比亚这起案件上,判决应该是"无罪"。像所有其他作家一样，莎士比亚迟早会被遗忘，但对他提出更加严厉的起诉的可能性很小。托尔斯泰也许是他的时代最受人钦佩的文人，而且，他肯定不是最差的论文作家。他倾全力攻击莎士比亚，像一艘战舰万炮齐鸣一样。结果是什么？四十年后，莎士比亚仍岿然不动，一无损伤，而想要把他肆意贬低得一钱不值的努力却荡然无存，只留下一本很少有人阅读的发黄小册子，如果不是因为托尔斯泰也是《战争与和平》和《安娜·卡列尼娜》的作者，恐怕这小册子早已被人忘得一干二净了。

一九四七年三月《论战》第七期
董乐山 译

# 乔治·吉辛

在原子弹的阴影下,要有信心地谈论什么进步是不容易的事。但是,如果可以假定我们在大约十年之内不会被炸成碎片,那么就有许多理由——乔治·吉辛的小说也在其中——认为目前的时代比上一个时代好了不少。如果吉辛今天仍在世,他比萧伯纳还年少一些,但他笔下的伦敦几乎就像狄更斯笔下的伦敦一样遥远了。那是十九世纪八十年代煤气灯下浓雾密布的伦敦,一座喝醉酒的清教徒的城市,那里的服饰、建筑和家具都到了极端丑陋的程度,那里的工人阶级十口之家挤在一间屋子里几乎是正常现象。总的来说,吉辛并没有写最严重的贫困情况,但你读到他描写的显然是十分真实的下层中产阶级的贫苦生活,不能不感到我们较之相隔仅仅六十年前那个金钱统治的黑色礼服的世界,很明显地有了改善。

吉辛的作品也许除了他晚年所写的一两本书以外几乎都有令人难忘的章节,凡是第一次阅读他的作品的人也许不如从《大庆年[①]》开始。不过,很可惜,在他的许多值得纪念的作品多年来完全脱销的情况下,他的这两

---

① 大庆年,指维多利亚女王登基五十周年大庆。

部次要作品①竟浪费掉宝贵的纸张。例如,《畸零女》就完全绝版了。我自己有一本,是在一九一四年大战前流行的那种红封面的廉价小开本,但是这是我所见到和听说过的唯一版本。吉辛的杰作《新格拉布街②》我就从来没有买到过。我读的是从公共出租图书馆借来的汤迹斑斑的旧书:《民众》《地下世界》和其他几本也是如此。就我所知,只有写狄更斯的那本书《亨利·赖克罗夫特的私人文件》和《一生的早晨》最近重印了。但是,现在重印的两本是值得一读的,尤其是《大庆年》,这一本更加阴暗凄凉,因此更加有吉辛的特色。

威廉·普洛默先生在他写的绪言中说:"一般来说,吉辛的小说写的是金钱和女人",而麦法尼·埃文思小姐在为《旋涡》写的绪言中也说了十分相似的话。我想,你可以把定义再扩大一些说,吉辛的小说是对为了保持体面而宁可自己遭罪受的抗议。吉辛是个书呆子,也许是个过分有教养的人,他酷爱古典的东西,发现自己却陷身于一个寒冷多雾的新教国家,在自己与外界之间没有厚厚的一沓钱是无法过舒服生活的。在愤怒和不满后面,他认识到维多利亚后期英国存在的许多生活惨状大部分是不必要的。肮脏污秽、愚蠢无知、丑陋邪恶、性的压抑、偷偷摸摸的荒淫放荡、庸俗猥亵、粗鄙无礼、吹毛求疵——所有这一切都是没有必要的,因为这些东西都是清教主义的残余,而清教主义已不再是维护社会结构的支柱了。人们原来是可以不降低效率而过相当快活的生活的,却选择过可怜的生活,造出一些没有意义的禁忌来吓唬自己。金钱是一件讨厌的东西,不仅仅因为没有它你就要挨饿;更重要的是,除非你有很多钱——比如说,三百镑

---

① 次要作品,指《大庆年》和《旋涡》。——原注
② 格拉布街,指当时伦敦潦倒文人聚居的一条街。

一年——社会是不会让你活得体体面面,甚至平平安安的。女人是一件讨厌的东西,因为她们较之男人更相信禁忌,甚至在她们冒犯体面的时候也仍受到体面的奴役。因此,金钱和女人是社会借此来向有勇气和有见识的人进行报复的两个工具。吉辛很愿意自己和别人更有钱一些,但是他对于我们今天称为社会公正的东西不感兴趣。他并不钦仰工人阶级本身,而且他也不相信民主。他不是要为芸芸众生讲话,而是要为鹤立鸡群于野蛮人中间的不同寻常的人、感情细腻的人讲话。

在《畸零女》中,没有一个主要人物的生活不是因为钱太少,或者因为得到钱太晚,或者因为显然荒谬可笑但毋庸置疑的社会习俗的压力而毁掉的。一个老处女虚度一生最后喝酒浇愁;一个漂亮的姑娘嫁了一个可以当她父亲的男人;一个为生活挣扎的教师一再推迟同恋人的婚期,最后结婚时两人都已进入中年而枯萎了;一个好脾气的男人被他妻子聒噪死了;一个特别聪明、很有精神的人因为错过了有些冒险性的婚姻而一生无成,在每个人身上,发生悲剧的终极原因都是服从公认的社会准则,或者没有足够的钱可以绕过它。在《一生的早晨》中,一个诚实而有才华的人遭到了毁灭和死亡只是因为不戴帽子不能在一座大城市中行走。他在火车上旅行时,他的帽子给吹出了窗户,因为他没有足够的钱另买一顶,他挪用了他的雇主的钱,结果引起了一系列的灾难。这是一个很有趣的例子,说明人们看法的改变可以突然使得原本是威力无比的禁忌一下子显得滑稽可笑。今天,你如果丢掉了裤子,你大概也会挪用公款,而不会光着屁股到处走。在十九世纪八十年代,丢了帽子的情况也同样会产生这个必要。的确,甚至在三十或四十年前,光着脑袋在街上也是要给人嘘的。但是后来,不知什么原因,不戴帽子变得体面了,吉辛写的那个悲剧在当时情况下是完全可信的，今天，却完全不可能了。

吉辛令人印象最深刻的作品是《新格拉布街》。对一个职业作家来说，这也是一部令人不安和丧气的作品，因为它写的除了其他内容以外还有那个令人十分害怕的职业病——才思枯竭。没有疑问，突然失掉写作能力的作家的数目不多，但这是一种任何人在任何时候都可能会碰上的灾祸，就像阳痿一样。当然，吉辛把这同他常用的主题——金钱、社会准则的压力、女人的愚蠢——联系了起来。

埃德温·里尔敦是个年轻的小说家，刚写了一部小说侥幸成功了以后，就放弃了小职员的工作，娶了一个迷人的显然有头脑的年轻女子，新娘本人有一笔数目不大的收入。在这里，和其他一两个地方，吉辛都说了如今听来是很奇怪的话：一个受过教育而不是富有的人很难娶到老婆。里尔敦却做到了，但是他的朋友却不这么顺利，这位朋友住在阁楼里靠当收入很低的补课教师维持生计，因此理所当然地只好独身。如果他真的能找到一个老婆，只可能是出身贫民窟的没有受过教育的姑娘。有教养和讲体面的女人是不能面对贫困的。这里你又注意到那个时代和我们时代的深刻不同。无疑，吉辛在他所有的作品中都暗示，有头脑的女人是稀有动物，他这么暗示是对的。如果你要娶一个既有头脑又有美貌的女人，那么选择就更加有限了，这是根据一条公认的数学原理。这就像让你只能够在患白化病的人中间挑选，而且还是左撇子白化病患者。但是通过吉辛对他的可憎的女主人公的处理以及他对笔下其他女人的处理，得出的结论是，当时对女人的风度、修养，甚至头脑的看法同优越的社会地位和富裕的物质环境几乎是不可分的。作家愿意娶的女人也是一想到在阁楼中生活就会退缩的那种女人。当吉辛写《新格拉布街》时，情况大概确实是如此，但是我认为，可以有充分的理由说，这在今天并不是如此。

几乎在里尔敦结婚之后不久，事情就马上变得很明显，他的妻子不过是个愚蠢的势利鬼，在那样的女人身上，所谓"艺术趣味"不过是社会竞争的一种掩饰。她嫁给一个他那样的小说家时，满以为嫁了一个很快就会成名因而自己可以沾些光的人。里尔敦是一个好学不倦、与世无争、无所作为的人，吉辛笔下的典型主人公。他身不由己地处在一个他很明白自己是决不会有能力生存的奢侈浮华、讲究排场的世界中，他的精神几乎马上崩溃了。当然，他的妻子对于什么叫文学创作没有丝毫的了解。有一段情节十分令人害怕——至少对靠卖文为生的人来说是如此——她在计算一天可以写几页，依此算她丈夫一年可以写出几部小说，可见在她看来写作并不是一种十分费力的职业。而在这个时候，里尔敦却忽然写不出东西来了。他一天又一天地坐在桌前，什么也写不出来。终于，他惊慌之下，胡乱地写了一篇东西；他的出版商由于里尔敦前一部作品的成功，心存怀疑地收了下来。从此之后，他甚至连看来似乎可以出版的东西也写不出来了。他完蛋了。

令人丧气的事情是，只要他回到小职员的工作岗位上去再过独身的生活，他就没有问题了。那个后来娶了里尔敦的遗孀的老油子记者正确地总结他说，他是那样的一个人，如果不去管他让他自己去，每隔两年就会写出一本不错的书来。但是，当然，他没有能够让他自己去。他不能再恢复去做原来的工作，而他又不能安于靠自己的老婆的钱生活：通过他的老婆起作用的社会舆论促使他才思枯竭，最后进了坟墓。书中大多数其他文学界人物并不比他幸运多少，困扰他们的问题今天依然存在。但至少书中的主要灾难如今是不可能完全一模一样地发生了，或者为了完全同样的原因发生了。情况很可能是，里尔敦的妻子不会那么愚蠢，而且他也不会那么讲原则，如果她实在使他觉得一起生活太无法忍受，就离她而去，一走了之。在《旋涡》中出现了一个很相似的类型的女人，名字叫作阿尔玛·弗罗辛姆。对比之下，在《大庆年》中有三位法兰西小姐，她们代表了新兴的下层中产阶级，这个阶级在吉辛的笔下掌握了它不配使用的金钱和权力，而且她们的粗俗、喧闹、精明和不讲道德是相当惊人的。乍看之下，吉辛笔下的"上等太太"和"非上等太太"的女人似乎是不同的，甚至是截然相反的两种动物，这似乎否定了他对一般女性的总的蔑视态度。但是，她们之间的联系环节是她们全都目光短浅得可怜，甚至像《畸零女》中的罗达那样聪明有朝气的女人（那是令人感兴趣的新女性的早期标本）也不能进行抽象的思维，不能摆脱现成的标准。在他的心目中，吉辛似乎觉得，女人天生比男人差。他希望她们受较好教育，但另一方面，他不希望她们得到自由，因为她们肯定会错用自由的。总的来说，他书中最优秀的妇女是缩在后面只管持家的一类。

有好几本吉辛的书我从来没有读过，因为我一直没有能够弄到，遗憾的是，其中包括《在流放中诞生》，有人说这是他最好的作品。但是仅仅根据《新格拉布街》《民众》和《畸零女》，我就可以认为，英国的作家很少有比他更优秀的。这话也许说得过于匆忙，但是你若考虑一下小说的意义是什么就不会这么想了。"小说"一词一般用来指几乎任何种类的故事——《金驴记》《安娜·卡列尼娜》《堂吉诃德》《即兴诗人》《包法利夫人》《所罗门王的宝藏》等——但是它也有一个狭义的定义，专指十九世纪以前很少存在而主要是在俄国和法国繁荣的东西。在这个意义上，小说是一个想要刻画人的故事，它不一定使用自然主义的手法，但是要表现人在日常动机的支配下怎么样行事，而不仅仅是经历一系列不大可能的冒险。根据这个定义，一部真正的小说也包括至少两个人物，或许还更多，他们是从内心而且是在同样的或然性水平上来加以刻画的，这实际上就排除了用第一人称写的小说。如果你接受这一定义，那么就很明显，小说不是英国特别出众的一种艺术形式。一般称为"伟大的英国小说家"的那些作家结果往往不是真正的小说家，或者不是英国人。吉辛不是一个写奇闻逸事，或者滑稽喜剧，或者政治文章的作家：他对别的人有兴趣，他能够含有同情心地处理好几种不同的动机，而且从它们的冲突中编出一个可信的故事，这一点就使他在英国作家中间不同一般。

当然，在他所想象的情景和人物中，并没有很多一般称为美的东西，诗情画意的东西，在他的文字之中则更少了。的确，他的文章常常是十分倒胃口的。但是，他不犯真正重要的毛病。他说的意思是什么一般总是清楚的，他从来不"为效果而写"，他知道怎样在叙述和对话之间保持平衡，怎样使对话听起来可信而又不致同前后的文体太不协调。比他写作缺少文采更加严重得多的一个毛病是他经验范围的狭小。他只熟悉少数社会层面，尽管他对环境给人物的压力有细腻的了解，但是他似乎对政治和经济力量没有什么了解。他的世界观是有一些反动的，那是由于缺乏远见，而不是由于恶意。他为环境所逼只好生活在工人阶级中间，但是他把工人阶级看成是野蛮人，他这么说只不过表明他是诚实的，有什么说什么；他并没有看到他们如果有稍微好一些的机会就可以有文明的教养。但是，说到底，你对一个小说家的要求不是要他做预言，而吉辛的魅力一部分在于他毫不怀疑地属于他自己的时代，虽然那个时代待他十分不公。

最近似于吉辛的英国作家似乎总是他的同时代或近乎同时代的人马

克·路思福德。如果你单纯罗列一下他们的特点,这两人似乎十分不同。马克·路思福德没有吉辛那么多产,他不如吉辛那么称得上是个小说家,他的文章要写得好得多,他的作品属于哪个时代不那么容易辨认,在世界观上,他是个社会改革家,而且,尤其是,一个清教徒。但是他们两人有令人难忘的相似之处,也许这是因为两人都缺少英国作家的致命伤"幽默感"。一种情绪消沉和孤独的气氛则是他们两人共有的。当然,吉辛的作品中有可笑的段落,但他主要并不想博得一笑——尤其是,他并没有滑稽的冲动。他对待他的所有主要人物或多或少都是认真严肃的,至少力图表示同情。任何小说都不可避免地有一些次要人物滑稽可笑,或者是用纯粹敌意的眼光看他们的,但是不偏不倚这种品质确实是存在的,而吉辛比大多数英国作家更能够掌握这品质。他没有十分强烈的道德目的,倒成了对他有利的一点。当然,他对他所生活的社会的丑恶、空虚和残忍深感厌恶,但是他关心的是反映它,而不是改变它。在他的作品中一般没有一个人可以归为坏蛋一类,而且即使有坏蛋,他也没有得到恶报。吉辛在处理性的问题时,考虑到他写作的时代,他写得十分坦率,令人吃惊。这并不是说他写色情性质的东西,或者说对乱交表示赞许,而只是说,他愿意面对事实。英国小说写作有一条不成文法,小说中的男主人公和女主人公一样在结婚时应该还保持着童贞,这条不成文法在他的作品中被抛在一边了,几乎可以说是自从菲尔丁以来的第一次。

像十九世纪中期以后的大多数英国作家一样,吉辛除了当作家或者做有闲阶级以外想象不出还有什么值得想望的前途。有文化和没有文化的分野已经存在,一个能够写严肃小说的人不可能再把自己看成是能完全满足于商人的生活的,或者军人、政治家等人的生活的。至少在意识上,吉辛根本不想当他那样的作家。他的理想是相当令人悲哀的，不过是有一笔起码的个人收入，住在乡间一所舒服的小房子里，最好是没有结婚，那么他在那里就可以沉湎于书本中间，特别是希腊文和拉丁文的经典。要是当初在得到了牛津大学奖学金后没有行为失检而致被捕入狱[①]，他也许可能实现这个理想。结果他一生都在从事他视为为人作嫁的卖文生涯，最后终于达到可以不再抢时间写作时，马上就不幸亡故，年仅四十五岁。H.G.威尔斯在《自传试验》中把他的死说成同他的生是一致的。他在一八八○年到一九○○年之间出版的二十部左右的小说可以说是他为了争取悠闲生活的斗争中的血汗之作，这种生活他从来没有享受到，而且即使享受到了他也不可能充分利用：因为很难相信他的气质真正适合过学术研究的生活。无论如何，也许他的才华的天然力量会迟早把他吸引到小说写作上来。否则，我们就得感谢他少年荒唐干了蠢事，这才使他不可能过上舒服的中产阶级生涯而迫使他成为庸俗、贫穷和失败生活的记录者。

一九四八年五月为《政治与文学》写作[②]
一九六○年六月发表于《伦敦杂志》

董乐山　译

---

① 吉辛年轻时学习成绩优异，曾获多项奖学金，后因为在经济上帮助一个不幸少女而犯偷窃罪，判刑一个月，被开除学籍，断送了前程。

② 未刊出该刊即停刊。

# 评格雷厄姆·格林的《问题的核心》

过去几十年里出版的杰出小说中有很大比例是天主教作家写的，很可以称为天主教小说。这么说的一个原因是，不仅现世与来世之间的冲突，而且圣与善之间的冲突，都成了普通不信教的作家无法利用的富有成果的主题。格雷厄姆·格林曾在《权力与荣耀》中成功地利用过一次，另一次用在《布赖顿棒糖》上的成功则有很大疑问。他最近的书《问题的核心》，说得尽可能客气一些，并不是他最好的作品之一，给人的印象是结构机械，熟见的冲突像代数方程式一样展开，对心理上的或然性没有做任何尝试。

故事轮廓如下：时间是在一九四二年，地点是在西非一个英国殖民地，没有说明名字，大概是黄金海岸。一个名叫斯考比少校的警察局副局长是天主教皈依者，他在一艘葡萄牙船的船长舱里找到了一封藏在那里的写有德国地址的信。这封信后来查明是私人信，完全没有问题，但是，斯考比当然有责任把它交给上级当局。但是他为葡萄牙船长感到可怜，这种感情使他禁不住把信销毁再也不向谁提起。据作者向我们解释，斯考比是个正直得有些过分的人。他不喝酒，不受贿，不养黑人情妇，不玩弄官僚主义阴谋，事实上，他在各方面都因为为人太正直而不招人喜欢，就像正人君子阿里斯蒂德斯①一样。他对葡萄牙船长的宽大是他的第一步堕落。在这以后,他的生活就成了一种以"唉,我们编织了一个多么乱七八糟的网啊"为主题曲的寓言,在每一件事情上,都是他善良的心把自己引入歧途。他与一个从遭到鱼雷袭击的船上救出的姑娘发生了恋情,开始时是出于同情。他继续保持这恋情主要是出于责任感,因为如果抛弃她,那姑娘就会精神崩溃;他为了她而向妻子撒谎,免得她因妒忌而痛苦。由于他打算继续他的奸情,他不去做忏悔,而且为了避免妻子怀疑,告诉她他去做了忏悔。这就使他做出了真正说得上是可怕的事来:一边在犯该遭天罚的罪,一边在领圣餐。到了这时,还有其他的纠葛,都是在同样情况下引起的,斯考比最后决定,唯一出路是通过自杀这一不可宽恕的罪来达到解脱。决不能让任何人因为他的死而痛苦,他因此把它安排得看上去像一件意外事故。结果他弄糟了一个细节,大家都知道了他是自杀。本书以一位天主教神父认为斯考比也许不会遭天罚的暗示收尾,这样的暗示的正统性颇可怀疑。不过,斯考比本人并不抱此种希望。他始终保持缄默,嘴唇紧闭,脸色发白,去了他纯粹出于君子风度而认为必遭天罚的去处。

我并没有把这故事情节加以丑化,甚至在披上现实主义细节的外衣的时候,它也像我指出的那样荒诞可笑。最不对头的显然是斯考比的动机,姑且假定你可以相信,这动机也不足以解释他的行动。第一个出现的问题是:为什么把这故事的背景放在西非?除了其中一个角色是叙利亚贸易商以外,整个故事也可以发生在伦敦郊区。非洲人只是作为偶然提到的背景而存在的,整个时间里实际萦绕在斯考比心中的事——黑人与白人之间

---

① 阿里斯蒂德斯(Aristides,约前530—约前468),雅典政治家和将军。

的敌视，反对当地民族主义运动的斗争——根本没有提到。的确，虽然相当详细地给我们看到了他的思想，他很少表现出在考虑他的工作，即使考虑到了，也是一些烦琐的方面，同时他从来没有考虑到战争，尽管时间是一九四二年。他感兴趣的只是自己走向天罚的历程。以殖民地做背景，这显得十分不可能，但这种不可能也存在于《布赖顿棒糖》中，把神学考虑硬加在任何地方的单纯的人们头上，必然会产生这个结果。

这本书的中心思想是，做一个犯错误的天主教徒也比做讲道德的异教徒为好，精神上要更高尚。格雷厄姆·格林①大概会赞同马里坦②在提到莱昂·布洛瓦③时说的话："只有一种悲哀，那就是当不了圣人。"本书扉页上印的贝玑④的一句引语，大意是说，犯罪者居于"基督教义中心"，比任何别人都更了解基督教义，除了圣人之外。所有这些话都包含，或者可以使之包含相当阴森的暗示：普通人的规矩守礼是没有价值的，任何一个罪都不比别的更坏。此外，人们在格林先生的态度中，不可能不感到一种自以为高人一等的意识，不仅在本书中，也在他的其他以明白无误的天主教观点写的书中。他似乎也有自从波德莱尔以来流行的那个想法：遭到天罚有一种与众不同之处。地狱是一种高级的俱乐部，入会只限于天主教徒，因为其他人，非天主教徒，都太无知，无法问罪，就像永世沉沦消亡的畜生。我们还被苦心地告知，天主教徒并不比别人好，他们也许更可能比别人坏，

---

① 格雷厄姆·格林（Graham Greene, 1904—1991），英国小说家、剧作家、评论家。

② 马里坦（Jacques Maritain, 1882—1973），法国哲学家，宣扬"以上帝为中心的人道主义"。

③ 莱昂·布洛瓦（Léon Bloy, 1846—1917），法国小说家、评论家、辩论家，狂热信奉天主教。

④ 贝玑（Charles Peguy, 1873—1914），法国诗人。

因为他们所受到的诱惑大。在现代的天主教小说中，不论在法国还是英国，都流行把坏神父写进去，或者至少是不够称职的神父，作为不同于布朗神父的另一种口味（我想年轻的英国天主教作家的一个重要目标就是不要像切斯特顿）。但是与此同时——酗酒、放荡、犯罪或者直接遭天罚——天主教徒仍保持了他们的优越感，因为只有他们知道善与恶的意义。附带说一句，在《问题的核心》里以及在格林先生的大多数其他的书里都假定天主教会外的任何人都没有对基督教义有最基本的了解。

这种把罪人圣人化的崇拜在我看来似乎是无关紧要的，在它的深处，也许藏着信仰的削弱，因为当人们当真相信地狱时，他们是不会这么喜欢在地狱边缘上装出优雅姿态的。更明确地说，由于企图用血与肉包装神学思考，它在心理学上产生了荒诞现象。在《权力与荣耀》中，现世与来世价值的斗争是令人信服的，因为这不是发生在一个人的内心。一方面是神父，这个在有些方面可怜的人，由于他相信自己的魔力而显得有英雄气概；另一方面是中尉，代表人间正义和物质进步，按照他自己的方式也是个英雄人物。也许他们可以互相尊重，但是却不能互相了解。反正那位神父并没有被赋予任何很复杂的思想。在《布赖顿棒糖》里，中心情景倒是很不可信的，因为它假定最粗野愚蠢的人仅仅由于当作天主教徒养大就可以在智力上有极大的灵敏性。赛马场上的恶棍平基是魔鬼般的人，而他的智力更加有限的女朋友都懂得而且甚至能说出"是非"与"善恶"两个范畴的不同。比如，在莫里亚克①的《苔蕾丝·德斯盖鲁》系列小说中，精神冲突并不违反可能性，因为并没有假装苔蕾丝是个正常的人。她是个特殊人物，

---

① 莫里亚克（François Mauriac，1885—1970），法国小说家，法国天主教小说传统的主要代表人物，一九五二年获得诺贝尔文学奖。

经过很长时期，通过困难路径，寻找她的拯救之道，就像躺在心理分析医生的沙发上的病人一样。举一个相反的例子，伊夫林·沃①的《旧地重游》尽管充满了不可能性——部分原因可以追溯到它是用第一人称写的——却很成功，因为情景本身是正常的。天主教角色碰到他们在实际生活中会遇到的问题：他们并不是一牵涉宗教信仰就突然移到另外一个智力层面上去的。斯考比之不可信是因为他的两半并不吻合。如果说，他有可能卷入书中所描述的那种糟糕处境的话，他在多年以前早就该卷入了。如果他真的感到通奸是该遭天罚的大罪的话，他就会停止犯此罪了。如果他仍继续犯罪，他的罪恶感就会削弱。如果他相信地狱，他就不会仅仅因为免得伤两个神经质女人的感情而冒入地狱的危险。你还可以补充一句，如果他是我们读到的那种人——那就是，一个其主要特性是害怕造成痛苦的人——他就不会是殖民地警察部队的警官。

还有其他的不可能性，其中有一些是格林先生处理恋情的方法所产生的。每个小说家都有自己的套子，而且，正如爱·摩·福斯特的小说中总有角色没有充分原因而突然死亡这种强烈倾向一样，格林小说中总有两人一见面就上床，而双方并无明显快感这种倾向。这常常是足够可信的，但是在《问题的核心》中，它的效果却是削弱了那个为了故事的缘故应该是很有力的动机。而且，又有常见的把每个人都写得过于高智力化的错误，也许是不可避免的，不仅斯考比少校是个神学家，他的妻子是作为彻头彻尾的蠢货写的，却读诗歌，而由野战保安部队派去监视斯考比的侦探，甚至写诗。这里你就碰到这样的事实：大多数现代作家要想象任何一个不是

---

① 伊夫林·沃（Evelyn Waugh, 1903—1966），英国小说家。

作家的人的思想运作，不是一件容易的事。

我们记得格林先生在别的地方写非洲曾写得那样令人钦佩，如今看到他竟把他的战时非洲经历写成这本书，真是令人遗憾。这本书以非洲为背景，而所发生的事情几乎都完全发生在一个小小的白人圈子之内，这一点使这本书有了一种微不足道的琐碎气。但是，你不能要求过高。看到格林先生在沉默这么久以后重又开始执笔，毕竟是件令人高兴的事，而在战后的英国，一个小说家不论在什么地方写一本小说，都是一件了不起的成就。总而言之，格林先生并没有像许多人那样因战时养成的习惯以致一蹶不振。但是你也许希望，他的下一部小说会有不同的主题，或者，如果不是那样，他至少会记得，对世俗的东西的空虚性的认识是不足以写一部小说的，尽管它可能足以把你送入天堂。

一九四八年七月十七日《纽约客》
董乐山　译

# 甘地随想录

圣人在没有证明清白无辜之前应该总被认定是有罪的，但是，应用在他们身上的试验，当然，不是在什么情况下都是相同的。在甘地问题上，你觉得要问的问题是：在多大程度上甘地是由虚荣心——由意识到自己是一个坐在祈祷用的席上以单纯的精神力量动摇帝国的谦卑、赤身的老人——所推动的，在多大程度上他参与了政治而损害了自己的原则，因为政治的本质决定不能脱离胁迫和欺诈。要给一个明确的答案，你必须极其详细地研究一下甘地的行为和著作，因为他的全部生活都是一种朝圣，其中每一个行为都有意义。但是这部写到二十年代为止的不完整的自传，却是对他有利的有力证据，尤其是因为它所涉及的是他可能会叫作放荡的生活方面，而且使你想到，在这位圣人或者半圣人的内心深处是一个非常精明能干的人，如果他本人愿意的话很可能成为一个能获得杰出成就的律师、行政官员，也许甚至企业家。

这部自传[①]最初出现的时候，我记得是在印刷很差的一家印度报纸上

---

[①] 这部自传，指《我体验真理的故事》，甘地著，德赛英译。

读到它的开头几章的。这几章给了我很好的印象,而甘地本人在当时并没有给我这种好印象。与他有关的一些事情如自己织布、"灵魂力量"、素食主义等都是没有吸引力的,他的中世纪式纲领在一个落后的、饥饿的、人口过多的国家显然是行不通的。同样明白的是,英国人在利用他,或者以为自己在利用他。严格地说,作为一个民族主义者的国大党人,他是敌人,但是由于在每次危机中他总是竭尽全力防止发生暴力行为——从英国的观点来看这意味着防止采取任何有效的行动——可以把他当作"咱们的人"。在私下,这一点有时是被坦率承认的。印度百万富翁们的态度也是一样。甘地叫他们忏悔,他们自然喜欢他而不喜欢社会党人和共产党人,后者一有机会都要把他们的钱夺走。这种打算从长久说有多牢靠,颇可怀疑;正如甘地自己说的,"说到最后,骗人者只骗自己"。但是无论如何,为什么几乎总是温和地对待他,一部分原因是感到他有用。英国保守党人只有在他对另外的征服者实际上实行不抵抗时,才真的生了他的气,如在一九四二年。①

但是我可以看出,即使那样,以一种感到又好玩又不以为然的口气说到他的英国官员也是有点儿真正喜欢他和赞赏他的。从来没有人说过他腐败,或有任何庸俗的野心,或者说他做了什么出于害怕或恶意的事。在判断像甘地那样的一个人的时候,你似乎从本能上就应用高标准,因此,他的有些美德就几乎放过去了而没有注意。比如,甚至从自传中也可以看出,他十分自然地把生死置之度外的勇气是相当突出的:他的遇刺身亡后来证明了这一点,因为对自己的生命稍微珍惜的公共人物就会安排更加充分的

---

① 指二战期间日军侵略印度。

警卫。而且，他似乎完全没有爱·摩·福斯特在《印度之行》里言之有理地称为积习难改的印度弊病——猜忌多疑（正如为英国弊病的虚伪）。虽然，毫无疑问，他很精明，能够察觉别人的不老实，但是他似乎总是尽可能地相信别人是本着良心行动的，而且有善良的天性，可以由此打动他们。而且，虽然他出身于贫苦的中产阶级家庭，生活的道路开始并不顺利，而且在体形相貌上大概并不出众，但是他没有妒忌或者自卑的毛病。肤色的歧视，他是在南非第一次碰到它的最恶劣的表现的，似乎使他大吃一惊。但是即使他在参加一场事实上的肤色战争的时候，他也不是根据人们的种族或者地位来看待人的。省长、棉花富商、半饥半饱的达罗毗荼人①苦力、英国士兵都是平等的人，要一视同仁地对待。值得注意的是，即使在最最恶劣的情况下，如在南非，当他充当当地印度人的权益保护者而不得人缘的时候，他也不乏欧籍朋友。

这部自传为方便报纸连载而写成短小段落，不是什么文学杰作，但是由于它的材料很大部分都是平凡寻常的性质，它反而更加使人有深刻印象了。我们最好记住，甘地开始出道的时候有着一个印度年轻学生的正常抱负，他的极端派观点是逐渐形成的，在某些问题上，是不得已而为之。我们很有兴趣知道，某个时候，他还戴高礼帽，学跳舞，学法文和拉丁文，上埃菲尔铁塔，甚至想学小提琴——所有这一切的目的就是尽可能彻底地吸收欧洲文明。他不是那种从孩提时起就以超人的虔诚而出众的圣人，也不是另外那种在纵情声色以后弃世脱俗的圣人。他充分坦白了少年荒唐的劣迹，但是事实上，他并没有很多的劣迹可以坦白。书前有一幅照片是甘

---

① 达罗毗荼人，主要居住在印度南部的一个民族。

地死后的遗物。全部衣物可以花五英镑购得,而甘地的罪过,至少是他肉体上的罪过,如果放在一堆,给人的印象大概也差不多。几支香烟,几口肉,童年时代从女佣那里偷来的几分钱,去妓院两次(每次他都"没有干什么"就逃了出来),一次在普利茅斯差一点点同他的房东太太发生苟且之事,一次大发脾气——这就是全部罪过。几乎从童年时代开始,他就特别认真,这种态度是道德上的而不是宗教上的,但是,到他三十岁之前,他没有十分明确的方向感。他初次尝试可以称为社会活动的事是通过素食主义。在他的比较起来不那么平常的素质下面,你一直感到他的祖先那些殷实的中产阶级商人的存在。你觉得如果他放弃个人雄心,他也一定会成为一个足智多谋、精力充沛的律师,一个头脑冷静的知道怎样压低开支的政治组织者,一个善于领导各种委员会的能手或一个不知疲倦争取订户的报馆经理。他的性格是极其混杂的,但是其中几乎没有任何东西可以让你指责,说它不对,我相信,甚至甘地的最大敌人也会承认,他是个令人感兴趣的不平常的人,仅仅由于活着就丰富了世界。但是至于他是否也是个可爱的人,他以宗教信仰为基础的教导是否对不接受宗教信仰的人有什么价值,我一直没有把握。

  近年来,在谈论甘地的时候,把他说成好像是不仅同情西方左翼运动,而且甚至是这运动的组成部分,已经成为风尚。特别是无政府主义者和和平主义者都声称他是属于他们的,他们只注意到他反对中央集权和国家暴力,而忽略了他的学说中的出世的反人性的倾向。但是我认为,你应当明白,甘地的教导不能等同于人是万物衡量标准这个信念,我们的任务是使在这个地球上生活是值得的,因为这个地球是我们拥有的唯一地球。甘地的教导只有在这个前提下才有意义:上帝是存在的,而实在物体的世界是应该逃避的幻觉。值得考虑一下甘地对自己所实行的纪律，他虽然可能不去坚持他的每一个追随者遵守每一细枝末节，但是他认为如果你要为上帝或人类服务，这些纪律是不可缺少的。首先是，不吃肉，而且如果可能的话，什么形式的取自动物身上的东西都不吃（甘地本人为了健康缘故不得不在牛奶上妥协，但似乎认为这是一种退步）。不喝酒，不吸烟，不吃胡椒或辛辣的调味品，甚至蔬菜型的，因为食物不是为了吃而吃，而完全是为了保存你的体力。其次，如果可能，不性交。如性交必须进行，这应该完全是为了生儿育女，而且要保持很长的间隔，甘地本人在三十几岁的时候，就立了BRAMAHCHARYA①的誓言，这一誓言不仅意味着完全的守贞而且要根绝性欲。看来，不遵奉特定的食谱和经常斋戒，这一点是很难做到的。饮用牛奶有一个危险，那就是它容易引起性欲。最后，这一点是最重要的，追求善的人不能有亲密的友情，不能有任何专一的爱。

甘地说，亲密友情是危险的，因为"朋友互相起作用"，由于忠于一个朋友，你可能会因此做错事。这无疑是正确的。此外，如果你爱上帝，爱全体人类，你就不能偏爱任何一个个人。这也是正确的，而且在这里，人性的态度和宗教的态度不再能够协调。对一个普通人来说，如果爱不是意味着爱某个人胜于爱别人，那么爱就是没有意义的。自传没有明确表明，甘地对他的妻子和孩子的态度是不是很不体谅的，不过反正它表明，他有三次宁愿他的妻子和一个孩子死掉，也不愿意按照医生的处方让他们进食动物食品。不错，死亡并没有像当初害怕的那样发生，并且甘地——你可以猜想，大概在来自对立方面强大道义压力下——总是让病人自己选择，

---

① 梵文，守贞。

是否以犯下罪过为代价延长生命，但是，如果完全由他自己来决定的话，他仍旧会禁食动物食品，不论这会带来多大的危险。他说，在我们为了要活命而采取的行动中，应该有一定的限度。而这限度是划在不到喝鸡汤的程度。这个态度也许很高尚，但是从大多数人所理解的这个词来说，这是不人道的。做人的本质是，你不必追求完美，但是你有时为了讲义气而愿意犯罪过，而且你不必把禁欲主张推行到无法与人友好交往的程度，还有你要准备最终被生活所打垮，这是把你的爱给了其他个人的不可避免的代价。没有疑问，烟酒等是圣人必须避而不碰的东西，但是圣人境界也是普通人必须避而不碰的东西。对此，很明显是可以反驳的，但做此反驳必须郑重其事。在这瑜伽信徒充斥的时代，很容易认为，"超脱"不仅胜过完全接受世俗生活，而且普通人只是因为要做到这一点太困难才加以拒绝。换句话说，普通人都是失败的圣人。这种说法是否正确颇可怀疑。许多人真诚地不希望做圣人，很可能，有些达到了或者希望达到圣人境界的人从来没有感到做普通人有多大的诱惑。如果你能够追溯到心理上的根源，我相信你会发现，"超脱"的主要动机是希望逃避活着的痛苦，而且尤其是逃避爱，不论是性爱还是非性爱，爱都是很累的苦活。不过，在这里没有必要辩论，出世的理想和做人的理想孰高孰低。问题是，它们是互不相容的。你在上帝和人之间必须做一选择，而所有的"激进派"和"进步派"，从最温和的自由派到最极端的无政府主义派，实际上都选择了人。

但是，甘地的和平主义在某种程度上可以与他的其他教导分开来。它的动机是宗教上的，但是他也为它声辩说，它是一种能够产生预期的政治效果的明确的手法，一种方法。甘地的态度并不是大多数西方和平主义者的态度。首先在南非创导的SATYAGRAHA①是一种非暴力战术，一种能够打败敌人而又不致伤害他和感到仇恨或引起仇恨的方法。它需要进行这样的活动：民间不服从运动，罢工，卧轨，面对警察的袭击既不逃走也不还手，等等。甘地反对把SATYAGRAHA译为"消极抵抗"，在古吉拉特语中，此词意思似乎是"坚持真理"。甘地早年在南非战争中为英方担任过担架员，在一九一四年至一九一八年战争中他准备再做这工作。甚至在他完全摒弃暴力以后，他也诚实地看到，在战争中，站在一方反对另一方往往是必要的。他没有——的确，由于他的整个政治生活围绕着争取民族独立的斗争，他不能——采取无益的和不诚实的态度，认为在每一场战争中，双方都是一丘之貉，谁胜谁败都无关紧要。他也没有像大多数西方和平主义者那样，善于回避作难的问题。在最近这次战争中，每个和平主义者有明确义务要回答的一个问题是："那么你对犹太人采取什么态度呢？你是准备看着他们被消灭？如果不是，你打算怎样把他们救出来而不诉诸战争？"我必须说，我从来没有从随便哪个西方和平主义者那里听到过对这一问题做出诚实的回答。虽然我听到许多遁词，通常是"你又是一个"这一类答复。但是甘地在一九三八年被问到一个有些类似的问题，他的答复正式收在路易斯·费歇尔的《甘地和斯大林》一书中。据费歇尔的记载，甘地的看法是，德国犹太人应该集体自杀，这"就会唤起全世界和德国人民对希特勒暴行的注意"。战后他为自己辩护说，反正犹太人要被杀死，不如死得有意义。你得到这样的印象：这种态度甚至令费歇尔先生那样的热烈崇拜者吃惊，但是甘地不过是在说老实话而已。你如果自己不

---

① 梵文，执真，即"坚持真理"。

准备杀人,那么你必须经常准备有人会以某种其他方式丢命。一九四二年他号召对日军入侵实行非暴力抵抗时,他承认这可能造成好几百万人的死亡。

同时,有理由认为,甘地毕竟生于一八六九年,他不了解极权主义的性质,他都是从自己反对英国政府的斗争经验来看一切事物的。在这里,重要的一点不是英国以耐心的态度待他,而是他总是能够引起公众的注意。我们可以从上述所引那句话中看出,他相信"唤起全世界",而只有全世界有机会听到你在做的事情时,这一点才有可能。很难设想甘地的办法能够用在现政权反对者在深夜消失以后永远不会再露面的这样一个国家里。没有新闻自由和集会权利,仅仅呼吁外国舆论,他这办法是办不到的,而是要发动群众运动,甚至要让你的对手知道你的意图。眼下俄国有甘地那样的人物吗?如果有的话,他完成了什么?俄国群众只有同时都有公民不服从思想的时候才有可能实践这一思想,即使在那时候,根据乌克兰发生饥荒的历史来看,这也不起作用。不过我们姑且假定,非暴力抵抗用以反对自己国家的政府是有效的,或者反对占领国是有效的,即使如此,你怎么把它在国际上实行呢?甘地关于最近这次战争的各种自相矛盾的言论似乎表明他也感到这有困难。用于对外政治,和平主义要么不再是和平主义,要么便成为姑息。此外,甘地在与个人打交道时用之很有效的假设,即所有的人或多或少都是可以接近的,都会对大度的姿态做出回应,却需要认真地予以商榷。例如,当你与疯子打交道时,这就不一定正确。那么问题就变成:谁是神志健全的?希特勒的神志健全吗?一国的整个文化用另一国文化的标准来衡量,不是很可能就是神志不健全的吗?而且,就你能够衡量整个民族的感情而言,一种慷慨大度的行为同一个友善的回应之间有没有明显的关联？感恩图报是国际政治中的一个因素吗？

这些问题以及类似的问题都需要讨论，而且迫切需要讨论，在某个人按一下电钮，火箭就开始发射之前，留给我们的时间已经没有多少年了。文明能否经受另一场大战，看来颇可怀疑，以非暴力为出路，至少是可以做如此想的。对于我在上面提出的这种问题，甘地大概会予以诚实地考虑，这是他的美德；而且，的确，他大概在他的无数报纸文章中讨论过其中的大多数问题。你可能会觉得他有很多事情并不了解，但是你不可能觉得他有什么东西是不敢说或不敢想的。我从来不怎么喜欢甘地，但是我并不肯定地认为，作为政治思想家，他基本上是错的，我也不认为他的一生是一场失败。使人奇怪的是，在他被刺后，他的不少最热情的仰慕者悲哀地声称，他活到刚刚看到他的毕生努力付诸东流，因为印度在进行一场一直被认为是权力移交的必然副产物之一的内战。但是，甘地一生致力的，并不是平息印度教徒和穆斯林之间的敌对。他的主要政治目标——和平结束英国统治——终于已经实现。像常见的一样，有关的事实总是互相交错。一方面，英国未经一战就离开了印度，这件事很少观察家在一年前会做此预言。另一方面，这是由工党政府来完成的，可以肯定，如果是保守党政府，特别是由丘吉尔领导的保守党政府，就会有不同的反应。但是，如果说到了一九四五年英国已有很大部分的舆论同情印度的独立，这在多大程度上是由于甘地的个人影响？而且如果印度和英国最后能实现不错的友好的关系（这是可能发生的），这会不会是一部分由于甘地顽强地坚持斗争而不怀怨恨以致净化了政治空气？从有人想到提这种问题这一事实也可看出他的声望之高。你可能像我一样从美学上感到对甘地的厌憎，你可能反对有人把他抬到圣人的地位（附带说一句，他本人从来没有这样要求过），你也可能反对把圣人当作一种理想,因此感到甘地的基本目标是反人性的和反动的;但是仅仅把他看作一个政治家,而且把他与我们时代的其他政治领导人物相比,他留下的气味是多么干净!

一九四九年一月《党见评论》

董乐山　译

# 评丘吉尔的《他们最得意的时刻》

对于一个仍有政治前途的政治家来说，要透露他所知道的一切事情，是很困难的；而且在一个五十岁才是个婴孩，七十五岁才入中年的职业里，任何人只要没有实际上丢过脸蒙过耻都会觉得自己仍有前途，这是十分自然的事。例如，一本像齐亚诺[①]日记一样的书，如果作者仍旧有声望的话就不会出版。但是，这么说对温斯顿·丘吉尔是公正的：他不时出版的政治回忆录一直大大超过一般的水平，不论从文学素质来说还是从坦率性来说都是如此。丘吉尔多才多艺，除了其他身份以外，他还是个新闻记者，对文学有真正的感情，即使这种感情不怎么有识别能力，而且他还有永不休止、追根究底的头脑，对具体事实和动机分析都有兴趣，有时包括他自己的动机。总的来说，丘吉尔的作品更多的像是普通人的作品而不是一个公众人物的作品。当然，他目前这本书有些章节呈现给人的是从一篇竞选演讲里摘出来的外表，但它也显示了作者十分愿意承认错误。

这本书是系列著作的第二卷，涉及的时期是在德国开始进攻法国和

---

[①] 齐亚诺（Cialeazzo Ciano，1903—1944），意大利独裁者墨索里尼之婿，曾任外交部长，后因与墨不和外逃，被捕后遭处决。

一九四〇年年底之间。因此,它的主要事件是法兰西的崩溃,德国空袭英国,美国日益卷入战争,德国加紧潜艇战以及北非长期斗争的开始。此书资料丰富,每一关键时刻都有演讲和电报摘录,尽管不免大量重复,但使读者有可能把当时所说的和所想的与实际发生的情况做一番比较。

丘吉尔本人承认,他低估了军事技术方面的最新变化的结果,但一九四〇年风暴袭来时他迅速做了回应。他最大的成就是甚至在敦刻尔克的时候就认识到法国已经被打败,英国却没有被打败,虽然表面上来看是被打败了。他的这一判断不仅仅是以他的顽强好斗的态度为依据的,而且是以对形势做出的合理评估为依据的。

德国人要迅速打赢战争的唯一途径是征服不列颠群岛,而要征服不列颠群岛他们必须打到那里去,这意味着对海峡保有制海权。因此,丘吉尔坚决拒绝把英国本土空军力量全部投入法兰西战役。这是个严酷的决策,自然在当时引起很大怨愤,并且大概削弱了雷诺[①]反对法国政府中失败主义者的地位,但在战略上来说,这个决定却是正确的。当时认为不可缺少的二十五个战斗机中队留在英国,入侵的威胁被打退了。这一年还没有过去,危险早已大大减退,可以把大炮、坦克、人员从英国调到埃及前线。德国人仍旧能够用潜水艇打败英国,或者,可以想象,用轰炸的办法,但这需要若干年的时间,而在这期间,可以期望战争会扩大蔓延。

当然,丘吉尔知道,美国迟早会参战,但在此阶段,他似乎并不期望会有一支好几百万人员的美国大军最后开抵欧洲。他在一九四〇年就预见到,德国人大概会攻打俄国,他正确地估计到佛朗哥不管可能做出什么允

---

[①] 雷诺(Paul Reynaud, 1878—1966),法国政治家,一九四〇年任法国总理。

诺，他是不会站在轴心国一边参战的。并且他看到武装巴勒斯坦犹太人和在埃塞俄比亚煽起反叛的重要性。凡是他的判断失误的地方，主要是由于他对"布尔什维主义"的不分青红皂白的憎恨，因此在政治上有不做区别对待的倾向。他坦白地说，他派斯塔福德·克里普斯[①]爵士去当驻莫斯科大使时没有意识到共产党恨社会党人胜过他们恨保守党人。的确，英国似乎没有一个保守党人了解这一简单事实，一直到一九四五年工党政府上台。没有这一点认识是造成英国在西班牙内战期间的政策错误的一部分原因。丘吉尔对墨索里尼的态度尽管并不影响到一九四〇年的局势发展，也是建筑在错误估计上的。在过去，他钦佩墨索里尼是"反布尔什维主义的中流砥柱"，而且是属于那些认为有可能用收买办法把意大利拉出轴心的一派的。他坦率地说，他决不会在阿比西尼亚那样的问题上同墨索里尼争吵。意大利参战时，丘吉尔当然没有留情，但是如果英国保守党人能在十年以前就了解到意大利法西斯主义并不仅仅是另一版本的保守主义，而由其本质所决定必然是对英国怀抱敌意的，整个局势就会好一些。

《他们最得意的时刻》中最令人感兴趣的几章中有一章谈及以美国驱逐舰交换英国在西印度群岛的基地。丘吉尔和罗斯福交换的信件成了一种对民主政治的评论。罗斯福知道，英国得到这些驱逐舰，符合美国利益，而丘吉尔知道，美国得到这些基地并不会对英国不利，而是相反。但是，除了法律上和宪法上的困难以外，不可能未经讨价还价就简单地把驱逐舰交给对方。选举即将来临，又要提防孤立主义者，罗斯福不得不做出竭力讨价还价的姿态。并且他要得到保证，如果英国作战失败，英国舰队无论

---

[①] 斯塔福德·克里普斯（Stafford Cripps, 1889—1952），英国工党领袖, 曾任驻苏联大使。

如何决不交给德国人。这个条件当然是没有意义的。丘吉尔肯定不会交出舰队，但是，要是德国人征服英国成功，他们会成立某种傀儡政府，对于他们的行动，丘吉尔就无法负责了。因此，他是不能够做出所要求那样的坚决保证的，谈判就相应拖延下来。一个迅速的解决办法是取得全体英国人民的保证，包括舰队的船员。但是令人奇怪的是，丘吉尔似乎不愿意公开这些事实。他说，让大家知道英国多么接近失败是件危险的事——也许这是他在这一时期里低估英国民意士气的唯一一次。

该书写到一九四〇年阴暗的冬天结束，当时沙漠中意想不到的胜利和大批意军被俘的好消息被德国轰炸伦敦和海上沉船日增的坏消息所抵消了。你读书至此不免心中反复会问："丘吉尔能够放开说话到什么程度？"因为这些回忆录中主要引起兴趣的部分肯定是在以后才会出现，那就是丘吉尔告诉我们（如果他决定告诉我们）在德黑兰和雅尔塔到底发生了什么情况，那里采取的政策是不是他本人赞成的，还是罗斯福强加于他的。但是，不管怎么样，本卷和前卷的口气都显示，在适当时机，他是会把比他迄今为止透露的要多的真相告诉我们的。

不论一九四〇年是不是任何哪个人的最得意时刻，它肯定是丘吉尔的最得意时刻。不论你对他有多么不同的意见，不论你对他和他的党没有在一九四五年竞选中取胜感到多么高兴，你不得不钦佩他，不仅钦佩他的勇气，而且钦佩他的大度的胸怀和待人的真诚，这甚至在这种正式的回忆录中都表露了出来，而这部回忆录远远不像《我的早期生活》那样涉及个人。总的来说英国人民摒弃了他的政策，但是他们对他总是抱有好感的，这从他一生之中大部分时间里流传的关于他的传闻的口气中可以看出。没有疑问，这些传闻常常是道听途说的，而且有一些是不能见诸笔墨的，但是它们在得到传播这一点就是有意义的。例如，在敦刻尔克撤退时，丘吉尔发表了他常常被引用的战斗讲话，据传说，在为广播做录音时，他实际说的是："我们将在海滩上奋战，我们将在街头奋战……我们将向那些婊子养的扔酒瓶，这是我们手里剩下的唯一东西。"——但是，英国广播公司的检查官当然在这关键时刻按了键子。你可能认为，这个传闻是不确实的，但是在当时，大家认为这一定是确实的。这是普通老百姓对这位坚强而幽默的老人非常合适的恭维，他们不会接受他当和平时期的领袖，但是在灾难时刻他们认为他是他们的代表。

写于一九四九年四月九日<br>
刊于一九四九年五月十四日纽约《新领袖》<br>
董乐山　译

**图书在版编目 (CIP) 数据**

在鲸腹中 / (英) 奥威尔著；董乐山，贾文浩译.
– 北京：北京燕山出版社，2015.1
ISBN 978-7-5402-3712-7

Ⅰ.①在… Ⅱ.①奥…②董…③贾… Ⅲ.①杂文集—英国—现代
Ⅳ.① I561.65

中国版本图书馆 CIP 数据核字 (2014) 第 266547 号

# 在鲸腹中

[英] 乔治·奥威尔 著
董乐山　贾文浩　贾文渊 译
责任编辑 / 尚燕彬　臧晓雅
装帧设计 / 小　贾　张　佳

北京燕山出版社出版发行
北京市西城区陶然亭路 53 号　邮编 100054
全国新华书店经销
北京盛源印刷有限公司印刷

开本 880×1230　1/32　印张 8　插页 8　字数 185,000
2015 年 4 月第 1 版　2015 年 4 月第 1 次印刷

定价：35.00 元

版权所有　盗版必究